百年新诗经典导读

张德明 著

暨南大学出版社
JINAN UNIVERSITY PRESS

中国·广州

图书在版编目（CIP）数据

百年新诗经典导读/张德明著．—广州：暨南大学出版社，2015.5
（2019.8 重印）
ISBN 978 - 7 - 5668 - 1403 - 6

Ⅰ.①百…　Ⅱ.①张…　Ⅲ.①新诗—诗歌研究—中国　Ⅳ.①I207.25

中国版本图书馆 CIP 数据核字（2015）第 076375 号

百年新诗经典导读
BAINIAN XINSHI JINGDIAN DAODU
著　者：张德明

出 版 人：徐义雄
策划编辑：杜小陆　胡艳晴
责任编辑：胡艳晴
责任校对：刘舜怡　卢凯婷
责任印制：汤慧君　周一丹

出版发行：暨南大学出版社（510630）
电　　话：总编室（8620）85221601
　　　　　营销部（8620）85225284　85228291　85228292（邮购）
传　　真：（8620）85221583（办公室）　85223774（营销部）
网　　址：http://www.jnupress.com
排　　版：广州良弓广告有限公司
印　　刷：佛山市浩文彩色印刷有限公司
开　　本：787mm×960mm　1/16
印　　张：14.75
字　　数：272 千
版　　次：2015 年 5 月第 1 版
印　　次：2019 年 8 月第 3 次
定　　价：48.00 元

（暨大版图书如有印装质量问题，请与出版社总编室联系调换）

目　录

绪　论

一

　　中国新诗是中国文学追求现代化的必然产物，它的真正成型的样态尽管出现在"五四"新文化运动前后，但其起点并非就是胡适等人在《新青年》上发表第一批现代白话诗歌的 1917 年，而应该追溯到黄遵宪、梁启超等人所发动并积极进行了创作实践的"诗界革命"。黄遵宪提出"我手写我口"（"我手写我口，古岂能拘牵？即今流俗语，我若登简编。五千年后人，惊为古斓斑"）诗学主张的时期是 1868 年，到了 1897 年（"戊戌变法"前一年），梁启超、夏曾佑、谭嗣同等人明确提出"诗界革命"的口号，并试作"新诗"。"纲伦惨以喀私德，法会盛于巴力门"，"三言不识乃鸡鸣，莫共龙蛙争寸土"，这就是谭嗣同所自喜的"新学之诗"。喀私德，Caste 的译音，指印度社会的等级制；巴力门，Parliament 的译音，意为议院、国会，此指英国议院；龙指孔子，蛙指孔子教徒。可见这时所谓"诗界革命"或"新诗"，确如梁启超所批评的，只是"颇喜挦扯新名词以自表异"①。但诗界这种尝试，反映了人们对新思想、新文化的要求，并试图解决诗歌如何为改良运动服务的问题，还是有一定意义的。"戊戌变法"失败后，梁启超在日本著《饮冰室诗话》，继续鼓吹"诗界革命"。他批判"以堆积满纸新名词为革命"的诗风，认为"能以旧风格含新意境，斯可以举革命之实矣。苟能尔尔，则虽间杂一二新名词，亦不为病"②。这是"诗界革命"的一个发展，它要解决的虽然仍是诗歌如何为改良运动服务的问题，但它却是近代进步诗歌潮流的一个概括和理想。不过从另外的角度来说，梁启超等人极力鼓吹的"诗界革命"，虽然并没有取得最后的成功，但为后来新诗的诞生埋下了伏笔。所以，"诗界革命"可以算作中国新诗创生的先驱，从"诗界革命"发生的 1897 年到 20 世纪末21 世纪初，时间已逾百年，我们这里所说的"百年新诗"，指的就是这个时间跨度中的中国现代诗歌形态。

---

① 梁启超：《饮冰室诗话》，人民文学出版社，1959 年，第 49 页。
② 梁启超：《饮冰室诗话》，人民文学出版社，1959 年，第 51 页。

虽然中国新诗的序曲在"诗界革命"时期就已奏响，但我们又不能不承认，真正使中国诗歌产生了革命性的变化，从而生产了中国现代文学史上第一批富有新的质态和文本特征的是以胡适为代表的初期白话诗派。初期白话诗派的最大功绩是主动废止文言文在诗歌创作中的主体地位，改用口语（白话）作为诗歌构筑的基本语言形式。语言方式的改变促成了思维方式的改变，并最终导致了新的文学样式的出笼和新的文学观念的诞生。诗歌语言的更换是中国新诗降生的最根本原因。我们知道，从现代语言学的角度来说，语言不仅是一种工具，更是一种思维方式，每一种语言形式都有着自己独特的概念、范畴和定义，这些概念、范畴和定义使它具有了区别于其他语言的世界观和方法论。中国古典诗歌使用的是古汉语语言体系，而中国新诗使用的是现代汉语，古代汉语和现代汉语的差异决定了古典诗歌与现代诗歌的差异，而这所有的差异，都是从初期白话诗歌那里开始出现的。

在初期白话诗之后，以现代汉语为基本的语言表达体系的中国新诗开始蓬勃发展起来。在 20 世纪 20 年代早期，以郭沫若为代表的创造社诗派，大量汲取了歌德、惠特曼等西方作家的文学营养，以高涨的激情和浪漫主义的表现手法书写了祖国与自我在涅槃后走向新生的时代主题。张扬的个体，自由的语言，喷薄的气势，使《女神》成为中国新诗由草创走向定型、由稚嫩走向成熟的奠基之作。

随后出现的文学研究会诗派，强调为人生而艺术，把诗歌写作与人生密切联系在一起。在这个诗歌派别中，冰心、朱自清、徐玉诺等人的创作成就是令人瞩目的。其中尤以冰心最为突出，她创作的《春水》、《繁星》，诗句简短，但意味隽永，一时间引发了当时诗坛上小诗创作的热潮。

我们注意到，李金发的第一部诗集《微雨》和徐志摩的第一部诗集《志摩的诗》都是在 1925 年出版的，这并非是一个偶然的事件，它同时也预告了一个基本的文学史事实：分别以李金发和徐志摩为代表的象征诗派和新月诗派是 20 年代中期并峙而立的两座诗歌丰碑，他们分别在不同的诗歌表达领域进行了不倦的理论探索和大胆的创作尝试。以李金发为代表的象征诗派，学习西方象征主义的表达技巧，在诗歌创作中大量地采用隐喻和象征的手法来书写个体的独特感受和时代遭际。以闻一多、徐志摩等为代表的新月诗派，则在诗歌的外在形式上开辟新的道路。闻一多在《诗的格律》中提出的"三美"（音乐美、绘画美和建筑美）成为这个诗派的基本诗学标准和诗歌创作规范。在这两派之中，李金发的《弃妇》、徐志摩的《再别康桥》、闻一多的《死水》都是人们称道的优秀诗歌。

到了 30 年代，在杜衡、施蛰存主编的《现代》杂志周围，聚集了一批有才华的青年诗人，包括戴望舒、卞之琳、何其芳等，他们用现代的技法，描写都市生活，表现现代人的生命状况和情感体验。这些青年诗人在文学史上被称为"现代"诗派，他们凭借杰出的创作才华为中国新诗奉献了一大批的优秀作品，例如《雨巷》、《烦忧》（戴望舒），《无题》、《断章》（卞之琳），《预言》、《花环》（何其芳），等等。

40年代的中国处在一个特殊的历史时期，一方面，旷日持久的战争正在中华大地上如火如荼地展开，救亡的声浪一直都没有停歇；另一方面，由于各种统治势力的存在，整个中国版图被分划为国统区、沦陷区和解放区，拥有不同价值取向和不同创作风格的作家诗人在各自不同的地域里进行着坚持不懈的艺术探索。七月诗派和西南联大诗派是这一时期较为具有代表性的诗歌流派。七月诗派以现实主义为基本表现手法，他们及时捕捉了战火纷飞的年代里祖国大地的痛苦与灾难，写出了特定的历史时刻中华儿女的不屈、忍耐与坚持。西南联大诗派以现代主义手法为主，他们虚心地向西方后期象征主义诗人艾略特、叶芝、奥登学习诗歌表达技巧，也从这些诗人的诗歌中读到了现代人的孤独、焦虑、苦闷以及现代社会的精神荒岑和对人的压迫，他们拼命地思想、努力地触摸和感觉现代社会的脉搏，写出了现代人的精神彷徨和思想苦闷。在这两个诗派中，艾青的抗战叙事诗，冯至、穆旦、郑敏含有宗教情绪和哲学意味的现代主义诗歌，都是极其优秀的作品。

1949年以后，中国进入了和平年代。照说这是大力发展文艺事业的最好时机，可惜的是，随着各种政治斗争的展开，中国诗人似乎失去了表达的才干与灵性，逐渐陷入平庸和无奈之中。1949—1957年的这8年里，最突出的诗歌形式应该算是政治抒情诗，而郭小川和贺敬之是写作政治抒情诗的佼佼者。他们在政治与艺术之间艰难地寻找结合点与通融处，他们创作的政治抒情诗代表了这个时期此类诗歌所能达到的最高水平。

70年代末，随着文化大革命的结束和改革开放的全面展开，政治的宽松、思想的解禁给作家和诗人的文学创作带来了无限的生机，搁笔多年的老作家、老诗人重新焕发了创作的青春，刚踏入文学舞台的年轻人也不甘落后，荒寂许久的中国创作界一下子活跃热闹起来。以艾青、流沙河、曾卓、黄永玉等为代表的"归来诗群"，以北岛、舒婷、顾城等为代表的朦胧诗派，同台竞技，各写风采。此后，文学薪火继续传递，以海子、王家新、西川等为代表的第三代诗群，以韩东、于坚、伊沙等为代表的后现代诗派，继承并发扬或者反思了现代主义的诗歌创作传统，写出了新的历史境遇中人们的思想情态与精神风貌。由一批在90年代通过突出的诗歌创作而逐步获得诗坛认可的诗人组成的中间代诗群，是这一时期值得关注的写作队伍。

到了 90 年代末和 21 世纪初，网络技术的飞速发展促成了网络诗歌的异常繁荣。作为中国新诗的当代表现形态，网络诗歌正在引起越来越多人的关注。

二

《百年新诗经典导读》的写作，主要基于四个方面的考虑：

第一，以文本的形式来呈现中国新诗的历史发展轨迹。熟悉诗歌史对于理解一个国家的政治经济状况与社会文化心理是非常重要的。英国理论家卡莱尔曾经指出："一个国家的诗歌史是这个国家政治史、经济史、科学史、宗教史的精华。"[①] 虽然文学史可以有多种写法，但无论哪种写法都离不开对文学作品的介绍与分析；了解文学的历史可以有多种途径，但无论通过哪种途径，都绕不开对文学作品的阅读与赏析。对于文学作品与文学史关系的理解，陈思和先生有一段精妙的描述，他说："所谓文学作品与文学史的关系，大约类似于天上的星星和天空的关系。构成文学史的基本元素就是文学作品，是文学的审美，就像夜幕降临，星星闪烁，其实每个星球都隔得很远很远，但是它们之间互相吸引，构成天幕下一幅极为壮观的星空图，这就是我们所要面对的文学史。我们穿行在各类星球之间，呼吸着神秘的气息，欣赏那壮丽与清奇的大自然，这就是遨游太空，研究文学史就是一种遨游太空的行为。星月的闪亮反衬出天空夜幕的深邃神秘，我们要观赏夜空，准确地说就是观赏星月，没有星月的灿烂我们很难设想天空会是什么样子的，它的魅力又何在呢？我们把重要的人物称为'星'，把某些专业的特殊贡献者称为'明星'，也是为了表达这样的意思。当我们在讨论文学史的时候，就不能不把主要的注意力放在这样类似'星'的文学名著上。换句话说，离开了文学名著，没有了审美活动，就没有文学史。"[②] 作为现代文学中一种独特的文学形式，诗歌的情形也不外于此，我们熟悉中国新诗的发展历史，了解新诗的创作特征与规律，都离不开对优秀新诗的阅读、理解与把握。可惜的是，以往的文学史教学只注重对文学外围的描摹，只注重对文学史发展线条的宏观勾勒，很少通过对各个时期的文学作品的陈列与分析，通过具体作品的细读来自然呈现文学

---

① ［美］韦勒克：《比较文学的名称与性质》，转引自干永昌等编：《比较文学研究译文集》，上海译文出版社，1985 年，第 153 页。

② 陈思和：《文本细读的意义与方法》，《中国现当代文学名著十五讲》，北京大学出版社，2003 年，第 2～3 页。

史的发展脉络与流变轨迹，这一方面妨碍了学生对文学史具体情景的真切把握，另一方面也使学生的审美能力得不到及时的培养与提升。撰写此书的第一个目的，就是要以各个时期优秀的诗歌作品为范例，将百年来中国新诗的历史图景生动地再现出来，让大家了解到近一百年来中国诗人的诗学主张与诗艺追求，在品鉴诗作中熟悉诗歌创作的基本技法，提高自身的审美能力。

第二，深入文本内部进行细致考察，窥见百年中国新诗独特的创作个性与艺术魅力，同时也更深入地了解中国新诗在创作上的不足与缺憾。中国新诗是在背离传统诗歌、学习西方诗歌的背景下发展起来的，但背离传统并不意味着全盘抛弃传统，学习西方并不意味着完全照搬西方。一百年来，中国诗人们正是在传统文学与西方文学的双重影响下，在对传统和西方的诗学观念和写作技巧进行学习、选择、扬弃与超越的基础上，逐渐形成了自身的创作个性，显示出迷人的艺术魅力，发散出夺目的艺术光辉。然而，与中国古典诗歌和西方诗歌相比较，中国新诗的独特性在哪里？我们如何能感知到它的艺术魅力？只有通过对具体诗歌作品的阅读、理解与细致剖析，我们才能找到答案。在百年历程中，中国新诗是取得了不俗的成绩的，这些成绩可以通过我们后面对具体文本的分析和研究而得知。不过，对于一种文体的成长来说，一百年的探索和耕耘似乎显得短暂了些，只有一百年发展历程的中国新诗自然也暴露出许多创作上的不足与缺憾，对这些不足与缺憾的知悉也只有通过具体文本的分析，通过将它与古典诗歌和西方诗歌加以比较和鉴别，才可能做到。中国新诗实际上还有很多的问题，这些问题集中体现在意象的困惑、诗节的烦恼、哲学的贫弱、文化的尴尬等多个方面。

首先是意象的困惑。我们知道诗歌是以意象作为表情达意的基本元素的，意象的选用与组接是诗歌创作最重要的环节。由于中国现代文化的不甚成熟，中国现代诗人在意象的选择上是颇费周折的：如果选用古典的意象，会使诗歌缺乏现代性质素，诗歌情绪缺少现实感；如果选用诗人自创的现代意象，缺乏审美共通性，可能导致诗歌晦涩难懂；如果选用西方文学中的意象，又背离了民族性，很难引起人们的情感共鸣。总而言之，中国现代诗人在新诗创作的过程中，为意象所困的情形是无所不在的。最典型的例子就是卞之琳的《距离的组织》。诗人写道：

想独上高楼读一遍《罗马衰亡史》，
忽有罗马灭亡星出现在报上。
报纸落。地图开，因想起远人的嘱咐。

寄来的风景也暮色苍茫了。

（"醒来天欲暮，无聊，一访友人吧。"）

灰色的天。灰色的海。灰色的路。

哪儿了？我又不会向灯下验一把土。

忽听得一千重门外有自己的名字。

好累啊！我的盆舟没有人戏弄吗？

友人带来了雪意和三点钟。

这的确体现出了"距离的组织"，诗人将蕴含了古、今、中、外文化背景的多个诗歌意象组合在一起，意象之间时空的距离跨度太大，使人读后无法通过意象之间语意的拼接而得出一个完整的意义框架，诗歌的晦暗艰涩可见一斑了。也许是意识到诗歌意象选用和组合上的问题，为了便于读者更好地理解这首诗，卞之琳在诗歌文本后面加了七条注解，对诗句中出现的难解的意象进行逐个的解释。他解释完了，读者也理解了诗歌的大意，但这首诗歌本身具有的审美韵味也无形之中被消解掉了。从这个例子中我们不难看到意象选取与中国新诗创作之间的龃龉关系。

其次是诗节的烦恼。中国新诗主要是自由诗，自由诗讲究表达的自由自在、无拘无束，这当然有利于诗人顺畅地书写自己的心怀，明确地表现他对宇宙人生的独特理解与认识。但自由对于诗歌来说并非就是一件好事，自由的书写有时不仅不利于诗情的表达，还可能妨害诗歌审美效果的凸显。我们知道，古典诗歌是有明确的形式规范的，唐诗宋词元曲之所以至今令人称道，不仅在于它们内容表达上的深隽，更在于它们形式上的成熟与定型。与之相比，中国新诗在形式上基本没有什么规范，诗无定行，行无定字，诗人想怎么写就怎么写，完全没有什么限制。尤其是诗歌节次上，一首诗究竟要写多少节，每一节究竟要求多少行，这些在每个诗人心里都是一笔糊涂账。在百年来的新诗创作中，尽管有不少诗人在形式上作过有益的探索，也取得了不俗的成绩，例如闻一多的"三美"主张、冯至的《十四行集》等，但总体来看，百年来的新诗文本中自由体的形式还是占着更大的比重，主张新诗应该是自由诗的诗人在大多数，新诗创作中存在的关于诗节的烦恼一直都没有从现代诗人的心间剔除。

再次是哲学的贫弱。如果说前面所说的意象的困惑与诗节的烦恼两种问题主要是新诗形式上的不成熟所导致的话，第三个问题的产生则源于现代文化的不成熟和不定型。哲学是文化的核心，现代文化的不成熟导致了中国现代人文环境中哲学根底的贫弱，这也最终导致了中国新文学（无论小说戏剧，还是散文诗歌）哲学思想的贫弱。真正大气的诗歌是需要哲学和宗教的坚实地基来支撑的，"一首诗歌，如果不从形式之外去抵达情感、智慧和精神的制高点，不在字里行间进行有意识的觉醒和拯救，无论它在抒情姿态、技巧操作、文本结构等方面再怎样进行各种各样的翻新，它都始终不能成为一件杰出的艺术品存留在我们的记忆里"①。因为哲学思想的贫弱，百年来中国新诗始终难以催生《浮士德》、《荒原》这样的不朽诗作，也未能产生如歌德、艾略特这样的杰出诗人。

最后是文化的尴尬。文学是文化的一个组成部分，文学创作最终要归附到一种文化指向上去。中国现代文化的不成熟导致了中国现代诗人文化选择上的不知所终，选择亲近西方文化者（如"知识分子写作"）被人贬称为洋买办，他们的作品也被人们认作是翻译体的诗作，缺乏中国作风与中国气派；选择亲近古代文化者（如"新古典主义"）被人骂作老古董，他们的诗歌因为缺少了对当下中国人生存体验的大量书写而受到人们普遍的非议和诟病。总之，中国诗人在新诗创作过程中的文化认同上，至今还处于莫衷一是的尴尬境地。

第三，以文本为线索，找寻出各个历史时期诗人的人文理想与诗学追求，并从中洞悉特定历史语境下各自不同的社会生活状况和时代精神风貌。同小说、散文等文体一样，诗歌也是人类心灵史的记载形式。虽然它是用一种婉转隐晦的方式来表情达意的，但同样也真实地书写和记录了不同历史境遇下人们的心灵律动和精神状况。因此，通过对具体诗歌作品的阅读与剖析，我们就能揣摩到这些生命信息。比如初期白话诗人周无的这首《过印度洋》：

> 圆天盖着大海，黑水托着孤舟。
> 也看不见山，那天边只有云头。
> 也看不见树，那水上只有海鸥。
> 那里是非洲？那里是欧洲？
> 我美丽亲爱的故乡却在脑后！
> 怕回头，怕回头，
> 一阵大风，雪浪上船头，
> 飕飕，吹散一天云雾一天愁。

这首诗几乎没有使用什么表达技巧，而是通过对外在世界自然景观的直接描绘，把近代以来许多有志之士远涉重洋，寻找救国救民真理的情形

---

① 熊盛荣：《网络诗歌：狂欢后的浮躁和苍白》，《山西文学》2002 年第 9 期。

作了形象化的表现。通过阅读这首诗歌，我们不难捕捉到诗人不忍离开祖国又不得不离开的矛盾心态，这种心态也是当时漂洋过海追求真理的热血青年们普遍的心理情状的集中体现与真实反映。

第四，通过对百年新诗的仔细研读，用西方文学批评来照亮中国新诗的思想内涵与艺术特色。本著作将大量借鉴西方现代文论的批评方法，着眼于内部研究，注重对诗歌文本的语言考察，注重对文学形式的细微分析，将以形式主义为开端而发展起来的西方现代文学批评方法系统地运用到对新诗文本的解读之中，将百年中国新诗文本构造与艺术成色的具体情形确切地敞现出来。通过西方文学理论与中国新诗文本的反复对话、相互烛照，呈现出中国百年新诗不凡的艺术魅力。

第一章　初期白话诗派

一、诗派概述

中国古典诗歌，历经几千年发展，各种形式都很完备。在文言的范围内，几千年创造的文体已尽无遗。元明清时期，感时恨别、寄赠唱和、借景抒情、天人感应、五言七言、比兴对仗等内容和手法难出新意。特别是晚清，盛行拟古的形式主义诗风。不少诗人模仿着古人的语言和意境，无病呻吟，专讲音韵格律，卖弄生涩典故，使诗歌远离时代人生，艺术上无甚新意，严重阻碍着诗歌的发展。

至近代，资产阶级革命兴起，中国文学开始与西欧、日本文学接触，以梁启超、黄遵宪等为代表的诗人们发起"诗界革命"运动，提出以"旧风格含新意境"的诗学主张，仍没能摆脱旧诗的束缚。1917 年，胡适、陈独秀、钱玄同、刘半农等人分别从不同的角度对新诗进行了理论上的探讨，并大胆地进行了写作尝试。是年 2 月，胡适在《新青年》上发表了白话诗八首。1918 年 5 月，《新青年》第 4 卷第 1 号，推出胡适、刘半农、沈尹默三人的白话新诗，被称为"现代新诗的第一次出现"。其后，周作人、康白情、俞平伯、刘大白、朱自清等人竞相尝试，李大钊、鲁迅、陈独秀也写新诗，形成了体现文学革命最初实绩的"五四"新诗运动。因他们在否定旧诗、探索新诗，致力于诗的自由化、白话化方面显出共同的有意的努力，且在诗歌风格方面有一致之处，我们将其称为初期白话诗派。

初期白话诗派是百年新诗的第一个流派，也取得了一定的成绩。胡适的《尝试集》（1920 年 3 月出版）是中国新诗史上的第一部个人白话诗集。俞平伯的《冬夜》（1922 年出版）是继《尝试集》、《女神》（1921 年 8 月出版）之后的第三部个人诗集。

初期白话诗派代表作：《梦与诗》（胡适），《教我如何不想她》（刘半农），《卖布谣》、《田主来》（刘大白），《三弦》、《月夜》（沈尹默），《草儿在前》、《别少年中国》、《鸭绿江以东》（康白情），《小河》（周作人）。

二、作品析解

胡　适

（一）作者简介

胡适（1891—1962），现代诗人、文史学家、"五四"文学革命的倡导者。初名嗣穈，学名洪骍，字适之。安徽绩溪人。"五四"运动前后曾任《新青年》杂志编辑，为新文化运动著名人物。1917年2月在《新青年》上发表《文学改良刍议》一文，随后又发表《历史的文学观念论》、《建设的文学革命论》等文章，提倡白话文，宣传民主、科学，对开展文学革命和创建新文学起了倡导和推动作用，是最早尝试白话新诗的创作者之一。1920年出版中国现代文学史上第一部新诗集《尝试集》；1918年发表中国现代最早话剧《终身大事》，推动了早期话剧创作，在《红楼梦》、《水浒传》、《西游记》、《三国演义》等小说的研究中自成一说。对《红楼梦》着重考证作者的身世、经历，创立"自传说"，被称为"新红学"。1919年接编《每周评论》后，发表《多研究些问题，少谈些"主义"》，宣传杜威的点滴改良的实用主义思想，反对马克思主义的社会革命论，并提出"大胆假设，小心求证"的研究方法，在学术界产生了较大的影响。曾任北京大学文学院院长、北京大学校长、台湾"中央研究院"院长等职。著有《胡适文存》、《胡适文存》二集、《胡适文存》三集、《胡适论学近著》、《白话文学史》（上）、《中国哲学史大纲》（卷上）等。

（二）作品分析

梦与诗

都是平常经验，
都是平常影象，
偶然涌到梦中来，
变幻出多少新奇花样

都是平常情感，

都是平常言语，
偶然碰着个诗人，
变幻出多少新奇诗句！

醉过才知酒浓，
爱过才知情重：——
你不能做我的诗，
正如我不能做你的梦。

人生经验的道白
——胡适《梦与诗》导读

　　这是胡适写于 1920 年的一首白话诗。作为"五四"新文化运动的领导者之一，胡适不仅在文学建设上提出了很多具有革命性意义的诗学观念，而且还亲自进行白话诗的创作实践，并写下了不少很有影响的诗歌。《梦与诗》就是其中的代表性诗作。

　　这首诗把作诗与做梦相比较，将人生中两个奇幻的事情纳入笔端进行对比言说，得出了一些颇富启发意义的结论。诗歌的第一节写"做梦"，平常的经验和影像涌入梦里，变幻出许多新奇花样，由此引发了诗人对作诗的联想。第二节紧承第一节，写"作诗"，平常的情感和言语到了诗人眼里，会变幻出无数新奇诗句，这和"做梦"是如此惊人的相似。其实做梦也好，作诗也好，都是对现实的感触、提炼和升华。这里实际上表露出诗人的创作观念，胡适一贯主张"诗的经验主义"，通俗地说就是诗人作诗必须以现实为依托，将现实生活转化为诗性表达。他曾说：做梦尚且要经验做底子，何况作诗？现在人的大毛病就在爱作没有经验做底子的诗。诗歌的最后一节由作诗转为对人生经验的感慨，"醉过才知酒浓，爱过才知情重"，这是一个为人长久传诵的名句，在朴素的语言中表达着永恒的真理。

　　胡适这首诗歌写得浅畅明白，通俗感人。通俗易懂，自然朴质，这是初期白话诗的显著特征。新诗究竟怎么写，在胡适之前并没有一个明确的说法。胡适把古代表意通俗的诗歌都命意为白话诗，其实是有问题的。杜甫和白居易的诗歌无论写得怎么通俗晓畅，都是以文言为基本的语言系统的，而不是以现代汉语为表意系统的白话诗歌。胡适等人才是创作白话诗歌的第一批诗人，在他们创作时，现代汉语还没有形成完整的语言体系，胡适等人是在尝试着用他们的诗歌创作为现代汉语确定语言规范，他把自己的诗集取名为"尝试集",其用意大概在此。这首诗歌通篇几乎没有用意象和比喻来表达,而是以真诚为情感底色,以人生体验为思想骨架,用近乎说理的语言来表达了诗人的诗学理解和人生观点。

附:胡适诗三首

蝴　蝶

两个黄蝴蝶,双双飞上天。
不知为什么,一个忽飞还。
剩下那一个,孤单怪可怜;
也无心上天,天上太孤单。

鸽　子

云淡天高,好一片晚秋天气!
有一群鸽子,在空中游戏。
看他们三三两两,
　　　　回环来往,
　　　　夷犹如意,——
忽地里,翻身映日,白羽衬青天,
十分鲜丽!

希　望

我从山中来,
带得兰花草,
种在小园中,
希望花开早。

一日望三回,
望到花时过;
急坏看花人,
苞也无一个。

眼见秋天到，
移花供在家；
明年春风回，
祝汝满盆花。

周作人

（一）作者简介

周作人（1885—1967），现代散文家、诗人、文学翻译家。原名櫆寿，字星杓，后改名奎绶，自号起孟、启明（又作岂明）、知堂等，笔名仲密、药堂、周遐寿等。浙江绍兴人。鲁迅二弟。1917年任北京大学文科教授。"五四"时期任新潮社主任编辑，参加《新青年》的编辑工作，参与发起成立文学研究会，发表了《人的文学》、《平民文学》、《思想革命》等重要理论文章，并从事散文、新诗创作和外国文学作品译介。主要著作有散文集《自己的园地》、《雨天的书》、《泽泻集》、《谈龙集》、《谈虎集》、《永日集》、《看云集》、《夜读抄》、《苦茶随笔》、《风雨谈》、《瓜豆集》、《秉烛谈》、《苦口甘口》、《过去的工作》、《知堂文集》，诗集《过去的生命》，小说集《孤儿记》，论文集《艺术与生活》、《中国新文学的源流》，论著《欧洲文学史》，文学史料集《鲁迅的故家》、《鲁迅小说里的人物》、《鲁迅的青年时代》，回忆录《知堂回想录》，另有多种译作。

（二）作品分析

小 河

一条小河，稳稳的向前流动。
经过的地方，两面全是乌黑的土，
生满了红的花，碧绿的叶，黄的果实。
一个农夫背了锄来，在小河的中间筑起一道堰。
下流干了，上流的水被堰挡着，上来不得，不得前进，
又不能退回，水只在堰前乱转。
水要保她的生命，总须流动，便只在堰前乱转。
堰下的水，逐渐淘去，成了深潭。

水也不怨这堰，——便只是想流动，
想同从前一般，稳稳的向前流动。
一日农夫又来，土堰外筑起一道石堰。
土堰塌了，水冲着坚固的石堰，还只是乱转。
堰外田里的稻，听着水声，皱眉说道，——
"我是一株稻，一株可怜的小草，
我喜欢水来润泽我，
却怕他在我身上流过。
小河的水是我的好朋友，
他曾经稳稳的流过我面前，
我对他点头，他向我微笑。
我愿他能够放出了石堰，
仍然稳稳的流着，
向我们微笑，
曲曲折折的尽量向前流着，
经过的两面地方，都变成一片锦绣。
他本是我的好朋友，
只怕他如今不认识我了，
他在地底呻吟，
听去虽然微细，却又如何可怕！
这不像我朋友平日的声音，
被轻风挽着走上沙滩来时，
快活的声音。
我只怕这回出来的时候，
不认识从前的朋友了，——
便在我身上大踏步过去。
我所以在这里忧虑。"
田边的桑树，也摇头说，——
"我生的高，能望见那小河，——
他是我的好朋友，
他送清水给我喝，
使我能生肥绿的叶，紫红的桑葚。
他从前清澈的颜色，
现在变了青黑，
又是终年挣扎，脸上添了许多痉挛的皱纹。

他只向下钻，早没有工夫对了我点头微笑，
堰下的潭，深过我的根了。
我生在小河旁边，夏天晒不枯我的枝条，
冬天冻不坏我的根。
如今只怕我的好朋友，
将我带倒在沙滩上，
拌着他卷来的水草。
我可怜我的好朋友，
但实在也为我自己着急。"
田里的草和虾蟆，听了两个的话，
也都叹气，各有自己的心事。
水只在堰前乱转，
坚固的石堰，还是一毫不摇动。
筑堰的人，不知到那里去了。

一九一九年一月二十四日

平常的叙述，隽永的诗情
——周作人《小河》导读

《小河》一诗写作于 1919 年 1 月，在 1919 年 2 月 15 日出版的《新青年》6 卷 2 号上以头条位置发表，当时正是白话诗创作方兴未艾，受到全社会普遍关注之时。周作人的诗歌发表以后，给新文学带来了不小的震动，一时间好评如潮。胡适曾称赞它是"新诗中的第一首杰作"（《谈新诗》），朱自清更说其是"融景入情，融情入理"（《〈中国新文学大系·诗集〉导言》）。甚至到了 1935 年，郑振铎还评价说《小河》这首诗至今"却终于不易超越"（《〈中国新文学大系·文学论争集〉导言》）。尽管此中不乏溢美之词，但《小河》被论家看重的情形是可以明晰睹见的。

这首诗虽为抒情诗，但行文多用叙述的笔致，前 12 行聚焦于"小河"自身，写出河水被拦阻前后的状况。水是生命之源，这是颠扑不破的真理。你看在河水浸润过的地方，土地是"乌黑"的，花红叶绿果实黄熟，一切都显露出旺盛而蓬勃的生命气象。但天有不测风云，当有一天河水被人为地阻隔，不能通畅地流动时，会有什么样的情形出现呢？从第 13 行开始，作者将叙述的焦点挪移到小河周围的诸多事物身上，其中包括水稻、桑树、水草和虾蟆等。水稻的心绪是忧虑的，它为自己的好友无由地受阻从而"在地底呻吟"而郁郁寡欢；桑树的话里也颇多感慨，它怜惜小河也担心自己；就连平时一向欢快活泼的水草与虾蟆也是心事重重、唉声叹气。诗歌的下半部分，通过叙述水稻等诸多事物的哀叹悲鸣，从侧面写出了河水被堰坝阻挡之后的不利后果。

"小河"的遭遇形象地描画了一个追求人格独立、个性完整的知识分子个性被压抑时的苦恼与烦忧。诗人用平实的语言来书写隐秘的内心世界，在平常的叙述中表现出隽永的诗情。

康白情

（一）作者简介

康白情（1896—1959），字鸿章，四川安岳人，中国现代诗人。《草儿》是他的代表作，另有旧诗集《河上集》。

（二）作品分析

草 儿

草儿在前，
鞭儿在后。
那喘吁吁的耕牛，
正担着犁鸢，
眙着白眼，
带水拖泥，
在那里"一东二冬"地走着。

"呼——呼……"
"牛吧，你不要叹气，
快犁快犁，
我把草儿给你。"

"呼——呼……"
"牛吧，快犁快犁。
你还要叹气，

我把鞭儿抽你。"

牛呵！
人呵！
草儿在前，
鞭儿在后。

在诱惑与责罚之间
——康白情《草儿》导读

　　康白情的《草儿》创作于 1919 年 2 月 1 日，诗歌朴实简洁，既有对耕牛劳作情状的描绘，也有戏剧性对白的设计，这是一幕农事耕耘图的描画，也可理解为对某种生命状况的象征。

　　生为黄牛，它的命运与前途都维系在耕作之上，它必须不断地犁开地面，奋力向前。《草儿》中的这头牛也不失为一个勤劳的耕者，你看它"眙着白眼"，气喘吁吁，带水拖泥地走着，工作的环境是很差的，劳动的强度也很大，但牛只顾朝前，没有片刻的休歇与喘息。

　　牛在什么样的处境之下继续着自己的工作呢？《草儿》一诗中明确交代为"草儿在前，鞭儿在后"，也就是说，牛的前途和命运取决于它自身的努力，它持续地向前，不辍劳作，将会获取生命存在的必要食粮；反之，如果稍作迟疑，裹足不前，就将受到主人的痛打。摆在前面的是诱惑，埋伏在后边的是责罚，牛的一生，注定就是对于这两种结果的选择。

　　当然这牛并非就是安于现状的，诗中多次写它不满足，频频"叹气"，便是这种希望改变现状的心理状况的表白。只可惜生存的环境就是这样，当世界将你定义为一种特定的类属时，你就很难从中摆脱出来。

　　《草儿》用了象征的手法，诗中牛的命运是某种地位卑微、负累过重的人的真实写照，他们在现实生活中何尝不是时时面对诱惑与责罚的双重选择呢？这首诗平易晓畅、情真意切，颇有《诗经》中"国风"的味道。

沈尹默

（一）作者简介

沈尹默（1883—1971），现代著名书法家、诗人，中国新诗最早的开创者之一。他原名君默，号秋明。祖籍浙江省吴兴县竹墩村，1883 年 6 月 11 日出生于陕西省兴安府属汉阴厅他父亲做官时的住所。沈尹默知识广博，30 岁时就任北京大学中文系教授，主讲诗词等课程，后任北平大学校长。曾为《新青年》的编辑。提倡白话诗，新、旧体诗词功力亦深。诗歌代表作品有《月夜》、《三弦》等。

（二）作品分析

月　夜

霜风呼呼的吹着，
月光明明的照着。
我和一株顶高的树并排立着，
却没有靠着。

人与自然的紧张关系
——沈尹默《月夜》导读

我们知道，中国古代文化的核心观念是"天人合一"，中国古人强调人与自然之间的和谐相处，互惠互利。受这种文化观念的深刻影响，中国古典诗歌也注重描绘和谐宁静的自然环境以及人在这种环境中的悠然自得，从而营造出和谐的诗歌意境来。与中国古代文化观念不同，西方文化强调主客二分，人与自然间的对立和冲突便成为西方文化中一个显在的表现形态。中国新诗是在学习西方文化、否定传统的基础上应运而生的，因此中国现代诗人对于人与自然关系的理解与表达较之古代诗人来说，已经发生了很大的变化。《月夜》一诗，虽然只有短短的四行，但还是让我们明确地体会到了现代社会人与自然之间的紧张关系。

诗歌的前两句写景："霜风呼呼的吹着"，这是一种动态的景观，"呼呼"极言风力之大；"月光明明的照着"，这是一种静态的景致，但静中显然蕴含了莫名的动感与力度。尽管是写景，但《月夜》中的景物明显不同于古典诗歌中的景物，它是充满动感的，充满张力的，不再是古典诗歌中静谧悠远的和谐之景，而是打破和谐与宁静的现代景物，渗透了诗人强烈的主观情绪。第三句和第四句写人，人的加入更增强了环境的紧张感，进而提升了诗歌的内在力量。这和古典诗歌也是不同的。在古典诗歌里，许多诗歌是通篇写景，而不写人的，典型的如杜甫的《绝句》（两个黄鹂鸣翠柳，一行白鹭上青天。窗含西岭千秋雪，门泊东吴万里船）；有些诗歌尽管写了人，但人是物化的，是作为自然的一个有机部分出现和存在的，如陶渊明的《饮酒》（结庐在人境，而无车马喧。问君何能尔，心远地自偏。采菊东篱下，悠然见南山。山气日夕佳，飞鸟相与还。此中有真意，欲辨已忘言）。在《月夜》里，"我"站立在景物之中，并没有和周围的环境形成一个和谐的整体，而是和一棵树"并排立着"，却保持着适当的距离，"没有靠着"，人与树之间显然是对峙着的，而不是互为依靠，相安平静的。正是在这种人与自然之间对抗冲突的紧张关系里，我们看到了中国现代诗人的文化观念与诗学表达和传统悄悄拉开距离。

第二章　创造社诗派

一、诗派概述

创造社诗派是指以郭沫若为代表的创造社（1921 年 7 月成立于日本）诸诗人组成的新诗派别，他们用磅礴的气势、创造的精神、心灵的激情和罗曼蒂克的宣泄开了一代诗风。代表诗人有郭沫若、田汉、成仿吾、郑伯奇、王独清、穆木天、冯乃超（后三者后来融进了现代主义诗潮）。作品以郭沫若的诗集《女神》最为出名。

二、作品析解

郭沫若

（一）作者简介

郭沫若（1892—1978），原名郭开贞，生于四川乐山沙湾。幼年入家塾读书，1906 年入嘉定高等学堂学习，开始接受民主思想。1914 年春赴日本留学，这个时期接触了泰戈尔、歌德、莎士比亚、惠特曼等外国作家的作品。1918 年春写的《牧羊哀话》是他的第一篇小说。1918 年初夏写的《死的诱惑》是他最早的新诗。1919 年"五四"运动爆发，他在日本福冈发起组织救国团体夏社，投身于新文化运动，写出了《凤凰涅槃》、《地球·我的母亲》、《炉中煤》等诗篇。1921 年 6 月，他和成仿吾、郁达夫等人组织创造社，编辑《创造季刊》。1923 年，他在日本帝国大学毕业，回国后继续编辑《创造周报》和《创造日》。1924 年到 1927 年间，他创作了历史剧《王昭君》、《聂莹》、《卓文君》。1928 年流亡日本。1930 年加入中国左翼作家联盟，参加"左联"东京支部活动。1938 年任中华全国文艺界抗敌协会理事，这一时期创作了以《屈原》为代表的 6 个历史剧。他还写了《十批判书》、《青铜时代》等史论和大量杂文、随笔、诗歌等。

新中国成立后，曾任中央人民政府委员，国务院副总理兼文化教育委员会主任，中国科学院院长，全国文联第一、二、三届主席，并任中国共产党第九、十、十一届中央委员，第一至五届全国人大常务委员会副委员长，全国政协委员、常务委员、副主席等职。作品有《新华颂》、《东风集》、《蔡文姬》、《武则天》、《李白与杜甫》等。在这期间，郭沫若写了许多迎合时代的文字，因此受到后人诟病。

（二）作品分析

天 狗

我是一条天狗呀！
我把月来吞了，
我把日来吞了，
我把一切的星球来吞了，
我把全宇宙来吞了。
我便是我了！

我是月底光，
我是日底光，
我是一切星球底光，
我是 X 光线底光，
我是全宇宙 Energy 底总量！

我飞奔，
我狂叫，
我燃烧。
我如烈火一样地燃烧！
我如大海一样地狂叫！
我如电气一样地飞跑！
我飞跑，
我飞跑，
我飞跑，
我剥我的皮，
我食我的肉，
我吸我的血，

我啮我的心肝，

我在我神经上飞跑，

我在我脊髓上飞跑，

我在我脑筋上飞跑。

我便是我呀！

我的我要爆了！

现代性的高峰体验与审美传达
——郭沫若《天狗》导读

郭沫若的《天狗》一诗最初发表于 1920 年 7 月上海《时事新报·学灯》上。这首诗在国内发表的时候，郭沫若还在日本留学，正系统地接受着现代科学思想和人文观念的洗礼与熏陶。郭沫若留学日本时期，也是他新诗创作的高潮期。诗人一边学习西方文化，一边把自己对世界与自我的全新理解和感悟写成分行的文字，源源不断地邮寄到国内，邮寄给他的知己宗白华。而宗白华也异常赏识郭沫若的创作才华，他曾回忆自己在《时事新报》从事编辑工作时，最高兴的事情就是阅读"每天寄来的一封封字迹劲秀，稿纸明洁，行列整齐而内容丰满壮丽的沫若的诗!"[①] 宗白华不仅喜欢郭沫若的文字，还把这些分行的文字一一发表在自己主编的《时事新报》文学副刊《学灯》上。《天狗》就是见诸报端的其中一首，在这首诗里，作为中国传统文化中有意义的喻指符号的"天狗"，不再是立于我们想象尽头、象征着大自然神秘魔力的"自在"之物，而是化为一种现实的"自为"之物，是诗人自我觉醒与青春勃发的生命情态的形象写照。诗人借无所不能的"天狗"形象来比喻自我生命的蓬勃绽放，写出了面对风云际会的新的历史时代，一个生命个体对于现代性的高峰体验。

在文学史家看来，中国现代文学就是用现代文学语言与文学形式，表达现代中国人的思想、感情和心理的文学，因此，追求现代性便构成了中国现代作家文学创作中的基本的价值诉求和表达策略。所谓现代性，一般是指一种强烈的现代时间意识，一种关于人类当下的生存境遇和情感体验的心理征候与生命情状的描摹。它强调现在与过去的非延续性、断裂感，也强调现代世界中个体生命对于理性、自由与权力的占有和支配，"现代

---

① 宗白华：《欢欣的回忆与祝贺》，《时事新报》，1941 年 11 月 10 日。

性的开始引来了历史上独一无二的社会形式，而这一形式又在现代文化的多样性中得以呈现。现代性本质上是动态的，使人们能够控制自然，能积极地改变社会生活，能通过民主政治和平地管理个人利益之间的冲突"①。据史料记载，郭沫若是在1914年离开祖国去日本的。在"四书五经"滋养下成长起来的郭沫若，此时心中积攒的只是对于农业文明，对于古老中国文化传统的丰富体认，头脑中拥有的也只是传统的世界观、价值观与宇宙时空观。到了日本后，他得以在一个开放的环境下，与代表现代化新潮的西方科学与文化进行亲密的接触与频繁的对话。他如饥似渴地学习歌德，学习惠特曼，学习哥白尼，也学习达尔文，学习斯宾诺莎，在西方科学思想与文化观念的不断冲击下，他的生命观、世界观与宇宙时空观发生了深刻的变化，一个崭新的极度膨胀的自我形象逐步在心灵空间壮大起来，这形象使诗人感到精力充盈、活力无限，感到不可遏止的兴奋和紧张，以至于随时将要爆裂开来。这个每时每刻都在热烈灼烧着诗人情绪与神经的形象，最后被诗人命名为——"天狗"。

《天狗》一诗总共有四节。第一节以"吞"为关键词，展示的是一条"天狗"吸纳世界万物的生命特性。你看这"天狗"，它把日也吞了，把月也吞了，把一切的星球也吞了，甚至把全宇宙都吞了，在吞下这一切之后，它终于化为了自己，"我便是我了"。这"天狗"是谁？其实就是郭沫若本人，他在日本这块土地上，饱餐世界优秀的思想文化的珍馐，把歌德来"吞"了，把尼采来"吞"了，把哥白尼、达尔文来"吞"了，把斯宾诺莎也"吞"了，他形成了一个思想丰富、主体意识浓烈的现代人。这"天狗"又不只是郭沫若一个人，他包括了中国近现代史上所有寻求救国真理、追求现代知识与文化的中华儿女，他是梁启超、王国维、鲁迅、周作人、胡适、徐志摩、闻一多……中国现代的思想与文化，不就是由这一群"天狗"合力铸就而成的吗？

诗的第二节，吞下全宇宙的"天狗"，开始向世人展现它的能量。它在吞尽了宇宙星球之后，便放射出熠熠的光辉来，这既是宏观上的光："日底光"、"月底光"、"星球底光"；也是微观上的光："X光线底光"。总之，它代表了一切的光芒之所在，它是全宇宙能量的总和。如果说诗的第一节写的是能量的储存的话，第二节则意在写活力的闪现；第一节着眼于动态的描绘，第二节就是静态的写真。储存与闪现，动态与静态，编织出一个具有宽广的胸怀与无穷的创造潜能的巨人形象来。

第三节是这首诗最为精彩的部分。吸纳了日月精华，积聚了全宇宙能

---

① 包亚明：《现代性与空间生产·序》，上海教育出版社，2003年，第3页。

量的"天狗",此时主体意识葱郁地凸现出来,它需要汹涌,需要喷发,需要尽情展现自身的生命力与创造力。于是它仿佛电气,仿佛大海,仿佛烈火,正在疯狂地飞奔、吼叫与燃烧。在这里,诗人书写了一个具有鲜明主体意识的抒情主人公形象,这个抒情主人公正是一只经历了涅槃之后的"凤凰",它用那种"不断的毁灭,不断的创造与不断的努力"(郭沫若《立在地球边上放号》)的非凡力量,向世界昭示了现代青年、现代文化人蓬勃的青春激情与旺盛的创造欲望,这激情与欲望如此浓烈,以致使抒情主体达到了非理性的程度。现代性的体验和感觉已然挤满了这个抒情主体的心,使它全然忘却了外在世界的客观存在,只是感到自我的孑然独立与异常强大,整个宇宙的显示屏上唯有一个大写的"我"映现出来。陷入非理性的天狗,便把这大写的"我"作为了唯一的毁灭对象与超越目标,它对"我"剥皮,食肉,吸血,啮心肝,最后甚至在"我"的思维天地里尽情撒欢,释放着不尽的活力与激情,显现着个性充分伸展与张扬的自由精神。

在经历了一阵狂乱的飞奔、吼叫与燃烧后,"天狗"再度还原回来,在平静之中它惊异地呼叫着"我便是我呀!"这个神奇的"天狗",尽管已经贮满了无限的创造力,但并没有找寻到适当的释放场所,它将自我对象化,作为暂时的发泄目标,但并不能将个人才能尽情显露。这"天狗"一样的诗人郭沫若,还漂泊在异国他乡,他无法及时回归故土精忠报国,无法将自己的一身所学用于祖国的建设实际。作为诗歌写作者的郭沫若与作为抒情主人公的天狗在这里合二为一了,他们都异常真切地感受到自己正热血喷涌,难以控制,随时都可能"要爆了"。最后一节回应了诗的第一节,同时以"我的我要爆了"这一诗句作为收束,使全诗呈现出饱满的张力,同时增添了丰富的意味。

郭沫若在诗歌中塑造的"天狗"形象,充满了鲜明的主体性和现代意识,是极度自由、极度富有毁灭力量与创造精神的个体生命的象征,这是中国现代文学史上的第一个"超人",是古代文学中难以找见的艺术形象。这一形象的创造,得益于诗人对于现代人生感悟与现代性体验的及时把捉与审美传达,也得益于诗人对于现代科学技术的系统学习。我们知道,初到日本的郭沫若,本来是学医的,他通过学习西方医学而接近现代科学,从而领略到了西方现代科学的神奇魅力。现代科学文化知识开阔了他的视野,刷新了他的世界观、宇宙观与人生观。对现代性的准确理解与深刻体验,使他养成了主体张扬、性情狂放而自由的思想个性。与此同时,对科学知识的系统接受和熟练掌握,又使他成了一个拥有正确的人生观与世界观,能理性地思考现代社会与自我生存的现代人。表面狂放自由,内在科学理性，这两种特征相反相成、矛盾统一地存在于郭沫若的生命空间与艺术世界之中。结合这首《天狗》来看，通过前面的分析我们已经了解了文本外在的精神层面，"天狗"的个体独立、个性张扬、自由自在是对现代人精神世界的完美展示。同时我们还应该看到，这个个体独立、个性张扬、自由自在的现代人并不是一个妄自尊大的无知狂人，他是一个确确实实感受到了时代脉搏的跳动、掌握了先进科学知识的现代知识分子，他懂得天文学（月、日、星球、宇宙），懂得现代医学（X 光线、神经、脊髓），也懂得物理学（Energy、电气），正是因为有了丰富的科学知识作为保障，这"天狗"才能气吞寰宇而不显癫狂，行为超常却仍不失合理性。这就是说，诗人郭沫若的现代性体验，是建立在他对现代科学、现代思想与文化的完整认识与深刻理解的基础上的，是现代科学、现代思想与文化的习得才促发了诗人真切而丰富的现代性体验，而正是这种现代性的高峰体验才促成了闪烁着非凡艺术魅力的《天狗》这样的诗歌的出现，并最终促成了标志着中国新诗走向成熟的里程碑的诗集《女神》的诞生！

附：郭沫若诗歌一首

日暮的婚筵

夕阳，笼在蔷薇花色的纱罗中
如像满月一轮，寂然有所思索。

恋着她的海水也故意装出个平静的样儿，
可他嫩绿的绢衣却遮不过他心中的激动。

几个十二三岁的小姑娘，笑语娟娟地，
在枯草原中替他们准备着结欢的婚筵。

新嫁娘最后涨红了她丰满的庞儿，
被她最心爱的情郎拥抱着去了。

2 月 28 日（1921 年）

田 汉

（一）作者简介

田汉（1898—1968），字寿昌，湖南长沙人。早年留学日本，1920 年回国，1921 年与郭沫若等组织创造社。后创办南国艺术学院、南国社，主编《南国月刊》，从事话剧创作与演出。1930 年后参加"左联"。1949 年后曾任全国文联副主席、中国剧作家协会主席等。除诗作外，还写有大量的话剧和戏曲剧本。

（二）作品分析

火

火，火，火！
火的笑，火的怒，火的悲哀，火的跳跃！
朦胧的火，蓬勃的火，热烈的火，
蔷薇细茎的火，
象牙宫殿的火，
是现实的火，
是神秘的火，
是刹那的火，
是永劫的火；
现在的焰中，涌出神秘的莲花，
刹那的闪光，照见永劫的宝座！
照见草，
照见木，
照见人，
照见我，
甚么是草？甚么是木？甚么是人？甚么是我？
在这黑暗无明的里面，
营了几千年相斫的生活！
哦！哦！蔷薇的火，象牙的火，
愿借你艺术的光明，
引见我们最大的父母！

生命的激情在火中闪耀
——田汉《火》导读

田汉是中国现代著名的浪漫主义戏剧家，他的诗歌也同样充满了浓郁的浪漫主义色彩。这首《火》就充分体现了田汉诗歌的浪漫主义情怀，在火的舞蹈与照耀之下，诗人心中涌荡的生命激情也被葱郁地点燃。

全诗只有一节。诗人以三个"火"并排一起，作为诗歌的开头，一种烈火熊熊燃烧的情形立即跳跃在我们眼前。然后，诗人连用了十多个偏正短语构成铺排，对火的各种状态进行了完整而形象的演绎，经过诗人的铺写，"火"的形象在我们面前显得姿态万千，异彩纷呈，我们得以感受到了火的情感内蕴和生命折射。诗人在这里写火时，将一些意义相对的词语相提并论，同时来修饰火，给人许多的思考与回味。他写火既是"蔷薇细茎的火"，又是"象牙宫殿的火"；既是"现实的火"，又是"神秘的火"；既是"刹那的火"，又是"永劫的火"。这种悖谬的表现方式将火内在具有的一些相反相成的丰富品格作了艺术化的写照。

火光的闪烁蕴藏了丰富的含义，火光的照耀也给人无限的遐想。火光照见了什么？照见了花草树木，照见了人类自身。由"火"的照耀，诗人想到了没有火光的漫漫长夜，进而想到火光对于现代世界的意义。

这火光是什么？是"五四"时期张扬起来的个体，是觉醒了的生命意识，也是启蒙大众的艺术之光，所以诗人最后写道："愿借你艺术的光明，引见我们最大的父母！"就是说希望借助艺术的光亮来照亮整个人类。

第三章 文学研究会诗派

一、诗派概述

文学研究会诗派创作成员来自 1921 年成立的文学研究会。文学研究会是 20 年代阵营最强、影响极大的文学社团，其主要成员朱自清、叶绍钧、刘延陵、俞平伯等紧接着在上海成立了现代文坛上第一个新诗社团——中国新诗社，并于次年 1 月创办了第一个新诗专刊《诗》。文学研究会的诗人以"为人生"为核心的诗歌价值观念，因此常被称为"人生派"或"为人生派"。主要代表作：诗集《踪迹》（朱自清），《歌者》、《永在的真实》（徐玉诺），短诗集《春水》、《繁星》（冰心）。

二、作品析解

冰　心

（一）作者简介

冰心（1900—1999），现当代女作家、儿童文学作家。原名谢婉莹，笔名冰心女士、男士等。原籍福建长乐，生于福州。1919 年开始发表第一篇小说《两个家庭》，此后，相继发表了《斯人独憔悴》、《去国》等探索人生问题的"问题小说"。同时，受到泰戈尔《飞鸟集》的影响，写作无标题的自由体小诗。这些晶莹清丽、轻柔隽逸的小诗，后结集为《繁星》和《春水》出版，被人称为"春水体"。1921 年加入文学研究会。出版有小说集《超人》、《去国》、《冬儿姑娘》，小说散文集《往事》、《南归》，散文集《关于女人》，以及《冰心全集》、《冰心文集》、《冰心著译选集》等。她的作品被译成多种外文出版。

（二）作品分析

《繁星》（选）

一

繁星闪烁着——
深蓝的太空，
　何曾听得见它们对语？
沉默中，
　微光里，
　　它们深深的互相颂赞了。

二

童年呵！
是梦中的真，
　是真中的梦，
　是回忆时含泪的微笑。

三

万顷的颤动——
　深黑的岛边，
　　月儿上来了。
生之源，
　死之所！

八

残花缀在繁枝上；
鸟儿飞去了，
　撒得落红满地——
　生命也是这般的一瞥么？

一〇

嫩绿的芽儿，
　和青年说：

"发展你自己！"

淡白的花儿，
　和青年说：
"贡献你自己！"

深红的果儿，
　和青年说
"牺牲你自己！"

　　　一二
人类呵！
相爱罢，
　我们都是长行的旅客，
　　向着同一的归宿。

　　　一三
一角的城墙，
蔚蓝的天，
极目的苍茫无际——
即此便是天上——人间。

　　　一四
我们都是自然的婴儿，
卧在宇宙的摇篮里

　　　一六
青年人呵！
为着后来的回忆，
　小心着意的描你现在的图画吧。

　　　一七
我的朋友！
为什么说我"默默"呢？
世间原有些作为，

超乎语言文字以外。

一八
文学家呵！
着意的撒下你的种子去，
随时随地地要发现你的果实。

二二
生离——
　是朦胧的月日，
死别——
　　是憔悴的落花。

三三
母亲呵！
撇开你的忧愁，
　　容我沉酣在你的怀里，
只有你是我灵魂的安顿。

三八
井栏上，
　听潺潺山下的河流——
　　料峭的天风，
　　　吹着头发；
天边——地上，
　一回头又添了几颗光明，
　　是星儿，
　　还是灯儿？

五五
成功的花。
　人们只惊慕她现时的明艳！
　　然而当初她的芽儿，
　　　浸透了奋斗的泪泉，
　　洒遍了牺牲的血雨。

七四

婴儿，
　　是伟大的诗人，
　　　　在不完全的言语中，
　　　吐出最完全的诗句。

一○六

老年人对小孩子说：
　　"流泪罢，
　　　叹息罢，
　　　　世界多么无味呵！"
小孩子笑着说：
"饶恕我，
　　先生！
我不会设想我所未经过的事。"

小孩子对老年人说：
"笑罢，
　　跳罢，
　　　世界多么有趣呵！"
老年人叹着说：
"原谅我，
　　孩子！
我不忍回忆我所已经过的事。"

一二七

流星，
　　飞走天空，
　　可能有一秒时的凝望？
　　　然而这一瞥的光明，
　　已长久遗留在人的心怀里。

一五○

独坐——
山下泾水起了。

更隔院断续的清磬。
这样黄昏，
　这般微雨，
　　只做就些儿惆怅！

　　一五九
母亲呵！
天上的风雨来了，
　鸟儿躲到他的巢里；
心中的风雨来了，
　我只躲到你的怀里。

　　一六〇
聪明人！
文字是空洞的，
　言语是虚伪的；
你要引导你的朋友，
　只在你
　　自然流露的行为上！

　　一六二
青松枝，
红灯彩，
　　和那柔曼的歌声——
小弟弟！
感谢你付与我，
寂静里的光明。

　　一六四
我的朋友！
别了，
　我把最后一页
　　留与你们！

生命感悟与哲理寻思
——冰心《繁星》导读

　　《繁星》是女诗人冰心的代表诗作，由 164 首小诗构成，结集作为上海商务印书馆发行的文学研究会丛书之一，于 1923 年 1 月初版。冰心的《繁星》、《春水》发表以后，在社会上引起了很大的反响，人们对它们称赞有加，很快带来了小诗创作的热潮。

　　谈到小诗，周作人曾经指出："所谓小诗，是指现今流行的一行至四行的新诗。这种小诗在形式上似乎有点新奇，其实只是一种很普遍的抒情诗，自古以来便已存在的。本来诗是'言志'的东西，虽然也可用以叙事或说理，但其本质以抒情为主。情之热烈深切者，如恋爱的苦甜，离合生死的悲喜，自然可以造成种种的鸿篇巨制，但是我们日常的生活里，充满着没有这样迫切而也一样的真实的感情：他们忽然而起，忽然而灭，不能长久持续，结成一块文艺的精华，然而足以代表我们刹那的内心生活的变迁，在某一意义上这倒是我们的真的生活。如果我们'怀着爱惜这在忙碌的生活之中浮到心头又复随即消失的刹那的感觉之心'，想将它表现出来，那么数行的小诗便是最好的工具了……"① 在这段话里，周作人强调小诗创作对于书写日常生活、记录内心变化来说是最好的工具，这是非常有道理的。在《繁星》出版以后，对于冰心小诗的评价很多，其中胡愈之的一席话较有代表性，他说道："自从冰心女士在《晨报副镌》上发表她的《繁星》后，小诗颇流行一时。除了大白君的著名的《归梦》外，此外在杂志报章上散见的短诗，差不多全是用这种新创的 Style（文体）写成的，使我们的文坛，收获了无数粒情绪的珍珠，这不能不归功于《繁星》的作者了……小诗的长处是在于能捉住一瞬间稍纵即逝的思潮，表现出偶然涌现到意识城的幽微的情绪。我们读了这些，虽然不能得到惊异，不能得到魁伟的印象，然能使我们的心灵得到一时间的感通，正如在广漠无垠的大洋中忽然望见扁舟驶过一般。所以断片的诗句，在文艺鉴赏上也正和鸿篇巨制有同样的价值……《繁星》现在已印成单行本出版了。我把它重读了一遍，觉得从一位天真的富于玄想的女作家'冷静的心'里所发出的每一个字，都暗示我们以一个更深微的世界。"② 正如胡愈之所说的，冰心的《繁星》用一百多首短诗连缀起来，是要"暗示我们以一个更深微的世界"，在这个深微的世界里，我们处处能领略到诗人对于人生的真切感悟

---

① 转引自卓如编著：《爱和美的边缘》，海天出版社，1999 年，第 94～95 页。
② 化鲁（胡愈之）：《最近的出产·繁星》，《文学旬刊》1923 年第 73 期。

与对于世界的哲理寻思。

一

冰心的视野是开阔的，冰心的情感也异常细腻，她能把宇宙间的林林总总都纳入眼底，摄入笔端，经过自己心灵的滤化，写出这些事物的生命真谛与人生蕴意来。

如她的其他作品一样，冰心在《繁星》里，也反复书写了母亲对于世间生命的伟大意义，描写母爱、讴歌母爱，成为《繁星》中的一个重要主题。诗人一般采用儿童视角，来观照了母性神奇的力量，她说：

母亲呵！
撇开你的忧愁，
　　容我沉酣在你的怀里，
只有你是我灵魂的安顿。（三三）

这是用晶莹的童心来品尝伟大的母爱，母亲的怀抱是孩子的避风港，是灵魂安顿的好处所，足以见得母亲在孩子生命中的地位与分量。同样的主题也出现在下列的篇章里：

小小的花，
也想抬起头来，
　感谢春光的爱——

然而深厚的恩慈，
反使他终于沉默。

母亲呵！
你是那春光么？（一〇二）

母亲呵！
天上的风雨来了，
　鸟儿躲到他的巢里；
心中的风雨来了，
　我只躲到你的怀里。（一五九）

母爱是如此的神奇与伟大，那么儿童呢？在冰心眼里，儿童总是圣洁的、美妙的，一样充满了神秘感。诗人写道：

童年呵！
是梦中的真，
　是真中的梦，
　　是回忆时含泪的微笑。（二）

万千的天使，
要起来歌颂小孩子；

小孩子！
他细小的身躯里，
　含着伟大的灵魂。（三五）

婴儿，
　是伟大的诗人，
　　在不完全的言语中，
　　吐出最完全的诗句。（七四）

在歌咏和赞美儿童的时候，冰心是站在成年人的视角上来思考和表达的。当然，诗人所扮演的这个成年人，又不是纯然的成年，有着饱经风霜的心怀，而是怀揣着一颗翡翠的童心。什么是童心呢？冰心指出："所谓'童心'就是儿童的心理特征。'童心'不只是天真活泼而已，这里还包括有：强烈的正义感——因此儿童不能容忍原谅人们说谎作伪；深厚的同情心——因此儿童看到被压迫损害的人和物，都会发出不平的呼声，落下伤心的眼泪；以及他们对于比自己能力高、年纪大、经验多的人的羡慕和钦佩——因此他们崇拜名人，模仿父母师长兄姐的言行。他们热爱生活，喜欢集体活动，喜爱一切美丽、新奇、活动的东西，也爱看灿烂的颜色，爱听谐美的声音。他们对于新事物充满好奇心，勇于尝试，不怕危险……"①也就是说，在冰心看来，"童心"就是用莹洁、善良和和美的眼睛与胸怀

①　冰心：《1956〈儿童文学选〉序》，《冰心全集》第4卷，人民文学出版社，1995年，第405页。

来理解与感受这个世界。正因为用这种童心来阅读儿童，儿童在诗人笔下，就成了真与梦的结合体，他们"细小的身躯里，/含着伟大的灵魂"，就连刚刚学着说话的婴儿，也是世上最优秀的诗人，他们用"不完全的言语"，"吐出最完全的诗句"。

大自然也是《繁星》中反复歌咏的题材，冰心的诗歌在描绘大自然时，首先肯定了自然界许多事物自身所拥有的价值与意义，她写小草：

弱小的草呵！
骄傲些罢，
　　只有你普遍的装点了世界。（四八）

写大海：

大海呵，
　　　哪一颗星没有光？
　　　哪一朵花没有香？
哪一次我的思潮里
　　　没有你波涛的清响？（一三一）

写蜜蜂：

蜜蜂，
是能溶化的作家；
从百花里吸出不同的香汁来，
酿成它独创的甜蜜。（一二五）

写流星：

流星，
　飞走天空，
可能有一秒时的凝望？
　　然而这一瞥的光明，
已长久遗留在人的心怀里。（一二七）

不管写哪一种自然事物，都能从平凡中看出不平凡。自然事物通过诗人的心灵烛照，马上呈现出非凡的意义和隽永的诗情来。

诗人在对自然事物进行诗意描画时，不仅注意发掘了平常事物的不平常意义，还通过若干典型物象的组合，使诗歌呈现出富有古典美的意境来。"井栏上，/听潺潺山下的河流——/料峭的天风，/吹着头发；"（三八）"阳光正好，/野花如笑；看朦胧晓色，/隐着山门。"（九二）"怎能忘却？/夏之夜，/明月下，/幽栏独倚。粉红的莲花，/深绿的荷盖，/缟白的衣裳！"（一三四）"夏之夜，/凉风起了！/襟上兰花气息，/绕到梦魂深处。"（一三八）"塔边，/花底，/微风吹着发儿，/是冷也何曾冷！/这古院——/这黄昏——/这丝丝诗意——/绕住了斜阳和我。"（一四四）在这些诗句中，"井栏"、"天风"、"野花"、"晓色"、"莲花"、"荷盖"、"兰花"、"微风"、"斜阳"等，都是古典诗歌中使用频率很高的诗歌意象。它们的入诗，既增强了诗歌的古典韵味，也使美妙的意境油然而生，诗歌从而散发出感染人的艺术魅力。

诗人笔下的自然，都是具有亲和力的事物，这不仅因为诗人总是将自然事物拟人化，用人的思想情感来描画世间万物，而且因为诗人所写的诸般景物，许多都与人密切联系在一起。诗人从来都不是为自然而自然，而是把自然世界与现实人生对接起来，从自然的写照中凸显人生的意义。她写青年的人生责任，是通过自然的口来传达的：

嫩绿的芽儿，
　和青年说：
"发展你自己！"

淡白的花儿，
　和青年说：
"贡献你自己！"

深红的果儿，
　和青年说
"牺牲你自己！"（一〇）

自然不仅告诉人们生命的担负，而且它也是人类生命的摇篮："我们都是自然的婴儿，/卧在宇宙的摇篮里。"（一四）新鲜的晨光，可以浣洗人们倦怠的灵魂："我的朋友！/起来罢，/晨光来了，/要洗你的隔夜的灵魂。"（五四）丝丝夜雨编织了诗人的情绪："夜中的雨，/丝丝的织就诗人的情绪。"（五六）而且，大自然有时还与人一起，构成了和谐的春之景："春天的早晨，/怎样的可爱呢! /融洽的风，/飘扬的衣袖，/静悄的心情。"（六九）

总之，不管写母爱，写儿童，还是写大自然，诗人最终写出的，都是对于人生的深切感悟。

二

冰心曾说过："一个作家要养成他的风格，必须先养成冷静的头脑、严肃的生活和清高的人格。"[①] 冰心是这样说的，也是这样做的。她习惯于以深邃的目光来打量世界，以冷静的头脑来思考人生，她的《繁星》就充分体现了这一点。《繁星》迷人的地方，除了反映出诗人对于人生的深切感悟外，还在于诗人通过若干短小的篇章，发出了许多富有哲理的声音。

在《繁星》中，体现出诗人哲理沉思的诗章，首先是对人生哲理的宣示。她认为生命就是"向死而生"的长途旅行："人类呵! /相爱罢，/我们都是长行的旅客，/向着同一的归宿。"（一二）不同年龄层次的人有着不同的心境和情思：

老年人对小孩子说：
　"流泪罢，
　　叹息罢，
　　　世界多么无味呵!"
小孩子笑着说：
"饶恕我，
　　先生!
我不会设想我所未经过的事。"

小孩子对老年人说：
"笑罢，
　　跳罢，
　　　世界多么有趣呵!"
老年人叹着说：
"原谅我，

---

① 冰心：《写作的练习》，《冰心全集》（第三卷），人民文学出版社，1995 年，第 312 页。

孩子!
我不忍回忆我所已经过的事。"(一〇六)

在这里,老人和小孩的对白,形象地交代了他们各自的生命态度,同一世界在他们眼里呈现出不同的色调。在表现人生哲理里,不少诗歌都把思维的触角伸向了青年,如:"青年人呵!/为着后来的回忆,/小心着意的描你现在的图画。"(一六)"青年人!/信你自己罢!/只有你自己是真实的,/也只有你能创造你自己。"(九八)"希望那无希望的事实,/解答那难解答的问题,/便是青年的自杀!"(一三〇)诗人通过诗歌的形式告诉我们:青年是一生中最好的时日,不要辜负,千万珍惜,要用今天的努力去创造美好的未来。

在透射哲理意味的诗章中,还有一类是对于自然所蕴含的哲理的揭示。她这样写鲜花:

成功的花。
　人们只惊慕她现时的明艳!
　　然而当初她的芽儿,
　　　浸透了奋斗的泪泉,
　　洒遍了牺牲的血雨。(五五)

这首诗交代了成功的来之不易。绚丽的鲜花同妩媚的人生一样,在芬芳的笑靥背后,藏满了坎坷与艰辛。

她写小鸟:

空中的鸟!
何必和笼里的同伴争噪呢?
你自有你的天地。(七〇)

诗人对空中小鸟的聒噪加以责备,无疑是对现实社会中那种普遍的"围城"心态的一种讥嘲。再如写花与果实的关系:

风雨后——
　花儿的芬芳过去了,
　　花儿的颜色过去了,
　花儿沉默的在枝上悬着。

花的价值，
　　要因着果儿而定了！（一三六）

　　的确，花的价值因它的果实而定，人生的价值也是由他对于社会的奉献而定，朴素的诗句传达出永恒的真理。

　　其实不管是写人生还是写自然，诗人对于哲理意义的揭示，最终都是指向人类社会，并对我们的人生道路有莫大的启示作用。

　　冰心在谈到自己对于新诗创作的体会时，曾经说道："我自己的意思是如有含蓄不尽的意思，声调再婉转些，便可以叫做诗了，长短是无关系的，但我个人看去，似乎短的比长的好，容易聚精凝神地说一两句话。"①《繁星》可以看作是诗人对这个诗学主张的现实表现。诗人用短小的篇幅，写出了对于人生的深切感悟和对哲理的深刻挖掘，"以真实简练的文字，含蓄地表现了诗人在刹那间对于平凡事物的独特感兴和情思的变迁"②，这些诗歌，也一如繁星，永远闪烁在中国新诗的天幕中。

---

① 冰心：《冰心小说集〈遗书〉》，《繁星·春水》，人民文学出版社，1998 年，第 6 页。
② 冰心：《冰心小说集〈遗书〉》，《繁星·春水》，人民文学出版社，1998 年，第 7 页。

第四章　象征诗派

一、诗派概述

以李金发为代表的中国早期象征诗派是"五四"运动以后出现于中国诗坛的重要诗歌流派。象征派诗人多受法国象征主义诗歌的影响，其作品的特点是注重自我心灵的艺术表现，强调诗的意象暗示性功能和神秘性，追求所谓"观念联络的奇特"。李金发于 1925 年至 1927 年出版的《微雨》、《为幸福而歌》、《食客与凶年》，是中国早期象征诗派的代表作。此外，后期创造社的王独清、穆木天、冯乃超等也是象征主义诗歌的重要创作者。

二、作品析解

李金发

（一）作者简介

李金发（1900—1976），原名李淑良，笔名金发，广东梅县人。早年就读于香港圣约瑟中学，后至上海入南洋中学留法预备班。1919 年赴法勤工俭学，1921 年春，李金发进入位于法国第戎的国立美术专科学校就读，在法国象征派诗歌特别是波德莱尔《恶之花》的影响下，开始创作格调怪异的诗歌，在中国新诗坛引起一阵骚动，被称为"诗怪"，成为我国第一个象征主义诗人。1925 年初，他应上海美专校长刘海粟邀请，回国执教，同年加入文学研究会，并为《小说月报》、《新女性》撰稿。1927 年秋，任中央大中秘书。1928 年任杭州国立艺术院雕塑系主任，创办《美育》杂志；后赴广州塑像，并在广州市立美术学校工作，1936 年任该校校长。40年代后期，几次出任外交官员，后移居美国纽约，直至去世。

（二）作品分析

弃　妇

长发披遍我两眼之前，
遂割断了一切羞恶之疾视，
与鲜血之急流，枯骨之沉睡。
黑夜与蚊虫联步徐来，
越此短墙之角，
狂呼在我清白之耳后，
如荒野狂风怒号：
战栗了无数游牧。

靠一根草儿，与上帝之灵往返在空谷里。
我的哀戚惟游蜂之脑能深印着；
或与山泉长泻在悬崖，
然后随红叶而俱去。

弃妇之隐忧堆积在动作上，
夕阳之火不能把时间之烦闷
化成灰烬，从烟突里飞去，
长染在游鸦之羽，
将同栖止于海啸之石上，
静听舟子之歌。
衰老的裙裾发出哀吟，
徜徉在丘墓之侧，
永无热泪，
点滴在草地，
为世界之装饰。

哀戚心灵的极端状写
——李金发《弃妇》导读

法国象征主义诗人波德莱尔在《契合》一诗中这样写道："大自然正

是一座神殿,那充满活力的柱子/往往发出朦朦胧胧的喃喃的声音;/人漫步穿越这一片象征的森林,/森林投出亲切的目光,注视着人的举止。"这些句子通常被人们理解为波德莱尔诗歌观念的形象化表白。从这些诗句中我们不难了解到,象征主义诗人们是把外在的客观世界当作了一个积聚着象征意义的茂密森林。在他们的眼里,世间一切纷纭的物象都是人类生命与情感的投射之物。作为积极追慕波德莱尔的中国诗人,李金发的诗歌也是在象征主义的诗学观念影响之下写成的。在这首《弃妇》里,诗人将许多联系并不密切的事物罗织在一起,并将自我的主观情感强行输入这些事物之中,借助这些情感象征物,把诗人在异国他乡生活的怅惘与爱情的失意以及由此带来的心灵的哀戚与悲凉极端地状写出来。

从表层来看,这首诗抒写的是弃妇在遭到遗弃之后内心的痛楚与生命的哀号。前两节由弃妇作为抒情主体,自我陈述被弃后的心灵遭际。这个遭到遗弃的女子,生活中的不幸已经撩乱了平静的心理,她再也无心装扮自己的容颜,"长发披遍我两眼之前",披头散发的外表显示的是内在的虚空和凌乱。当人处于非正常状态时,她对世界的感觉也就产生了很大的变化,所以外表的龌龊不仅没有成为这个妇女难以见人的原因,反而成了遮挡世人羞辱与厌恶的目光、掩饰自身心灵悲怆的有利条件。不仅如此,这披散的长发也把"我"生的热望("鲜血之急流")与死的宁静("枯骨之沉睡")给割断了。接下来,夜幕降临,蚊虫也蜂拥而至,它们翻越倾圮的矮墙,进入"我"的生活空间,一阵嘤嘤嗡嗡,"如荒野狂风怒号:/战栗了无数游牧"。用比喻的形式,极言蚊虫的骚扰令人寝食难安。"人言可畏!"这里写蚊虫的嘤嗡让人心烦意乱,实际是在写人们对弃妇的闲言碎语让弃妇感到生存的举步维艰。

生存环境如此恶劣,弃妇的遭遇人们无法理解,那么她内心的哀戚有多深呢?第二节着重写这个方面的内容。一个人的内在痛楚和心灵哀戚只有自己最了解,别人都无法真正懂得。当这种痛楚与哀戚达到极值时,就连全知全能的上帝也只是略知分毫。那么,在这种情形下,"我"与上帝的交流也只能是"靠一根草儿",而且还须在幽静的空谷之间。"我"的哀戚深入骨髓,就像在小而又小的"游蜂"之脑上深印着。这种哀戚在心间绵绵不断,恰似山泉在悬崖上长泻不止,并随水上的浮叶不断流远。

如果说诗歌的第一、二节是"弃妇"的心灵告白的话,那么第三节则是诗人的直接描摹。"弃妇之隐忧堆积在动作上","弃妇"一词的直接出场构成了陈述者的自然转换,"堆积"则准确地交代了弃妇在悲凉的境遇中手足无措、坐卧不安的情形。弃妇的哀戚和烦忧如此深重,以致时光辗转都无法将其带走,就像火焰把燃烧物化为灰烬,从烟囱随风带走一样。

诗人接着展开了丰富联想，想象被带走的灰烬沾染在游鸦翅羽上，和游鸦一起栖止在礁石之上，静听海浪涛声和渔舟唱晚。这不过是想象，在现实生活中，作为人群中异类的"弃妇"是无法获取那种超越凡俗、桃花源似的静闲之美的，她只能徘徊在荒墓旁侧，成天流淌着冰冷的泪滴。而这伤心的泪也无法撩起人们的同情，只不过是世界的一个"装饰"而已。

从深层次上说，这首诗通过写"弃妇"在不幸的人生遭遇下的悲凄与痛楚，传达了诗人自我的哀戚心情。李金发是在 1919 年年仅 19 岁的时候离开祖国辗转来到法兰西的，因为来自经济贫弱的国度，离开了自己的故土和家人，置身于陌生的文化语境里，李金发始终有着一种漂泊无依的感觉，觉得自己像一个奔波在无尽路途的旅行者，周围是自己完全"不识"的地方："我背负了祖宗之重负，裹足远走，/呵，简约之旅行者，终倒在睡路侧。/在永续之恶梦里流着汗，/向完全之'不识'处飞腾，/如向空之金矢。"（《我背负了……》）"窗外之夜色，染蓝了孤客之心，……"（《寒夜之幻觉》）作为旅居他乡的人，心中时时生出的是一种流浪汉的情感体验，总以为自己"永远在地壳上颠沛"（《"因为他是来惯了"》）。正因为在这片大地上，找不到属于自己的坚实的立足之地，诗人感觉到生命存在的根基是如此虚浮，与现实世界的联系也只能是"靠一根草儿，与上帝之灵往返在空谷里"（《弃妇》）。"流浪汉"、"旅居者"的身份认同，加剧了"我"与周围人的紧张关系，诗人处处遭逢的是无法融入人群的落寞，"夜色笼罩全城，/惟不能笼罩我的心。"（《心》）这样，在这个热闹的城市里，诗人只能接受如此残酷的现实："我全是沈闷，静寂，排列在空间之际"（《远方》），"我觉得孤寂的只是我"（《幻想》）。

作者不仅心灵孤寂，而且情感也找不到慰藉。可以想象，一个二十多岁的青年人，心中一定潮涌着爱的渴望和激情。因为大胆地追求自己的爱情与幸福是这个年龄的人们最普遍、最正常的生理和心理需求。在写作《微雨》、《食客与凶年》等诗集中的诗篇时，青年艺术家李金发也有着对于爱的无限向往和憧憬。然而，在恶劣的现实环境中，他的"微雨"般细密的恋爱情绪没有人能够领会：

我的一切的忧愁，
无端的恐怖，
她们并不能了解呵。
我若走到原野上时，
琴声定是中止，或柔弱地继续着。

——《琴的哀》

　　琴声代表了爱的心音，可是爱而不得，情感找不到归依，这使诗人产生了"一切的忧愁"和"无端的恐怖"。千古知音最难觅，既然没有知音赏识，诗人只能将这份情感收藏起来："我如流血之伤兽，/跳跃，逃避在火光下，/爱，憎，喜，怒与羡慕，/长压在我四体，无休止了！"（《小诗》）日益内向的性格，使"我"不再敢大胆对人说出那个"爱"字："我欲稳睡在裸体的新月之旁，/偏怕星儿如晨鸡般呼唤；/我欲细语对你说爱，奈那 R 的喉音又使我舌儿生强。"（《在淡死的灰里……》）因为爱在现实中屡屡受挫，"我"就不再对它抱有任何幻想："呵，无情之夜气，/蜷伏了我的羽翼。"（《里昂车中》）

　　由此可见，《弃妇》一诗，表层写的是一个被遗弃的妇女身世的悲苦与生活的艰难，实际上是诗人对自我心灵的哀戚进行的极端化描摹与状写。

　　在形式的经营上，《弃妇》一诗充分展示了象征主义的表达技巧。象征主义往往注重对语言的精心选择与特别组合，法国象征主义理论发言人莫雷亚斯就曾描述过象征主义运用语言时所采用的手法："……未被污染的词，声调中间高两头低的句子和调子起伏跌宕的句子交替出现，含义丰富的冗赘，神秘的省略，悬断造成的语法前后不连贯，极大胆和形态极复杂的悖反命意……"① 在《弃妇》中，李金发大胆启用了自胡适以来的中国新诗创作中没有投入使用的语词与意象，这些"未被污染的词"的大量出现，使诗歌增添了陌生化的美学魅力。与此同时，诗中相邻意象之间关系的不明朗，上下诗行逻辑意义的扭断，也使这首诗呈现了"神秘的省略"和"悬断造成的语法前后不连贯"等西方象征主义的风貌。诗歌在形式上采用的上述表达策略，也是《弃妇》一诗显示特色、引人关注的重要方面。

　　附：

琴的哀

微雨溅湿帘幕，
正是溅湿我的心。
不相干的风，

---

　　① ［希腊］让·莫雷亚斯：《象征主义宣言》，原载 1886 年 9 月 18 日《费加罗文学报》，转引自［英］马·布雷德波里等编：《现代主义》，上海外语教育出版社，1992 年，第 183 页。

踱过窗儿作响，
把我的琴声，
也震得不成音了！

奏到最高音的时候，
似乎预示人生的美满。
露不出日光的天空，
白云正摇荡着，
我的期望将太阳般露出来。

我的一切的忧愁，
无端的恐怖，
她们并不能了解呵。
我若走到原野上时，
琴声定是中止，或柔弱地继续着。

王独清

（一）作者简介

王独清（1898—1940），陕西蒲城人。"五四"运动时期在上海从事新闻工作，而后留学法国，专攻艺术，回国后与郁达夫、郭沫若、成仿吾等发起成立创造社，并主编《创造月刊》，成为该社后期主要诗人之一。曾任上海艺术大学教务长，主编过《开展月刊》。著有诗集《圣母像前》、《死前》、《埃及人》、《威尼市》、《锻炼》、《独清诗选》等。

（二）作品分析

我从 café 中出来

我从 café 中出来，
身上添了
中酒的
疲乏，
我不知道

向哪一处走去，才是我底
暂时的住家……
啊，冷静的街衢，
黄昏，细雨！

我从 café 中出来，
在带着醉
无言地
独走，
我底心内
感着一种，要失了故园的
浪人底哀愁……
啊，冷静的街衢，
黄昏，细雨！

摇晃的步态，恍惚的心情
——王独清《我从 café 中出来》导读

　　和李金发一样，象征派诗人王独清也有过留学法国的经历，异域的生活给他带来了类似"流浪汉"的心灵体验。《我从 café 中出来》一诗，就是对于这种"浪人底哀愁"的审美表现。

　　在诗题的设置上，诗人有意将法语词 café 嵌入其中，从而暗示读者这里反映的是诗人的国外生活，记录的是在异国他乡的生命感受。café 在法语中是咖啡馆之意。法国是一个很有文化底蕴的国度，法国人喜欢追求罗曼蒂克的生活情趣，咖啡馆、小酒吧便是最能体现欧洲人文风情、彰显法国人浪漫气度的场所。那么，一个中国留学生从法国的咖啡馆出来，他在那里体验到了什么呢？诗人要向读者倾诉自己的什么心怀呢？

　　这心怀显然不是浪漫的，不是富有情调的，而是颇多失意和伤感，诗歌用两节的篇幅来表现这种伤感与失意。第一节写诗人从咖啡馆出来，"身上添了/中酒的/疲乏"，侧面地交代了他在咖啡馆的活动：原来他在那里，并没有体验浪漫、感受风情，而是去觅酒买醉，借酒浇愁。诗人为什么要大饮苦酒？他的心里有什么样的仇怨？诗歌接着写道："我不知道/向哪一处走去，才是我底/暂时的住家……"原来诗人远离故乡，心中生出了无限的漂泊感，于是，漫漫的乡愁在心间萦回，绵绵不绝。第一节最后两行，将"冷静的街衢"、"黄昏"、"细雨"等几个富有古典意味的意象并置在一起，渲染了一种漂泊异乡的凄惶感。

诗歌的第二节尽管在字句上与第一节有所差别，但在意蕴上几乎就是第一节的重复。诗人写了醉后一个人"无言地/独走"，内心充满了孤苦彷徨，因为"感着一种，要失了故园的/浪人底哀愁……"，这里直接写出了诗人心中的感伤与仇怨，与第一节前后呼应。最后两行与第一节完全一样，起到了相同的表达效果。

在形式上，这首诗是别具匠心的。王独清在谈论自己的这首诗时曾经说："这种把语句分开，用不齐的韵脚来表作者醉后断续的，起伏的思想，我怕在现在中国底文坛，还难得到能了解的人。"[①] 诗人用参差不齐的诗句连缀成篇，是很值得玩味的。在我看来，它既是诗人醉酒之后步态摇晃的形象化显现，又表露了他恍惚的心绪和惆怅的情怀，这样，诗歌在内容与形式的配合上是珠联璧合的。王独清认为这首诗的写作是反映了他的"纯诗"理想的，他说："这首诗底诗形就是我所采取的'纯诗式'中'限制字数'的。这诗除了第一句与末二句两节都相同外，其余第一节中第二至六各行与第二节第二至六各行字数相同。并且两节都是第二行和第五行押韵，第三行与第六行押韵，第四行与第七行押韵。这样，故表形尽管是用长短的分行表出作者高低的心绪，但读起来终有一贯的音调。"[②] 正如诗人所言，这首诗在形式的设计和格律的安排上是达到了较高的艺术水准的。

穆木天

（一）作者简介

穆木天（1900—1971），现代诗人。原名穆敬熙，吉林伊通人。中国诗歌会发起人之一，以象征主义的诗歌和理论成名。20世纪20年代初在东京大学攻读法国文学专业。他懂日文、英文，后来又自学了俄语，长期从事法国文学和俄苏文学作品的翻译工作。1931年加入"左联"。出版的诗集有《旅心》（1927）、《流亡者之歌》（1937）、《新的旅途》（1942）、《穆木天诗选》（1987）等。

---

① 王独清：《再谭诗——寄给木天、伯奇》，《创造月刊》1926年第一卷第1期。
② 王独清：《再谭诗——寄给木天、伯奇》，《创造月刊》1926年第一卷第1期。

（二）作品分析

苍白的钟声

苍白的　钟声　衰腐的　朦胧
疏散　玲珑　荒凉的　蒙蒙的　谷中
——衰草　千重　万重——
听　永远的　荒唐的　古钟
听　千声　万声

古钟　飘散　在水波之皎皎
古钟　飘散　在灰绿的　白杨之梢
古钟　飘散　在风声之萧萧
——月影　逍遥　逍遥——
古钟　飘散　在白云之飘飘

一缕　一缕　的　腥香
水滨　枯草　荒径的　近旁
——先年的悲哀　永久的　憧憬　新筋——
听　一声　一声的　荒凉
从古钟　飘荡　飘荡　不知哪里　朦胧之乡

古钟　消散　入　丝动的　游烟
古钟　寂蛰　入　睡水的　微波　潺潺
古钟　寂蛰　入　淡淡的　远远的　云山
古钟　飘流　入　茫茫　四海　之间
——暝暝的　先年　永远的欢乐　辛酸

软软的　古钟　飞荡随　月光之波
软软的　古钟　绪绪的　人　带带之银河
——呀　远远的　古钟　反响　古乡之歌
渺渺的　古钟　反映出　故乡之歌
远远的　古钟　入　苍茫之乡　无何

听　残朽的　古钟　在灰黄的　谷中
入　无限之　茫茫　散淡　玲珑
枯叶　衰草　随　呆呆之　北风
听　千声　万声——朦胧　朦胧——
荒唐　茫茫　败废的　永远的　故乡　之　钟声
听　黄昏之深谷中

1926 年 1 月 2 日东海道上

渺渺钟声悠悠情
——穆木天《苍白的钟声》导读

穆木天曾经指出："诗的世界是潜在意识的世界。诗是要有大的暗示能。诗的世界固在平常的生活中，但在平常生活的深处。诗是要暗示的，诗最忌说明的。说明是散文的世界里的东西。诗的背后要有大的哲学，但诗不能说明哲学。"① 这段话强调了暗示对于诗歌创作的重大意义。事实上，充分运用暗示来表达诗人的思想感情，也是象征诗派极为重要的诗学策略。在《苍白的钟声》一诗中，诗人充分利用了形式与意象上的暗示作用，借对渺渺钟声的描摹，传达了悠悠的感伤之情。

老实说，这首诗并不是由一行行的句子构成的，而是由一个一个的词与词组结构而成，词与词或词组之间一一隔开，形成一种断断续续的意味，暗示着古寺钟声的时起时伏，缥缈恍惚。诗歌一共由六节构成，在第一节里，诗人首先定位了钟声的方位和氛围，它来自于"玲珑"而"荒凉"的蒙蒙的谷中，周围蔓生着千重万重的衰草，断续的钟声始终发散着朦胧的衰腐气息，而且调子是苍白与荒唐的。这一节是全诗诗情的起点，也为整首诗的情感定下了基本的格调。

第二节以"飘散"为核心词汇，写出了钟声四外流溢的情形。在这里，无论是水波之皎皎、白杨之梢，还是风声之萧萧、白云之飘飘，都属于异常轻软虚浮的事物，缥缈的钟声飘散遗落在虚浮的物体之上，更增加了虚无和苍茫的感觉。

第三节和第一节一样，都是从听觉的角度来写钟声。诗人在水滨、枯草、荒径的旁侧，听荒凉的声音次第传来，心中的情绪默默被感染。在对钟声所处氛围的渲染上，这一节和第一节也有异曲同工之妙。

---

① 穆木天：《谭诗——寄沫若的一封信》，《创造月刊》1926 年第一卷第 1 期。

· 51 ·

诗歌的第四、第五节分别从视觉和其他感觉的角度来刻画钟声的飘荡以及带给人们的心灵感受。在第四节里,钟声栖落的地方,包括丝丝袅动的游烟、潺潺悄响的微波,也同第二节一样是虚浮缥缈的。在钟声所及之处,丛山也呈现为远远淡淡,大海也只是苍苍茫茫,它们应和着钟声的断续与缥缈,令人感觉到其间弥漫着的隐隐愁绪。第五节写到钟声的"软软",这是诉诸味觉与触觉的,而写钟声的渺渺与远远,则将听觉与视觉组合在一起。

第六节为最后一节,在短短的六行诗句里,诗人一连用了三个"听"来作为起始的词语,着力从听觉的角度来抒写钟声的荒唐、茫茫与败废。"枯叶"、"衰草"与"灰黄的谷"等意象的再度出现,将诗人灰暗的心绪与莫名的伤愁重新点染而出。

从这首诗来看,诗人启用了大量色彩晦暗、调子低沉的词语来写缥缈钟声,写出了钟声的苍白、衰朽与灰黄。正如王国维所说:"一切景语皆情语。"(《人间词话》)这首诗对如此令人感伤的钟声的写照,其旨意何在呢?它要写出诗人心中的哪种惆怅情绪呢?我们再仔细阅读这首诗时就不难发现,诗歌中反复提到了故乡,诸如"故乡之歌"、"永远的故乡"、"朦胧之乡"、"苍茫之乡"、"古乡之歌"等,由此可见,诗人在这首诗里,要抒发的是对故乡的怀恋之情,正是那种揪心的乡愁撩发了诗人的诗情,进而催生了这首独具风格的新诗。

第五章　新月诗派

一、诗派概述

1923 年，胡适、徐志摩、闻一多、梁实秋、陈源等人发起成立新月社。新月社开始是个俱乐部性质的团体，其后，这个集体组织因提倡现代格律诗而成为在诗坛上有影响的社团。1925 年，闻一多回国，徐志摩接编《晨报副刊》，并于 1926 年 4 月 1 日创办《诗刊》，积极提倡现代格律诗，团结了一大批新诗人，如刘梦苇、朱湘、饶孟侃、林徽因、于庚虞、蹇先艾等人，形成了新月诗派。其提出了"理性节制情感"的美学原则，提倡新诗的格律化，闻一多在《诗的格律》一文中大力赞赏"戴着镣铐跳舞"的诗学态度，明确主张诗歌创作要讲究"三美"，即音乐美（音节）、绘画美（辞藻）、建筑美（节的匀称与句的均齐）。代表作：《死水》（闻一多）、《示娴》（刘梦苇）、《采莲曲》（朱湘）、《再别康桥》（徐志摩）。

二、作品析解

闻一多

（一）作者简介

闻一多（1899—1946），本名闻家骅，著名诗人、学者、爱国民主战士，新月诗派主要诗人和理论发言人。1899 年 11 月 24 日出生于湖北省浠水县一个"世家望族，书香门第"。"五四"运动期间在清华大学读书时即参加学生运动，曾代表学校出席全国学联会议。1922 年赴美国芝加哥美术学院学习，后来研究文学。1925 年 5 月回国后，历任青岛大学、清华大学教授。1923 年出版第一部诗集《红烛》，闪烁着反帝爱国的火花。1928 年出版第二部诗集《死水》，表现出深沉的爱国主义激情。在这以后致力于古典文学的研究。1937 年抗战开始，他在昆明西南联大任教。抗战八年中，他留了一把胡子，发誓不取得抗战胜利不剃去，表示了抗战到底的决心。1943 年后，因目睹蒋介石反动政府的腐败，愤然而起，积极参加反对独裁、争取民主的斗争。1945 年担任中国民主同盟会委员兼云南省负责人、昆明《民主周刊》社社长。"一二·一"惨案发生后，他更英勇地投身爱国民主运动，最后献出了宝贵生命。遗著由朱自清编成《闻一多全集》四卷。1993 年，十二卷本的《闻一多全集》由湖北人民出版社出版发行。

（二）作品分析

相遇已成过去

欢悦的双睛，激动的心；
相遇已成过去，到了分手的时候，
温婉的微笑将变成苦笑，
不如在爱刚抽芽时就掐死苗头。

命运是一把无规律的梭子，
趁悲伤还未成章，改变还未晚，
让我们永为素丝的经纬线；
永远皎洁，不受俗爱的污染。

分手吧，我们的相逢已成过去，
任心灵忍受多大的饥渴和懊悔。
你友情的微笑对我已属梦想的非分，
更不敢企求叫你深情的微喟。

将来也许有一天我们重逢，
你的风姿更丰盈，而我则依然憔悴。
我的毫无愧色的爽快陈说，
"我们的缘很短，但也有过一回。"

我们一度相逢，来自西东，
我全身的血液，精神，如潮汹涌，
"但只那一度相逢，旋即分道。"
留下我的心永在长夜里怔忡。

"东方老憨"的爱情表达

—— 闻一多《相遇已成过去》导读

我们知道，闻一多是一个爱国主义诗人，他把热爱中国文化传统、热爱东方文明看作爱国的极为重要的组成部分。在清华学习时，他曾满怀深情地写道："美国化呀！够了！够了！物质文明！我怕你了，厌你了，请你离开我罢！东方文明啊！支那国魂啊！'盍归乎来！'让我还是做东方的'老憨'吧！理想的生活啊！"① 对传统迷恋至深，使得他的诗歌欣赏与创作都离不开对传统文化的依托。有学者这样评价说："闻一多缺乏郭沫若那样的灵活，也远没有徐志摩的从容、洒脱，当然更没有象征派、现代派一代青年人的'无所顾忌'，他显然把自己的情感深深地沉浸在了传统诗歌文化的理想当中。"② 正因如此，闻一多诗歌中所抒写的"爱"，大多数是"大我"之爱，是对于祖国、对于人民的爱，如《太阳吟》、《一句话》、《静夜》、《死水》等。其实，在各种人伦情感中，爱情才是最基本的情感形式，爱情也是诗人写作中逃不开的一个重要主题。那么，当闻一多面对爱情，面对这种相当个人化的情感形式时，他又是如何来处理，如何来表达的呢？这首《相遇已成过去》便给我们提供了理解闻一多爱情观念与爱情表达的很好的窗口。

《相遇已成过去》是闻一多于 1925 年在纽约创作的，最初用英文写成，后来由许芥昱翻译，发表于 1981 年的《诗刊》上。全诗由五节构成。第一节直接描述两个年轻人在爱情走到尽头时行将分手的情形。"欢悦的双睛，激动的心"，这记录的是两个人最初相遇时的两情相悦，激动万分，那不过是过去的美好记忆；而如今，所有从前的美好都要结束了，因为"相遇已成过去，到了分手的时候"。脸上温婉的笑容正在被苦笑所代替，心中的惆怅和落寞次第升起，失恋的痛苦如刀一般剜割年轻人的心时，他还恨恨地说"不如在爱刚抽芽时就掐死苗头"。其实正如歌德所说："哪个男子不钟情？哪个少女不怀春？"爱情是年轻人最急切的心理渴盼和情感需求，追求爱情有什么错？就算失恋了又如何？第一节的最后这句话不过是一种不忍失却爱情的极端表达方式而已。

诗歌的第二节写的是对于生命与爱情的沉思。爱的失落使诗人禁不住想到了命运，他说"命运是一把无规律的梭子"，我们明知道它在编织着我们生命的图景，但就是无从把握住它。正因为无法把握命运，有了恋爱

---

① 闻一多：《美国化的清华》，原载于《清华周刊》第 247 期。
② 李怡：《中国现代新诗与古典诗歌传统》，西南师范大学出版社，1994 年，第 214 页。

就可能有失恋，那么我们何必非要陷入爱的沼泽呢？我们不如"永为素丝的经纬线"，从而"永远皎洁，不受俗爱的污染"。放弃恋爱不就永远不会失恋吗？这是多么富有真理性的断言呀，但对于青年人来说，这又是多么难以做到的事情。

在第三节里，诗人写的是当失恋已成定局，"我"不得不坦然面对这个严酷的事实。当过去的爱已经随风而逝，付诸东流，一切的勉强都归于无用，那么我们只能说"分手吧"，尽管说出这三个字时，我们的心间会滴淌鲜血，"任心灵忍受多大的饥渴和懊悔"，但又有什么办法呢？谁叫"我们的相逢已成过去"？我们曾经相恋，从此将永远分开，情感不会复原，这个时候，无论是你"友情的微笑"，还是"深情的微喟"，对我来说都成了一种奢望，是我"梦想的非分"。"醉过才知酒浓，爱过才知情重"（胡适《梦与诗》），这节的最后两句表达的是"我"对那份情感依依难舍的思想感情。

第四节是对于未来的一种畅想。分手之后说不定还将重逢，那个时候"我"还会感到欣慰，感到庆幸，因为我们毕竟曾经走过一段美丽的时光，"我们的缘很短，但也有过一回"，幸福尽管如此短暂，但又何妨？正因为短暂，它才显得异常珍贵，也才能够令人珍惜。

第五节是对爱情的重新回味，也是对自己失恋之后心灵状况的逼真描画。"我们一度相逢，来自西东"，来自不同地方的年轻人相逢在一起，心与心碰撞出激情的火花，那是多么美好的时刻啊。于是，"我全身的血液，精神，如潮汹涌"。但是，我们一起走过的岁月又何其短暂，偶尔相逢又"旋即"分道。在分开之后，我的心将会像无法愈合的伤口一样，永远疼痛，"永在长夜里怔忡"。这是爱的刻骨铭心，是失恋者难忘从前美好恋情的形象化写照。

由此看来，在爱情面前，闻一多并不是一个不解风情的老憨形象，他的情感是纤细的，心灵也异常锐敏。《相遇已成过去》让我们见识了闻一多的另一面：在爱国情重的背后，闻一多也不乏儿女情长。

徐志摩

（一）作者简介

徐志摩（1897—1931），浙江海宁人，现代优秀的诗人和散文家。原名章垿，笔名南湖、云中鹤等。1915年毕业于杭州一中，先后就读于上海沪江大学、天津北洋大学和北京大学。1918年赴美国学习银行学。1921年赴英国留学，入剑桥大学当特别生，研究政治经济学。在剑桥的两年深受西方教育的熏陶及欧美浪漫主义和唯美派诗人的影响。1921 年开始创作新诗。1922 年返国后在报刊上发表大量诗文。1923 年，参与发起成立新月社。1924 年与胡适、陈西滢等创办《现代评论》周刊，任北京大学教授。当年印度大诗人泰戈尔访华时任翻译。1925 年赴欧洲，游历苏、德、意、法等国。1926 年在北京主编《晨报副刊·诗镌》，与闻一多、朱湘等人开展新诗格律化运动，影响了新诗艺术的发展。同年移居上海，任光华大学、大夏大学和南京中央大学教授。1927 年参加创办新月书店。次年《新月》月刊创刊后任主编。1930 年任中华文化基金委员会委员，被选为英国诗社社员。同年冬到北京大学与北京女子大学任教。1931 年初，与陈梦家、方玮德创办《诗刊》季刊，被推选为笔会中国分会理事。同年 11 月 19 日，由南京乘飞机到北平，因遇雾在济南附近触山，机坠身亡。著有诗集《志摩的诗》、《翡冷翠的一夜》、《猛虎集》、《云游》，散文集《落叶》、《巴黎的鳞爪》、《自剖》、《秋》，小说散文集《轮盘》，戏剧《卞昆冈》（与陆小曼合写），日记《爱眉小札》、《志摩日记》，译著《曼殊斐尔小说集》等。他的作品已编为《徐志摩文集》出版。徐诗字句清新，韵律谐和，比喻新奇，想象丰富，意境优美，神思飘逸，富于变化，并追求艺术形式的整饬、华美，具有鲜明的艺术个性，为新月派的代表诗人。他的散文也自成一格，取得了不亚于诗歌的成就，其中《自剖》、《想飞》、《我所知道的康桥》、《翡冷翠山居闲话》等都是传世的名篇。

（二）作品分析

再别康桥

轻轻的我走了，
　　正如我轻轻的来；
我轻轻的招手，
　　作别西天的云彩。

那河畔的金柳
　　是夕阳中的新娘
波光里的艳影，
　　在我的心头荡漾。

软泥上的青荇，
　　油油的在水底招摇；
在康河的柔波里，
　　我甘心做一条水草。

那树荫下的一潭，
　　不是清泉，是天上虹
揉碎在浮藻间，
　　沉淀着彩虹似的梦。

寻梦？撑一支长篙，
　　向青草更青处漫溯，
满载一船星辉，
　　在星辉斑斓里放歌。

但我不能放歌，
　　悄悄是别离的笙箫；
夏虫也为我沉默，
　　沉默是今晚的康桥！

悄悄的我走了，
　　正如我悄悄的来；
我挥一挥衣袖，
　　不带走一片云彩。

悄悄是别离的笙箫
——徐志摩《再别康桥》导读

　　这首诗是徐志摩在第三次旅欧之后的归国途中创作的。时间是 1928 年 11 月 6 日，地点在中国海，最初刊登在 1928 年 12 月 10 日《新月》月刊第 1 卷第 10 号上。诗歌写得轻婉流畅，哀而不伤，自发表以来不知迷倒了多少青年读者，他们在诗中流连把玩，喜爱有加，这首诗也因为其明快的节奏、美丽的语词和淡淡的哀愁，而成为许多社交场合极受欢迎的诵读作品。那么这首诗究竟是写给谁的，又要表达什么样的思想感情呢？对此历来说法不一，有人认为是写给他要去会见而未曾见面的英国老朋友，也有人认为是给他在英国剑桥大学的老师写的一首赠别诗。这些都不无道理，但我还是主张：这首诗最好当作爱情诗来读，是徐志摩为纪念那段逝去的恋爱而作的。这首诗表面看去虽有哀愁但并不沉重，其实只要稍加品味，我们就不难发现，这首诗表面的轻松豁达之中，是深藏着一种无法释怀的感伤与愁绪的。尽管诗人对这感伤与愁绪作了很多审美的处理，但那种无法把握命运、无望实现爱情的无奈感与寂寞感还是弥漫其间，让人深受感染。

　　为什么我觉得这首诗理应当作爱情诗来读呢？要回答这个问题，我觉得有必要回顾一下徐志摩旅欧求学的经历。徐志摩于1918年8月14日从上海启程，乘船横渡大西洋到美国，9月进入美国克拉克大学历史系学习。出国之前，他已同张幼仪结为伉俪。但当他于1920年9月离开美国到英国剑桥的时候，他从前的婚姻也受到了极大的冲击最后走向终结，这是为什么呢？因为他在这里遇见了才貌双全的现代女子林徽因。林徽因的出现可以看作是徐志摩生命的一个重大转折，他从此真正领受了爱情的甜涩酸辣。因为种种原因他没有和林徽因走到一起，这次不成功的恋爱使他的心灵多了几分敏感和成熟，也促发了这首精彩绝伦的新诗《再别康桥》的产生。

　　为了尽可能不让别人读到自己那种因爱失去而生出的无限怅惘，诗人故意用了巧妙的伪装，因此，这首诗的内涵也是有表层和深层之分的。我们先看表层的内涵，很显然是离别剑桥时依依难舍的情感写照。诗歌第一节以"走了"作为基本的情感铺展点来展开描写与抒情，最后一节又以"走了"作为结束，来完成这次情感的传输，诗歌的结构安排很显然是诗人精心设计的。之所以有"走了"的产生，是因为有"来"的出现，因此，诗人在表达将要"走了"的现实状况时，没有忘记将这"走"与"来"相提并论、互相比拟。"轻轻的我走了，正如我轻轻的来"，简单的字句里浸润着多少生命的感慨。虽然诗人在行将作别剑桥时，尽量装得释然与轻松，但我们从那一咏三叹的诗句里还是能读出他心中的沉重，毕竟在剑桥的几年是徐志摩生命中一个极为重要的时期，他的青春、爱情、理想与追求都曾在这里发出光耀。而如今他就要离别这个生命的圣地了，并且此时一别，不知何年何月才能故地重游、旧梦重温。由此可见，诗人说是"轻轻的"走了或者"悄悄的"走了，其实还是不忍离别，还是希望在离别的这一瞬间，将眼前美景一一摄入自己的眼眸。这就有了中间五节的写景与抒情。

　　第二节写了康河边的金柳和波光。诗人写金柳，用了一个形象的比喻，说她是"夕阳中的新娘"。做新娘是一个女人一生中最美丽光彩的时刻，诗人在这里以新娘喻"金柳"，写出了婀娜柳树的迷人与可爱，如此胜景怎不让人流连忘返呢？于是，波光里的艳影荡漾心间，便成为自然而然、顺理成章的事了。第三节写水底招摇的"青荇"，拨动了诗人的心弦，他仰慕水草怡然自得的生命情状，不觉希望自己也成为这康河柔波里的水草一株。诗人在第四节写到了拜伦潭，这是他曾经读书用功过的地方。为了表现拜伦潭的美，诗人没有直接写这潭水如何清澈可鉴，而写它"不是清泉"，是"天上虹"，这彩虹被揉碎了散布在水草之间，而且还各自沉淀奇幻的梦。一泓清泉，被诗人的巧手点化之后，竟然成了神姿仙态般的奇景，它使我们迷醉，也呼唤我们跟随诗人的思维步伐，一起去"寻梦"。接下来，诗人就写到了"寻梦"。诗人的梦深藏在哪儿？那梦又是什么样子的呢？诗人不觉忆起从前撑起长篙在河上划行的情形来。他希望能在青草更青处找寻到自己遗失的梦。同样的河水，同样的撑起长篙，同样的群星和灯火在水中熠耀，此情此景，使诗人觉得自己仿佛一下子回到了从前，他忍不住要"放歌"一曲。但他马上意识到这是离别时刻的最后的遐想，并不是开怀放歌的好时光，"悄悄是别离的笙箫"，于是诗人转入写沉默，此刻沉默的不仅是夏虫，是康桥，更应该是徐志摩自己。因为在这个诗歌深层次里，诗人要表达的是对一段流逝的爱恋的追忆。当他按照心爱女人的要求，回国办好了各种手续，再次来到英国，本以为可以与她双栖双飞，没想到景物依在，昔人走远。面对这种情形，诗人除了沉默，还能做什么呢？

在这首诗里，无论写金柳、写青荇，还是写清泉、写夏虫，都是围绕康桥在进行书写。诗人写景并不单单是景物的直接呈现，而是景中有人，景中寓情。诗中的诸般景物都是诗人用心灵过滤后而出现在诗句之中的，诗人采取以我观物的形式，故笔下之物"皆着我之色"，处处闪现诗人的身影，处处流溢诗人的情绪。

从形式上来看，这首诗可以看作现代格律诗的典范。诗歌每节由四行组成，每行的字数大体一致。每节的第二句和第四句押韵，每节一换韵。诗歌的奇数行和偶数行错落排列，表现了情感的跌宕起伏。一些优美词汇和意象的入诗，给作品增添了典雅的色调。总之，徐志摩这首《再别康桥》，非常符合闻一多的"三美"主张。

臧克家

（一）作者简介

臧克家（1905—2004），山东诸城县人，曾用名臧瑷望，笔名孙荃、何嘉。1933 年自费出版第一部诗集《烙印》，闻一多亲自为其写序。以后陆续出版了诗集《罪恶的黑手》、《运河》、《从军行》、《泥淖集》、《淮上吟》、《呜咽的云烟》、《泥土的歌》等，还有政治讽刺诗《宝贝儿》、《生命的零度》、《冬天》，小说集《挂红》、《拥抱》，散文集《磨不掉的印象》等。新中国成立后，曾任《诗刊》主编等职。2002 年 10 月，被世界诗人大会和世界艺术文化学院授予荣誉人文学博士。2003 年，《臧克家全集》由人民文学出版社出版发行。

（二）作品分析

老 马

总得叫大车装个够，
它横竖不说一句话，
背上的压力往肉里扣，
它把头沉重的垂下！

这刻不知道下刻的命，
它有泪只往心里咽，
眼里飘来一道鞭影，
它抬起头望望前面。

生命中的挑战与应战
——臧克家《老马》导读

对于中国现代文学与现代性关系的探讨，是这些年来一直为人们所关注的话题。在众多的理论中，我较为赞同王富仁先生的观点。王先生指出，中国现代文学就是现代主义文学，"'五四'新文化运动就是中国的一个现代主义文化运动，'五四'新文学运动就是中国的现代主义文学运动，从那时起到现在的新文学创作就是中国的现代主义文学"。在王先生看来，我们很难把中国现代文学中的某一部作品简单归之于类似西方文学中的"浪漫主义"、"现实主义"或者"现代主义"，这是因为"西方的浪漫主义、现实主义和西方的现代主义在中国共同参与了中国文学家为中国文学的现代化转变所作的努力，它们共同起到了促进中国文学由旧蜕新的现代化转变，因而它们也共同组成了中国的现代主义文学"①。我们现在要分析的臧克家的诗歌《老马》，正是这样一篇有着中国特色的现代主义文学作品。

《老马》这首诗写于1932年4月，收入臧克家的第一部诗集《烙印》中。这首诗诞生以后，就受到了论者的一致好评，闻一多、朱自清等纷纷撰文对它表示首肯。但自从闻一多在为《烙印》作的序中指出"克家的诗，没有一首不具有极顶真的生活的意义"后，大多数评论家也大体沿袭了这一思路，格外强调《老马》一诗的现实主义精神。如诗论家劳辛认为："虽然局势这般严重；但人民却被箝住了口，无声无响地像个负重致远的老马。诗人以真挚的温情去抚慰他们，去同情他们；他的《老马》那一首诗便是他的深沉的情感底表现。""中国的老百姓都习惯在封建的统治下生活。饥饿与痛苦却像蝗灾时的蝗虫一样多。从老远的过去到战前到处都是一片荒凉，荒凉得没有一丝人生的情感与气息。我国的老百姓真像一匹驯服的马负着这封建的重轭。他们并没有言论、集会、结社与人身的自由，相反的一种惶惑的想象完全统治了他们的精神。于是他们便成了'这刻不知道下刻的命'底负重的动物了。"②纵观评论家们对《老马》的论述，可以说，都与劳辛的观点大体相同。

的确，《老马》一诗有着鲜明的现实主义倾向，诗歌塑写的"老马"这个意象与中国土地上那些老实巴交的农民有着许多极为相似的地方：憨厚、勤劳、任劳任怨、忍辱负重……出身于普通农村家庭的臧克家，也深谙中国农民的这些生活习惯和性格特点。一旦作为诗人来书写对从前生活的感受和体验时，他笔下的生活原型必然离不开他所熟悉的这些农民形象。这样，评论家们对臧克家诗歌现实主义风格的看重，也就成了理所当然的事情。

然而，《老马》仅只是一首现实主义的诗歌吗？如果它只是一首现实主义的作品，那么它所表达的意思很可能就是：对旧社会农民苦难生活的真切写照，对农民的深深同情和对黑暗势力的强烈指斥等。但直到今天，当我们捧读这首诗时，产生的感觉并不只是对老马式的农民的深切同情，更多的是一种心灵的震撼，"老马"的形象唤起了我们对自我生命的无限感喟。所以，在我看来，与其说《老马》是一首现实主义的诗歌，不如说它是一首现代主义的诗歌，或者说是融现实与现代于一炉的中国现代主义文学作品。

① 王富仁：《中国现代主义文学论》，转引自宋剑华主编：《现代性与中国文学》，山东教育出版社，1999年，第237~238页。
② 劳辛：《"十年诗选"》，《文艺复兴》1945年第二卷第5期。

在此，我们有必要对文学作品中现实主义与现代主义的差异作一个简单的辨析。现实主义作品一般关注当下现实，作品中所反映的主题与某个具体时空密切相关，而现代主义作品则更关注生命自身的生存问题，它常常可以超越具体的时空限制，直抵人的本真存在。有论者比较了里尔克的《严重的时刻》（梁宗岱译）和"九叶"诗人唐祈写于 40 年代的《严肃的时辰》两首诗，认为前者是现代主义的，而后者更多的是现实主义的①。里尔克的诗这样写道："谁此刻在世界上某处哭，/无端端在世界上哭，/在哭着我。//谁此刻在世界上某处笑，/无端端在世界上笑，/在笑着我。//谁此刻在世界上某处走，/无端端在世界上走，/向我走来。//谁此刻在世界上某处死。/无端端在世界上死，/眼望着我。"唐祈的诗歌《严肃的时辰》明显借鉴了里尔克的写法，全诗是这样的："我看见：/许多男人，/深夜里低声哭泣。//许多温驯的/女人，突然/变成疯狂。//早晨，阴暗的/垃圾堆旁，/我将饿狗赶开，/拾起新生的婴孩。//沉思里：他们向我走来。"我们可以看到，里尔克的诗歌体现了人的存在的荒谬、无法理喻。为什么会有人在"哭着我"或"笑着我"或"向我走来"，为什么某人在死去的时候，偏偏望着"我"，而"我"甚至不知道他们是谁，在哪里。但在这些看似毫无关联的"哭、笑、走、死"背后，事实上却与"我"有着千丝万缕的"无端端"的联系。这种联系使得每个处于本真状态中的人，他的每一"此刻"都是严重的时刻，这种生命体验言说的是人类生命中某种共通的存在焦虑。相比之下，唐祈的诗其义域要狭窄得多，它植根于一个特定的时代，不可能任意用其他时代来替换，因而有着现实主义的限制。与上述两首诗不同的是，臧克家的《老马》采用了象征的艺术手法，从而形成了一个双层结构的诗歌文本。一方面，它在表层指向的是现实层面，有着浓厚的现实主义气息。在这一层面，诗人以知识分子的身份出现，关注农民疾苦，痛陈黑暗现实。

我们可用图示为：

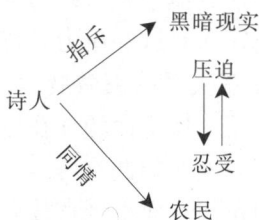

---

① 王毅：《中国现代主义诗歌史论》，西南师范大学出版社，1998 年，第 144～145 页。

　　从这一图示中我们发现，诗歌抒写的是黑暗现实与劳苦农民的矛盾对抗，诗人则旁立于这矛盾之外，以第三者的身份出现，以便自由地表达对下层人民的同情、对不公道社会的诅咒。以前很多论者之所以认为臧克家的诗歌表现出鲜明的现实主义倾向，正是因为看到了《老马》这首诗的这一层面的内涵。

　　而另一方面，这首诗的深层结构指向的却是现代主义，是对人类生存境遇的悲剧性写照。从这一层面而言，诗中的它已经置换为"我"，甚至"人"了，诗歌表现的是生命个体与整个世界的矛盾和冲突。诗歌从而转化为：

> 总得叫大车装个够，
> **我**横竖不说一句话，
> 背上的压力往肉里扣，
> **我**把头沉重的垂下！
>
> 这刻不知道下刻的命，
> **我**有泪只往心里咽，
> 眼里飘来一道鞭影，
> **我**抬起头望望前面。

　　为什么我们说诗歌在这里体现的是"我"或者生命个体与世界的激烈冲撞呢？这是因为，这首诗有着一种极为独特的表现形式。细心的读者一定发现了：这首诗每两句构成一组矛盾，每两句都写出了外在世界对个体生命的挑战和生命个体作出的回应。全诗八句话包含了四对矛盾，全都采用"挑战"与"应战"的对立模式，通过对外在世界挑战力量的无比强大和个体生命应战力量的极其弱小之间构成的鲜明反差的形象写照，深刻揭示了人类生命的悲剧性境遇。具体来看，诗的第一句极写世界对个体的繁重压力与过多苛求，第二句写人对这些压力和苛求的默默忍受，这是对人与自然、人与社会之间的紧张关系的细微展示，写的是通常的生命状况。第三句写到了在巨大压力之下个体生命的存在体验，生命的沉重担负往往使人感觉到深刻的切肤之痛。面对如此重压，个体又能怎样呢？只有承认现实，再沉重的负荷也只有承担，而不轻言放弃。第四句写的就是这种接受事实的举动，这两句写的是"此刻"之境。第二节也是按照这种"通常—此刻"的思维线索来写两对矛盾的。下节第一句交代的是人对命运无常的感喟。"命运"对理性的人类生命来说是个极为无奈的事物，很多时候我们都在作千般的努力，试图把握自己的命运，可到最后，又在多少情况下我们能操持命运呢？这时候，我们只能感叹，只好认命，默默地忍受苦难。人类发展的历史，不就是一部写满了生命的苦难与抗争的历史吗？最后两句又写"此刻"之境，尽管生命劳累，但你不能停下；尽管你时刻都面对着现实的催迫，你不能不继续前行，哪怕山高水远，哪怕前路漫漫。在这个层面上，如果我们采用图式来说明，可表示为：

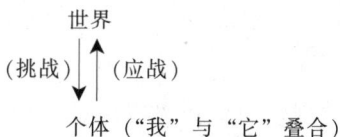

世界

（挑战）↕（应战）

个体（"我"与"它"叠合）

由上我们看到，诗人不再是第三者，"我"和"它"已经叠合，"我"已经进入与世界直接的矛盾对抗之中。通过"挑战"与"应战"的对立与冲突的形象展示，整首诗似乎还昭示出这样的题旨：虽然个体生命是渺小的、微不足道的，无以应对强大的外在世界的倾轧，但人类自身固有的那种"浮士德"式的坚韧与悲壮的精神却是不朽的。面对世界的挑战，个体生命作出的应战虽然十分微弱，甚至有些懦弱，但在强大的压力面前，个体没有逃匿，没有隐遁，而是像西西弗斯那样，尽管深知自己面对的是荒诞悲凉的人生处境，却仍然要迎着困难继续向前。这就是"老马"，它既是人类悲剧命运的深刻展示，同时也是对几千年来中华民族忍辱负重、不畏困难的"愚公"精神的形象写照。它超越了现实的层面，而抵达历史和哲学的高度。正因为包含了如此丰富的精神内涵，臧克家笔下的"老马"，便与郭沫若诗歌中象征民族和个体再生的热情与力量的"凤凰"、戴望舒诗歌中象征情感的寂寥与依恋的"雨巷"、艾青笔下象征时代的召唤与呼告的"太阳"、穆旦笔下象征生命原动力的"野兽"等一起，构成了中国现代诗歌的经典意象。

第六章　"现代"诗派

一、诗派概述

　　20 世纪 30 年代的"现代"诗派可以说是新月派与象征派的合流。其代表诗人有戴望舒、施蛰存、卞之琳、何其芳、李广田、曹葆华、番草、废名、侯汝华、金克木、李白凤、林庚、玲君、路易士、吴奔星、辛笛、徐迟、孙毓棠、南星等，他们以杜衡、施蛰存主编的《现代》杂志为文学集结地，阐发诗学观念，发表诗歌作品。其中的代表作包括：《雨巷》、《我用我残损的手掌》（戴望舒），《预言》（何其芳），《断章》（卞之琳），《乡愁》（李广田）。其中，卞之琳、何其芳、李广田因合作出版了诗集《汉园集》而被称作"汉园三诗人"。

二、作品析解

戴望舒

（一）作者简介

　　戴望舒（1905—1950），祖籍南京，生于杭州。自幼喜爱文学，中学时代开始发表小说。1923 年入上海大学中文系；1925 年转入震旦大学学习法文，并开始诗歌创作。1932 年至 1935 年在法国留学。抗日战争爆发后，移居香港从事进步文艺活动。1941 年日军占领香港，曾因参加抗日活动而被捕入狱。1946 年回到上海。新中国成立后，在国际新闻局从事法文翻译工作。主要作品有诗集《我底记忆》、《望舒草》、《灾难的岁月》，译著《铁甲车》、《高龙芭》、《西班牙小说集》等。

（二）作品分析

烦 忧

说是寂寞的秋的悒郁，
说是辽远的海的怀念。
假如有人问我烦忧的原故，
我不敢说出你的名字。

我不敢说出你的名字，
假如有人问我烦忧的原故：
说是辽远的海的怀念，
说是寂寞的秋的悒郁。

以回文的诗形呈现迂曲的情感世界
——戴望舒《烦忧》导读

这首诗出自戴望舒的诗集《望舒草》。作为 20 世纪 30 年代中国诗坛的重要派别——"现代"派——的重要诗人，戴望舒的诗歌集中描绘了现代人的生命感悟与情感体验的心灵轨迹。在人生的旅程中，有阳光灿烂般的欣悦激动，也有阴雨绵绵似的苦恼烦忧，那么，此刻郁结在诗人心中的烦忧是什么呢？诗人没有直接表露，而只对人谎称是自然引发的忧思，是出自时空变换的原因：从时间上说，是秋之伤怀（"寂寞的秋的悒郁"）；从空间上说，是对远方的忆念（"辽远的海的怀念"）。其实诗人深知，这些忧思只是假象，烦忧的真实原因来自对爱情的追索，是对"你"的思念和"你"、"我"之间爱情的扑朔迷离才引发了"我"心底无尽的烦恼与忧愁。

这首爱情诗采取了回文体的独特表达形式。诗的第二节与第一节句子完全相同，只是在排列上刚好颠倒过来，构成回文。这种回文的书写形式，既写出了诗人情感的回环往复，也交代了诗人心意的徘徊缱绻，把诗人对爱情的痴恋和爱而不得的痛苦形象地描画出来。这种回文体的表达形式，反映了诗人在构思上的精巧，在百年新诗的文本中是并不多见的。

何其芳

（一）作者简介

何其芳（1912—1977），四川万县人。1935 年毕业于北京大学哲学系，1938 年到延安工作，新中国成立后曾任中国社会科学院文学研究所所长、《文学评论》主编等职。他是现代诗派中的代表性诗人，其主要作品有诗集《夜歌》、《预言》，散文集《画梦录》等。

（二）作品分析

欢 乐

告诉我，欢乐是什么颜色？
像白鸽的羽翅？鹦鹉的红嘴？
欢乐是什么声音？像一声芦笛？
还是从簌簌的松声到潺潺的流水？

是不是可握住的，如温情的手？
可看见的，如亮着爱怜的眼光？
会不会使心灵微微地颤抖，
或者静静地流泪，如同悲伤？

欢乐是怎样来的？从什么地方？
萤火虫一样飞在朦胧的树阴？
香气一样散自蔷薇的花瓣上？
它来时脚上响不响着铃声？

对于欢乐我的心是盲人的目，
但它是不是可爱的，如我的忧郁？

"欢乐"的色彩与味道

——何其芳《欢乐》导读

何其芳也是20世纪30年代"现代"派中的一员大将，他善于调动各种感官来体验世界，用富于哲思的语句来构筑诗篇。这首《欢乐》也是如此。"欢乐"是人们生活中的一种不同寻常的心理体验，那么在何其芳的笔下，"欢乐"又呈现怎样的风貌呢？诗人采用了通感的艺术表现形式，将各种感官通联起来，一起传达对于"欢乐"的情感体悟。从视觉上，诗人把"欢乐"想象成"白鸽的羽翅"和"鹦鹉的红嘴"；从听觉上，诗人想象"欢乐"是轻快的笛声、簌簌的松声和潺潺的流水声；从触觉上，欢乐又如温情的手。诗人不仅正面传达欢乐给人带来的幸福之感，而且还从反面来写，用"悲伤"给人造成的心理影响来写"欢乐"："会不会使心灵微微地颤抖，／或者静静地流泪，如同悲伤？"

紧接着，诗人猜度"欢乐"之由来，也是调动了多种感官，从视觉、嗅觉和听觉的角度来表现。"萤火虫一样飞在朦胧的树阴"、"香气一样散自蔷薇的花瓣上"、"它来时脚上响不响着铃声"，这些美丽的诗句形成的意象，形象地描述了诗人面对"欢乐"时的丰富心理感受。

从句式上看，诗人写"欢乐"到来时的各种情感体验时，并不是使用陈述句形式，也就是说并不是很肯定地表述，而是通篇使用了疑问句形式，用不甚确定的语气准确交代了"欢乐"来临时人的情感的多样繁复，以及面对欢乐诗人心旌摇荡、不能自己的情态。

附：

花 环

——放在一个小坟上

开落在幽谷里的花最香。
无人记忆的朝露最有光。
我说你是幸福的，小玲玲，
没有照过影子的小溪最清亮。

你梦见绿藤缘进你窗里，
金色的小花坠落在发上。
你为檐雨说出的故事感动，

你爱寂寞，寂寞的星光。

你有珍珠似的少女的泪，
常流着没有名字的忧伤。
你有美丽得使你忧愁的日子，
你有更美丽的夭亡。

卞之琳

（一）作者简介

卞之琳（1910—2000），江苏海门人，诗人、文学翻译家。1929 年入北京大学英文系学习，1930 年开始写诗，先后出版诗集《三秋草》、《鱼目集》、《慰劳信集》、《十年诗草》等，另有译作多种。曾先后在西南联大、南开大学、北京大学等高校任教，后到中国社会科学院外国文学研究所工作。

（二）作品分析

断　章

你站在桥上看风景，
看风景的人在楼上看你。

明月装饰了你的窗子，
你装饰了别人的梦。

距离产生美
——卞之琳《断章》导读

对于卞之琳的《断章》一诗，历来说法甚多。阿垅说它体现了一种"绝望"："装饰已经颓废可怜，梦是格外幻谲无稽。我等于装饰，装饰等于梦，我等于梦；梦又在哪里？我在哪里？不可知，不可说。我和人生，就这样，而且不得不这样没有凭据吗？就这样，而且不得不这样荒诞不经吗？明月是宇宙的象征，而宇宙竟是装饰吗？我是人类的演绎，而人类不过在装饰别人所做的梦吗？多绝望的诗，多绝望的哲学！"① 孙玉石说诗歌从"小景物"里体现出"大哲学"："在人生与道德的领域中，生与死、悲与喜、善与恶、美与丑……都不是绝对的孤立的存在，而是相对的、相互关联的。诗人想说，人洞察了这番道理，也就不会被一些世俗的观念所束缚，斤斤计较于是非有无、一时的得失哀乐，而应该悟透人生与世界，获得内在的自由与超越。"② 周棉则认为，这首诗"通过互相关联的意象的直说，反映了矛盾普遍存在的客观规律，揭示了大千世界万事万物互相联系的永恒哲理"③。余光中从《断章》里看到了世间万物之间的"连环"关系，他说："它（指《断章》）更阐明了世间的关系有主有客，但主客之势变易不居，是相对而非绝对。你站在桥上看风景，你是主，风景是客。但别人在楼上看风景，连你也一并视为风景，于是轮到别人为主，你为客了。明月装饰了你的窗子，你是主，明月是客。但是你却装饰了别人的梦，于是主客易位，轮到你做客，别人做主。同样一个人，可以为主，也可以为客，于己为主，于人为客。正如同一个人，有时在台下看戏，有时却在台上演戏。"④ 余光中还写诗仿拟道：

> 你站在桥头看落日，
> 落日却回顾，
> 回顾着远楼，
> 有人在楼头正念你。
>
> 你站在桥头看明月，
> 明月却俯望，
> 俯望着远窗，
> 有人在窗口正梦你。

上述这些观点应该说都是很有道理的，都看到了这首诗所深藏的一些妙意。所谓"诗无达诂"，《断章》一诗并没有也不可能因为这些大家的阐释而意义全显，它的意义结构是开放式的，不同的读者可以根据自己的人

---

① 阿垅：《人生与诗》，原载胡风主编《希望》：1946年第二集第2期，上海希望社。

② 孙玉石：《小景物中有大哲学——读卞之琳的〈断章〉》，原载孙玉石主编：《中国现代诗导读1917—1938》，北京大学出版社，1990年。

③ 周棉：《情与理的结晶——卞之琳〈断章〉赏析》，《名作欣赏》1986年第1期。

④ 余光中：《诗与哲学》，《余光中全集》（第六卷），百花文艺出版社，2004年，第302页。

生阅历和知识涵养对它作出新的诠释。在我看来，这首诗用具体的形象，向我们揭示了距离与美之间的密切关系。

"你站在桥上看风景"，你看到的风景在你视线的远端，因为站在桥上，你没有意识到桥是风景，更没有意识到自己作为风景性的存在，这是因为你与桥和自我之间没有距离，没有距离，你就无法从风景的角度，对桥和自身作审美的观照。"看风景的人在楼上看你"，看风景的人和你拉开了距离，他可以从远处来欣赏和品味桥、你以及周围的一切，这个时候，桥和你成了风景的一部分，你的观景活动成为别人看到的景物中的情态。你和桥以及周围事物间的方位并没有变化，只是观看景物的视点发生了更易，你和风景本身的意义关系便发生了改变。

同样地，在诗的下半部分，距离再一次使审美效果出现了前后不一的情形。"明月装饰了你的窗子"，明月之所以能"装饰"你的窗子，是因为它遥燃于夜空，给你许多美的遐想与回味。然而，当明月"装饰"着你的窗子，美丽着你的瞭望之时，看风景的人因为看到了你和世界之间形成的美好构图，你也就成为他们梦中的装饰之物美丽了他们的夜晚与人生。因为有距离，明月成了装饰你生活的美景；因为有距离，你也可能成为风景点缀别人的梦。

德国戏剧家布莱希特讲"间离效果"，俄国形式主义主张语言的"陌生化"，其实都是在揭示距离与美之间的内在联系。卞之琳的这首诗，是用诗歌的形式，用独特的意象连缀和语言构造，表现了"距离产生美"的审美哲学。

废 名

（一）作者简介

废名（1901—1967），原名冯文炳，湖北黄梅人。现代乡土文学作家，也是30年代"现代"派的代表诗人。

（二）作品分析

理发店

理发店的胰子沫，
同宇宙不相干，

又好似鱼相忘于江湖。
匠人手下的剃刀，
想起人类的理解，
划得许多痕迹。
墙上下等的无线电开了，
是灵魂之吐沫。

尘世的纷扰与自我的超脱
——废名《理发店》导读

废名的诗大都写于 20 世纪 30 年代。在中国历史上，20 世纪 30 年代是个充满内忧外患的时期，中国新诗也在现代化过程中曲折而艰难地前行着，不少诗人为此作了不懈的努力，废名就是其中一位。他以禅入诗，从而开辟了新诗现代化的一条新路。

"禅"在梵语中写作 Dhyàna，是沉思之义。它的内涵是将散乱的心念集中，进行冥想。从这里，我们可以了解到，在废名的诗歌里，客观的事物并不只是指向事物自身，而是更多地指向诗人的心灵世界，自我的主体观照是借助对人生世相的客观描述来传达的。《理发店》正是这样的一首诗，它通过喧腾、纷扰尘世的一个侧影的直接呈示，透射出了诗人对尘世的避离以及为保持自我独立与完善而默然退守的文人情怀。

理发店首先是对喧腾、纷扰尘世的智性揭露，这是诗歌向我们呈现的第一层意义。

在现实生活中，理发店以其独特的存在形式而成为人生世相的展览厅。一谈到理发店，我们自然会联想到那如雪纷扬的黑色发屑、进进出出的各色人流、平淡庸俗的市井谈笑等情形。诗人对现实往往是最为敏锐的，他们"精骛八极，心游万仞"，总会在平常事物中发现不平常的东西。当废名把思维触角伸向"理发店"时，他便顷刻领悟到其中所蕴含的人生真谛。在《理发店》中，诗人选取了三个最能代表理发店特征的物象，通过三个层次来表达自己对客观世界的感悟与静观。

理发店的胰子沫，
同宇宙不相干，
又好似鱼相忘于江湖。

这是这首诗的第一层。它从"胰子沫"这个物象切入，借助其与宇宙的关系和与鱼之于江湖关系的类比联想，来寄寓诗人关于宇宙人生的玄思。这种感悟与玄思到底是什么呢？我们先看看诗人的自我表白。在《谈新诗》一书中，废名是这样追忆他在理发店的情形的：

我还记得那是在电灯之下，将要替我刮脸，把胰子沫涂抹我一脸，我忽然向玻璃看见了，心想，"理发匠，你为什么把我涂抹得这个样子呢，我这个人就是代表真理的，你知道吗？"连忙自己觉得好笑，这同真理一点关系没有。就咱两人说，理发匠与我，可谓鱼相忘于江湖。①

这段追忆不仅交代了此诗构思前的情形，也间接表达了诗人的宇宙观："我这个人就是代表真理的。"我们知道，宇宙有大宇宙和小宇宙之分，我们置身的客观物质世界是"大宇宙"，而每一个生命个体的心灵世界则是"小宇宙"。废名一生写诗并不多，而"宇宙"一词却屡屡出现在他的诗歌之中，如"夜贩的叫卖声又做了宇宙的言语"（《灯》）；"灯光里我看见宇宙的衣裳"，"宇宙的衣裳，你就做一盏灯罢"（《宇宙的衣裳》）等。诗人总是在探究宇宙的真意，可以说，这种对宇宙的探究事实上就是一种对自我的追寻，因为就每个个体而言，无论是表现为物质世界的"大宇宙"，还是表现为心灵世界的"小宇宙"，最后都会归结到关于自我的生命意识和人生态度上来。废名"我代表真理"的宇宙观是他关于"人应该追求真理，做真理主人"的生命意识的直抒，在诗人看来，既然"我"这一宇宙"代表真理"，那么便和呈泡沫状的、转瞬即逝的胰子沫格格不入。"又好似鱼相忘于江湖"一句，既是第一层的小结，又对第二个层次作了提示。代表真理的"我"不仅与泡沫样的胰子沫毫不相干，也与眼前代表世俗的"理发匠"毫无关系。这是一个被世俗围困的世界，在这一世界里，每个人都有自己遵循的生活和生存方式，随着年岁的增长和阅历的丰富，人们更各自操持着程式化的生活方式混迹于世，游戏人生，如鱼得水。因此，人之于社会，人与人之间，便恰似鱼之于江湖，彼此熟稔于其间的游戏规则以至了无痕迹，两相遗忘。在这浓重的世俗荫翳之下，人们彼此心灵间的交流与沟通谈何容易？

匠人手下的剃刀，
想起人类的理解，
划得许多痕迹。

---

① 废名：《谈新诗》，人民文学出版社，1984年，第223页。

从第一层的"胰子沫"到第二层的"剃刀",诗人的思维又迈开了一步。如果说"胰子沫"还只是理发匠与顾客交流前的一种准备的话,那么"剃刀"则是他们直接进行交流的手段和媒介,通过"剃刀",理发匠与顾客之间才可能达成某种理解与沟通。不过在诗人看来,在理发店里,那种深层的交流与沟通事实上是未能实现的,"人类的理解"在这里只是"划得许多痕迹"。诗中"人类的理解"既可解作人对自然和社会的理解,也可解作人与人之间的相互理解。如前所述,人们既然生活在一个被浅薄世俗所笼罩的尘寰中,那么彼此间的理解则只能限于肤浅、浮泛和表面的层次上,人对社会和自然的理解也无法上升到玄奥和深邃的哲思之中。于是,整个世界在诗人眼里,不过是各自为政的"寂寞"集合体。这一点我们可以从诗人的另一首诗《街头》中领会到:

> 行到街头乃有汽车驶过,
> 乃有邮局寂寞。
> 邮筒 PO,
> 乃想起汽车的号码 X,
> 乃有阿拉伯数字寂寞,
> 汽车寂寞,
> 大街寂寞,
> 人类寂寞。

这就是诗人眼中的世界,一个彼此隔膜、无法相互沟通的"寂寞"社会。但"寂寞"并非是没有声响,而是这种声响仅流于肤泛和浅陋,是枯竭灵魂毫无生机和底蕴的呓语。这便是诗的第三层所写的内容:

> 墙上下等的无线电开了,
> 是灵魂之吐沫。

一般来说,从一个人所愿接受的事物中,可以窥探到这个人的艺术品位和精神生活。理发店"下等的无线电",便客观反映了理发匠以及来往顾客那庸俗的精神世界与贫乏的生活内容。诗人曾这样解释这两句诗:"理发店的收音机忽然开了,下等的音乐,干燥无味,我觉得这些人的精神是庄周说的涸鱼,相濡以沫而已。"[1] 也许在诗人看来,平庸的人生活在

---

[1] 废名:《谈新诗》,人民文学出版社,1984 年,第 223 页。

俗气的精神空间里，是不可能对生命作深入的思考的。涸泽之鱼，相濡以沫，在得过且过的苟且偷生里互相敷衍和迁就，勉强维持这乏味的人生。"灵魂之吐沫"就是这一独特的生活景观的形象写照。

总之，《理发店》向人们展示的是一个被庸俗和贫乏所围困的纷扰喧嚣的尘世画图。既然这尘世间到处游荡着令人窒息的世俗的瘴气，那么面对纷扰和喧嚣，一个有着崇高精神追求的诗人，该作何种选择呢？这便是这首诗要传达给我们的另一层深意。

作为一个深受传统文化影响的诗人，废名有着极为浓郁的传统文人的那种士大夫情结，他总在追求心灵世界的宁静和自我精神的超越。然而，废名身上的那种士大夫情结不同于王维，"人闲桂花落，夜静春山空"，这是幽居独处的自我快意的人生哲学；也不同于苏东坡，"故国神游"，"人生如梦"，这是借古叹今的感伤情怀。废名所追求的是在现实中的退守与超脱：一方面，他承认客观现实的喧腾与纷扰；另一方面，又处乱不惊，只求自我的内在把持和精神超脱，从《理发店》一诗中便可见一斑。诗中通篇展示了诗人所处的那个时代和社会的纷纭烦扰、喧闹平庸，但他又能凌然物外，冷静审视眼前的一切，现实的纷扰更促成自我心灵的纯洁和精神的超脱。也许废名早就意识到，每一个有生命的个体，都无法脱离他所置身的那个社会而独存，这样，"幽居独处"抑或"借古避今"都会给人以自欺欺人的感觉。所以，同是以禅入诗，与王维和苏轼不同，废名敢于直面不堪入目的庸俗世界，他以直接暴露的方式，对当时的景况作了现场的写真，同时，暗自透露自己不与其同流合污以及理智退守与超越的心怀。在 20 世纪 30 年代这个动荡的时刻，社会的腐朽是冥顽而强大的，充斥寰宇的低俗世风又岂是一人一时所能扭转。在此之下，不入流，不从俗，理性地退守，大胆地超越，从而保全个体精神的纯洁与高尚，对"启蒙"的大业从长计议，便是废名以及与他同时代的知识分子作出的人生抉择。在《理发店》里，"不相干"，两"相忘"，正是这种抉择的鲜明凸现。

第七章　七月诗派

一、诗派概述

七月诗派因《七月》杂志（1937 年 9 月创刊于上海）得名，指活跃于胡风主编的《七月》、《希望》等杂志周围，以及进入《七月》丛书作者名单的诗人群体，主要诗人有鲁藜、绿原、冀汸、阿垅、曾卓、芦甸、孙钿、方然、牛汉、天蓝、彭燕郊、邹荻帆、庄涌、杜谷、贺敬之、胡征、化铁、艾青、田间等人。代表作：《为祖国而歌》（胡风）、《我爱这土地》（艾青）、《给战斗者》（田间）、《纤夫》（阿垅）、《泥土》（鲁藜）、《蕾》（邹荻帆）等。

二、作品析解

艾　青

（一）作者简介

艾青（1910—1996），原名蒋海澄，浙江金华人。1929 年赴法国巴黎学习绘画，同时接触了俄国现实主义作品和欧洲现代诗歌。凡尔哈仑、惠特曼、马雅可夫斯基、兰波都对他产生过重要影响。1933 年发表处女作《大堰河——我的保姆》，从此一发而不可收拾。先后出版诗集有《大堰河》、《他死在第二次》、《旷野》、《北方》、《归来的歌》等。

（二）作品分析

我爱这土地

假如我是一只鸟，
我也应该用嘶哑的喉咙歌唱：

这被暴风雨所打击着的土地，
这永远汹涌着我们的悲愤的河流，
这无止息地吹刮着的激怒的风，
和那来自林间的无比温柔的黎明……
——然后我死了，
连羽毛也腐烂在土地里面。

为什么我的眼里常含泪水？
因为我对这土地爱得深沉……

一九三八，十一月十七日

深情的歌唱给这多难的土地
——艾青《我爱这土地》导读

这首诗写于抗战初期。当日寇的铁蹄踏入中国的时候，民族生存的危机便在中华大地上显得异常突出。作为一直关注中华民族苦难命运、用诗歌来记录这个民族的辛酸与坚韧的优秀诗人，在抗战爆发的危机时刻，艾青写下了声情并茂的《我爱这土地》，为幽幽神州这多难的土地唱出了一曲深情的歌。这歌声里，有爱恋，有忧郁，也有坚忍和执着，至今读起来都令人感动不已。

诗人以"假如"开头，以突兀之势调动起我们强烈的阅读渴望。"假如我是一只鸟"，将人动物化，意在用鸟的鸣啭写人的歌吟。接下来用"嘶哑"一词强调鸟声的无止无息。作为一只鸟，在这个风雨飘摇的时刻，应该歌唱什么？是这土地和土地上的一切，包括河流、疾风和黎明。即使生命远逝，无法再用歌声传达自己的爱了，也要腐烂在地里，奉献自己最后的光热。无限的爱，写满了小鸟的歌喉和心灵。

诗的第二节，既是对上一节的一个小结、一个升华，也是诗人自我心声的表白。"泪水"是忧郁的流露，更是真情的道白。从这里，我们可以读到诗人拳拳的爱国爱民之心。

综观全诗，我们可以发现它有三个突出的特征。一是用现代主义表达技巧来抒写现实主义的内容。诗歌中的"土地"、"河流"、"风"和"黎明"都是富有现实感的物象，它们是危难时期的祖国大地上很有代表性的景色。诗人在描绘这些景色时，并没有直接呈现，而是在这些物象前分别加上了"被暴风雨所打击着的"、"悲愤的"、"激怒的"、"温柔的"等修饰语，将它们拟人化、象征化，使现实的物象打上了诗人强烈的主观烙印，从而具有了浓重的现代主义色彩。二是主体意象与附设意象的交相辉映。这首诗的主体意象是土地，土地象征了这个国度和这里繁衍生息的人民，所以诗中反复出现了"土地"这个意象。与此同时，在"土地"这个主体意象外，诗人还状写了"河流"、"风"、"黎明"等附设意象，主体意象和附设意象形成和鸣，把诗人的爱国情怀与忧患意识鲜明地奏响。三是情态描摹与原因揭示构筑全诗，既使诗意向深处开掘，又使诗情向广处拓延。这首诗的第一节主要是情态描摹，第二节则是原因的揭示，二者相得益彰，使诗歌整体上呈现出丰沛的情感，透射出感人的艺术魅力。

附：

雪落在中国的土地上

雪落在中国的土地上，
寒冷在封锁着中国啊……

风，
像一个太悲哀了的老妇，
紧紧地跟随着，
伸出寒冷的指爪，
拉扯着行人的衣襟，
用着像土地一样古老的话，
一刻也不停地絮聒着……

那从林间出现的，
赶着马车的，
你中国的农夫，
戴着皮帽，
冒着大雪，
你要到哪儿去呢？

告诉你，
我也是农人的后裔——
由于你们的，
刻满了痛苦的皱纹的脸，

我能如此深深地，
知道了，
生活在草原上的人们的，
岁月的艰辛。

而我，
也并不比你们快乐啊，
——躺在时间的河流上，
苦难的浪涛，
曾经几次把我吞没而又卷起——
流浪与监禁，
已失去了我的青春的，
最可贵的日子，
我的生命，
也像你们的生命，
一样的憔悴呀。

雪落在中国的土地上，
寒冷在封锁着中国呀……

沿着雪夜的河流，
一盏小油灯在徐缓地移行，
那破烂的乌篷船里，
映着灯光，垂着头，
坐着的是谁呀？

——啊，你，
蓬头垢面的少妇，
是不是
你的家，
——那幸福与温暖的巢穴——
已被暴戾的敌人
烧毁了么？
是不是
也像这样的夜间，

失去了男人的保护，
在死亡的恐怖里，
你已经受尽敌人刺刀的戏弄？

咳，就在如此寒冷的今夜，
无数的，
我们的年老的母亲，
都蜷伏在不是自己的家里，
就像异邦人，
不知明天的车轮，
要滚上怎样的路程……
——而且，
中国的路，
是如此的崎岖，
是如此的泥泞呀。

雪落在中国的土地上，
寒冷在封锁着中国呀……

透过雪夜的草原，
那些被烽火所啮啃着的地域，
无数的，土地的垦植者，
失去了他们所饲养的家畜，
失去了他们肥沃的田地，
拥挤在，
生活的绝望的污巷里；
饥馑的大地，
朝向阴暗的天，
伸出乞援的，
颤抖着的两臂。

中国的苦痛与灾难，
像这雪夜一样广阔而又漫长呀！

雪落在中国的土地上，

寒冷在封锁着中国呀……

中国，
我在没有灯光的晚上，
所写的无力的诗句，
能给你些许的温暖么？

1937 年 12 月 28 日夜间

邹荻帆

（一）作者简介

邹荻帆（1917—1995），湖北天门人。早年就读于湖北省立师范学校。1936 年发表长篇叙事诗《做棺材的人》和《没有翅膀的人们》。1938 年后在武汉等地从事抗日救亡运动，曾与穆木天、冯乃超等创办《时调》诗刊。1940 年入重庆复旦大学学习，以后做过中学教师、报刊编辑。1949 年后历任对外文化联络局办公室主任、《文艺报》编辑部主任、《诗刊》主编等职。著有诗集《在天门》、《木厂》、《走向北方》、《金塔一样的麦穗》，长篇小说《大风歌》等。

（二）作品分析

蕾

一个年轻的笑
一股蕴藏的爱
一坛原封的酒
一个未完成的理想
一颗正待燃烧的心

——选自《七月诗丛·意志的赌徒》

写给希望与未来
——邹荻帆《蕾》导读

邹荻帆的这首《蕾》写于 20 世纪 40 年代，当时抗日战争进入关键的时期，国人对胜利的期盼、对战争的厌恶已经达到了极点。这首诗选取一个独特的事物，借用比喻的形式，寄寓了诗人对于美好未来的向往与预言。

这首诗由五个诗句构成，每句诗都是一个喻体，来对应诗题的这个本体"蕾"，从而构成一种博喻的修辞格。在这个博喻中，诗人还采用了通感与拟人的方式，将含苞欲放的"蓓蕾"比喻为"年轻的笑"、"蕴藏的爱"、"未完成的理想"、"正待燃烧的心"，这是典型的以虚写实，另外一个句子——"蓓蕾"如"原封的酒"则是事物之间的类似性比喻，属于以实写实。全诗因此构成了虚实相间、虚实相生的艺术表达。

这是写给希望和未来的诗。在这里，翘首等待胜利的人们读到了信心与曙光。

鲁 藜

（一）作者简介

鲁藜（1914—1999），福建同安人。少年时代在越南度过，1932 年回国。1938 年入延安抗日军政大学学习，1942 年起在鲁迅艺术学院任教。抗战胜利后在晋冀鲁豫文联和北方大学文学系工作。1949 年任天津文学工作者协会主席。1955 年受胡风错案牵连，被迫到农村劳动多年。1979 年"平反"后，曾任天津市文联副主席。

（二）作品分析

泥 土

老是把自己当作珍珠
就时时怕被埋没的痛苦

把自己当作泥土吧
让众人把你踩成一条道路

诗与哲理的遇合
——鲁藜《泥土》导读

　　诗歌与哲学的关系如何？诗歌如何通过形象的描绘来折射出某种哲理的深意？这是中国新诗从诞生以来，许多诗人都积极探求并试图回答的问题。1920年元月初，宗白华在写给郭沫若的信中说过："我已从哲学中觉得宇宙的真相最好用艺术表现，不是纯粹的名言所能写出的，所以我认为将来最真确的哲学就是一首'宇宙诗'，我将来的事业也就是尽力加入做这首诗的一部分罢了。"[①] 宗白华的诗歌正因为"以哲理做骨子，所以意味浓深"[②]。其实不光宗白华，20世纪20年代的小诗大都是以蕴含某种哲理意味而取胜的。

　　到了40年代，当小诗创作作为一种时代风潮已经成为历史的时候，诗与哲理还能产生联姻吗？七月派诗人鲁藜告诉你：能。他的《泥土》一诗就是一个极好的例证。

　　这首诗以"珍珠"衬"泥土"，写出了泥土的朴实无华但实在有用。偶尔把自己看作"珍珠"也未尝不可，这能体现出我们对自我生命的珍视，但如果"老是"视自己为"珍珠"则不行，高估自己只能带来许多无端的烦恼，并不能对社会有所贡献。与其陷入孤芳自赏的烦恼之中，不如把自己臆想为一方泥土，为人们的前行铺设一条道路。

　　《泥土》在短短的两节四行中蕴含着一个深刻的哲理：人们不妨低调一些，让自己变得现实一些，这样才可能为社会、为人类作出实实在在的贡献。

---

① 田汉、宗白华、郭沫若：《三叶集》，上海亚东图书馆，1920年，第22页。

② 田汉、宗白华、郭沫若：《三叶集》，上海亚东图书馆，1920年，第25页。

第八章　西南联大诗派

一、诗派概述

这是 20 世纪 40 年代中国大地上的一群校园诗人，他们以西南联大为创作大本营，大量地借鉴西方现代主义艺术技法，他们的诗歌充满了对人类生存的哲性思考和对文化的深刻反思，诗歌中体现出浓厚的现代性气息。这个诗歌流派的代表诗人有冯至、穆旦和郑敏。代表作品有《十四行集》（冯至），《诗八首》、《赞美》、《春》（穆旦），《金黄的稻束》、《小漆匠》（郑敏）。

二、作品析解

冯　至

（一）作者简介

冯至（1905—1993），原名冯承植，河北涿州人。1927 年毕业于北京大学德文系。1930 年去德国攻读文学和哲学。五年后回国，任教于上海同济大学附设高中。1939 年去昆明任西南联大外文系教授。抗战胜利后任北京大学西方语言文学系教授。1964 年任中国社会科学院外国文学研究所所长、中国作家协会副主席。出版的诗集有《昨日之歌》、《北游及其他》、《十四行集》等。

（二）作品分析

十四行集

一　我们准备着

我们准备着深深地领受
那些意想不到的奇迹，
在漫长的岁月里忽然有
彗星的出现，狂风乍起。

我们的生命在这一瞬间，
仿佛在第一次的拥抱里
过去的悲欢忽然在眼前
凝结成屹然不动的形体。

我们赞颂那些小昆虫，
它们经过了一次交媾
或者抵御了一次危险，

便结束了它们美妙的一生。
我们整个的生命在承受
狂风乍起，彗星的出现。

二　什么能从我们身上脱落

什么能从我们身上脱落，
我们都让它化成尘埃：
我们安排我们在这时代
象秋日的树木，一棵棵

把树叶和些过迟的花朵
都交给秋风，好舒开树身
伸入严冬；我们安排我们

在自然里，象蜕化的蝉蛾

把残壳都丢在泥里土里；
我们把我们安排给那个
未来的死亡，象一段歌曲，

歌声从音乐的身上脱落，
归终剩下了音乐的身躯
化作一脉的青山默默。

三　有加利树

你秋风里萧萧的玉树——
是一片音乐在我耳旁
筑起一座严肃的殿堂，
让我小心翼翼地走入

又是插入晴空的高塔
在我的面前高高耸起，
有如一个圣者的身体，
升华了全城市的喧哗。

你无时不脱你的躯壳，
凋零里只看着你生长；
在阡陌纵横的田野上

我把你看成我的引导：
祝你永生，我愿一步步
化身为你根下的泥土。

四　鼠曲草

我常常想到人的一生，
便不由得要向你祈祷。
你一丛白茸茸的小草

不曾辜负了一个名称

但你躲避着一切名称，
过一个渺小的生活，
不辜负高贵的洁白，
默默地成就你的死生。

一切的形容，一切喧嚣
到你身边，有的就凋落，
有的化成了你的静默：

这是你伟大的骄傲
却在你的否定里完成。
我向你祈祷，为了人生。

五　威尼斯

我永远不会忘记
西方的那座水城，
它是个人世的象征，
千百个寂寞的集体。

一个寂寞是一座岛，
一座座都结成朋友。
当你向我拉一拉手，
便象一座水上的桥；

当你向我笑一笑，
便象是对面岛上
忽然开了一扇楼窗。

只担心夜深静悄，
楼上的窗儿关闭，
桥上也断了人迹。

六　原野的哭声

我时常看见在原野里
一个村童，或是一个农妇
向着无语的晴空啼哭，
是为了一个惩罚，可是

为了一个玩具的毁弃？
是为了丈夫的死亡，
可是为了儿子的病创？
啼哭的那样没有停息，

象整个的生命嵌在
一个框子里，在框子外
没有人生，也没有世界。

我觉得他们好象从古来
就一任眼泪不住地流
为了一个绝望的宇宙。

七　我们来到郊外

和暖的阳光内
我们来到郊外，
象不同的河水
融成一片大海。

有同样的警醒
在我们的心头，
是同样的运命
在我们的肩头。

要爱惜这个警醒，
要爱惜这个运命，
不要到危险过去，

那些分歧的街衢
又把我们吸回，
海水分成河水。

八 一个旧日的梦想

是一个旧日的梦想，
眼前的人世太纷杂，
想依附着鹏鸟飞翔
去和宁静的星辰谈话。

千年的梦象个老人
期待着最好的儿孙——
如今有人飞向星辰，
却忘不了人世的纷纭。

他们常常为了学习
怎样运行，怎样降落，
好把星秩序排在人间，

便光一般投身空际。
如今那旧梦却化作
远水荒山的陨石一片。

九 给一个战士

你长年在生死的边缘生长，
一旦你回到这堕落的城中，
听着这市上的愚蠢的歌唱，
你会象是一个古代的英雄

在千百年后他忽然回来，
从些变质的堕落的子孙
寻不出一些盛年的姿态，
他会出乎意料，感到眩昏。

你在战场上，象不朽的英雄
在另一个世界永向苍穹，
归终成为一只断线的纸鸢：

但是这个命运你不要埋怨，
你超越了他们，他们已不能
维系住你的向上，你的旷远。

十　蔡元培①

你的姓名常常排列在
许多的名姓里边，并没有
什么两样，但是你却永久
暗自保持住自己的光彩；

我们只在黎明和黄昏
认识了你是长庚，你是启明，
到夜半你和一般的星星
也没有区分：多少青年人

从你宁静的启示里得到
正当的死生。如今你死了，
我们深深感到，你已不能

参加人类的将来的工作——
如果这个世界能够复活，
歪曲的事能够重新调整。

十一　鲁迅

在许多年前的一个黄昏
你为几个青年感到一觉②；

---

① 写于 1941 年 3 月 5 日，这天是蔡元培逝世一周年纪念日。
② 鲁迅《野草》中最后一篇是《一觉》。

你不知经验过多少幻灭，
但是那一觉却永不消沉。

我永远怀着感谢的深情
望着你，为了我们的时代：
它被些愚蠢的人们毁坏，
可是它的维护人却一生

被摒弃在这个世界以外——
你有几回望出一线光明，
转过头来又有乌云遮盖。

你走完了你艰苦的行程，
艰苦中只有路旁的小草
曾经引出你希望的微笑。

十二　杜甫

你在荒村里忍受饥肠，
你常常想到死填沟壑，
你却不断地唱着哀歌
为了人间壮美的沦亡：

战场上健儿的死伤，
天边有明星的陨落，
万匹马随着浮云消没……
你一生是他们的祭享。

你的贫穷在闪烁发光
象一件圣者的烂衣裳，
就是一丝一缕在人间

也有无穷的神的力量。
一切冠盖在它的光前
只照出来可怜的形象。

十三　歌德

你生长在平凡的市民的家庭，
你为过许多平凡的事物感叹，
你却写出许多不平凡的诗篇；
你八十年的岁月是那样平静，

好象宇宙在那儿寂寞地运行，
但是不曾有一分一秒的停息，
随时随处都演化出新的生机，
不管风风雨雨，或是日朗天晴。

从沉重的病中换来新的健康，
从绝望的爱里换来新的营养，
你知道飞蛾为什么投向火焰，

蛇为什么脱去旧皮才能生长；
万物都在享用你的那句名言，
它道破一切生的意义："死和变。"

十四　画家梵诃

你的热情到处燃起火，
你燃着了向日的黄花，
燃着了浓郁的扁柏，
燃着了行人在烈日下——

他们都是那样热烘烘
向着高处呼吁的火焰；
但是背阴处几点花红，
监狱里的一个小院，

几个贫穷的人低着头
在贫穷的房里剥土豆，
却象是永不消溶的冰块。

这中间你画了吊桥,
画了轻盈的船:你可要
把些不幸者迎接过来?

十五　看这一队队的驮马

看这一队队的驮马
驮来了远方的货物,
水也会冲来一些泥沙
从些不知名的远处,

风从千万里外也会
掠来些他乡的叹息:
我们走过无数的山水,
随时占有,随时又放弃,

仿佛鸟飞翔在空中,
它随时都管领太空,
随时都感到一无所有。

什么是我们的实在?
我们从远方把什么带来?
从面前又把什么带走?

十六　我们站立在高高的山巅

我们站立在高高的山巅
化身为一望无边的远景,
化成面前的广漠的平原,
化成平原上交错的蹊径。

哪条路、哪道水,没有关联,
哪阵风、哪片云,没有呼应:
我们走过的城市、山川,
都化成了我们的生命。

我们的生长、我们的忧愁
是某某山坡的一棵松树，
是某某城上的一片浓雾；

我们随着风吹，随着水流，
化成平原上交错的蹊径，
化成蹊径上行人的生命。

十七　原野的小路

你说，你最爱看这原野里
一条条充满生命的小路，
是多少无名行人的步履
踏出来这些活泼的道路。

在我们心灵的原野里
也有几条宛转的小路，
但曾经在路上走过的
行人多半已不知去处：

寂寞的儿童、白发的夫妇，
还有些年纪青青的男女，
还有死去的朋友，他们都

给我们踏出来这些道路；
我们纪念着他们的步履
不要荒芜了这几条小路。

十八　我们有时度过一个亲密的夜

我们有时度过一个亲密的夜
在一间生疏的房里，它白昼时
是什么模样，我们都无从认识，
更不必说它的过去未来。原野——

一望无边地在我们窗外展开，
我们只依稀地记得在黄昏时
来的道路，便算是对它的认识，
明天走后，我们也不再回来。

闭上眼吧！让那些亲密的夜
和生疏的地方织在我们心里：
我们的生命象那窗外的原野，

我们在朦胧的原野上认出来
一棵树、一闪湖光，它一望无际
藏着忘却的过去、隐约的将来。

十九　别离

我们招一招手，随着别离
我们的世界便分成两个，
身边感到冷，眼前忽然辽阔，
象刚刚降生的两个婴儿。

啊，一次别离，一次降生，
我们负担着工作的辛苦，
把冷的变成暖，生的变成熟，
各自把个人的世界耕耘，

为了再见，好象初次相逢，
怀着感谢的情怀想过去，
象初晤面时忽然感到前生。

一生里有几回春几回冬，
我们只感受时序的轮替，
感受不到人间规定的年龄。

二十　有多少面容，有多少语声

有多少面容，有多少语声
在我们梦里是这般真切，
不管是亲密的还是陌生：
是我自己的生命的分裂，

可是融合了许多的生命，
在融合后开了花，结了果？
谁能把自己的生命把定
对着这茫茫如水的夜色，

谁能让他的语声和面容
只在些亲密的梦里萦回？
我们不知已经有多少回

被映在一个辽远的天空，
给船夫或沙漠里的行人
添了些新鲜的梦的养分。

二十一　我们听着狂风里的暴雨

我们听着狂风里的暴雨，
我们在灯光下这样孤单，
我们在这小小的茅屋里
就是和我们用具的中间

也有了千里万里的距离：
铜炉在向往深山的矿苗，
瓷壶在向往江边的陶泥，
它们都象风雨中的飞鸟

各自东西。我们紧紧抱住，
好象自身也都不能自主。
狂风把一切都吹入高空，

暴雨把一切又淋入泥土，
只剩下这点微弱的灯红
在证实我们生命的暂住。

二十二　深夜又是深山

深夜又是深山，
听着夜雨沉沉。
十里外的山村、
念里外的市廛，

它们可还存在？
十年前的山川、
念年前的梦幻，
都在雨里沉埋。

四围这样狭窄，
好象回到母胎；
我在深夜祈求

用迫切的声音：
"给我狭窄的心
一个大的宇宙！"

二十三　几只初生的小狗

接连落了半月的雨，
你们自从降生以来，
就只知道潮湿阴郁。
一天雨云忽然散开，

太阳光照满了墙壁，
我看见你们的母亲
把你们衔到阳光里，
让你们用你们全身

第一次领受光和暖，
日落了，又衔你们回去。
你们不会有记忆，

但是这一次的经验
会融入将来的吠声，
你们在黑夜吠出光明。

二十四 这里几千年前

这里几千年前
处处好象已经
有我们的生命；
我们未降生前

一个歌声已经
从变幻的天空，
从绿草和青松
唱我们的运命。

我们忧患重重，
这里怎么竟会
听到这样歌声？

看那小的飞虫，
在它的飞翔内
时时都是新生。

二十五 案头摆设着用具

案头摆设着用具，
架上陈列着书籍，
终日在些静物里
我们不住地思虑。

言语里没有歌声，
举动里没有舞蹈，
空空间窗外飞鸟
为什么振翼凌空。

只有睡着的身体，
夜静时起了韵律：
空气在身内游戏，

海盐在血里游戏——
睡梦里好象听得到
天和海向我们呼叫。

二十六 我们天天走着一条小路

我们天天走着一条熟路
回到我们居住的地方；
但是在这林里面还隐藏
许多小路，又深邃、又生疏。

走一条生的，便有些心慌，
怕越走越远，走入迷途，
但不知不觉从树疏处
忽然望见我们住的地方，

象座新的岛屿呈在天边。
我们的身边有多少事物
向我们要求新的发现：

不要觉得一切都已熟悉，
到死时抚摸自己的发肤
生了疑问：这是谁的身体？

二十七 从一片泛滥无形的水里

从一片泛滥无形的水里，
取水人取来椭圆的一瓶，
这点水就得到一个定形；
看，在秋风里飘扬的风旗，

它把住些把不住的事体，
让远方的光、远方的黑夜
和些远方的草木的荣谢，
还有个奔向远方的心意，

都保留一些在这面旗上。
我们空空听过一夜风声，
空看了一天的草黄叶红，

向何处安排我们的思、想？
但愿这些诗象一面风旗
把住一些把不住的事体。

在深隽的思考中领受生命奇迹
——冯至《十四行集》（二十七首选十）导读

冯至的诗歌创作是从浪漫主义起步的，他曾回忆说："我是在晚唐诗、宋词、德国浪漫主义的影响下写抒情诗与叙事诗。"[1] 正因如此，20 世纪 20 年代，冯至便以他清新俊朗并富有浪漫主义色调的抒情诗而享誉文坛，还被鲁迅称赞为"中国最为杰出的抒情诗人"[2]。然而冯至并没有满足于浪漫的抒情，他诗艺探索的脚步继续在执着地向前。1930 年，他曾写下了一首题为《等待》的诗："在我们未生之前，/天上的星、海里的水，/都抱着千年万里的心/在那儿等待你。//如今一个丰饶的世界/在我们的面前，/天上的星、海里的水，/把它们等待你的心/整整地给了我。"写下

---

[1] 冯至：《诗文自选琐记》，《冯至选集》，四川文艺出版社，1985 年。
[2] 鲁迅：《中国新文学大系·小说二集·序》，《鲁迅全集》第六卷，人民文学出版社，1981 年，第 242 页。

《等待》一诗不久，冯至就远涉重洋，去德国留学。在那里，等待冯至的，是当时极为流行的存在主义哲学和在这一哲学观念影响下的现代主义诗歌浪潮。这段德国留学的经历给冯至的思想以极大的影响，他的诗学观念也因此发生了根本性的转变。

经过十多年的酝酿和准备，到了1941年，冯至终于写出了代表他新的艺术探索成果的作品《十四行集》。这部诗集写的是什么呢？诗人告诉我们："在我的十四行诗中，可以看出在抗战时期一个知识分子怎样对待外界的事物，对待自己钦佩的人物，对自然界、生物的感受。"[①] 在《十四行集》里，我们可以明显感受到雅斯贝尔斯哲学的印痕和对里尔克浮雕式的诗歌表现技巧的借鉴，不过它又是中国化的，是中国知识分子立于现实之中，借鉴存在主义哲学视角对灾难深重的中华大地和民族的细致观照，因此有着不凡的艺术魅力与审美价值。陈思和先生认为，《十四行集》的独特价值在于"他是成功地把里尔克的创作经验置于中国抗战的背景之下，把十四行诗的形式与里尔克式的沉思真正地中国化了，显现了中国诗人在国际化的语境里与世界级大师的对话的自觉"[②]。在存在主义哲学这一思想光芒的指引下，冯至思接千载、心游万仞，在深隽的思索中领受到生命的无数奇迹。

下面让我们进入《十四行集》的艺术世界中，仔细体味它深切的情怀美与哲思美。

一 我们准备着

我们准备着深深地领受
那些意想不到的奇迹，
在漫长的岁月里忽然有
彗星的出现，狂风乍起。

我们的生命在这一瞬间，
仿佛在第一次的拥抱里
过去的悲欢忽然在眼前
凝结成屹然不动的形体。

---

① 冯至：《谈诗歌创作》，《冯至全集》，河北教育出版社，1999年，第249~250页。
② 陈思和：《中国现当代文学名篇十五讲》，北京大学出版社，2003年，第201页。

我们赞颂那些小昆虫，
它们经过了一次交媾
或者抵御了一次危险，

便结束了它们美妙的一生。
我们整个的生命在承受
狂风乍起，彗星的出现。

　　冯至的《十四行集》共有二十七首，第一首既是全集的情绪起点，也是诗人展开诗思的起点。诗歌以"我们准备着……"起句，暗示诗人将从此进入内心，通过对于宇宙人生的思考来"领受那些意想不到的奇迹"。在诗人看来，人生充满了许多的变数，漫长的岁月中随时都有可能会碰上自然的"暴力"："彗星的出现"、"狂风乍起"。在自然的"暴力"肆虐之下，人们对于生命的感觉、对于生存的信念一次次地被改变、被摧毁，"过去的悲欢忽然在眼前/凝结成屹然不动的形体"。在灾难之后，人类面临的不仅仅是家园的重建，更是对于生命自身信念的重建。

　　面对自然随时可能向人类施加的"暴力"，人类如何看待生命本身，又如何在灾后完成生命信念的重建？在诗歌的第三、四节里，诗人试图回答这个问题。诗人在这里写了生命异常脆弱的小昆虫的爱与死，它们交媾一次或者抗险一次就完成了短暂的一生，无怨无悔，而这短暂的一生也就成了"美妙的一生"。小昆虫的生存给了我们人类莫大的勇气，既然它也能抵御危险，人类有什么理由逃避"暴力"呢？所以诗歌以"我们整个的生命在承受/狂风乍起，彗星的出现"为结束，直接表达了人类必将战胜灾难的生命主题。

二　什么能从我们身上脱落

什么能从我们身上脱落，
我们都让它化成尘埃：
我们安排我们在这时代
象秋日的树木，一棵棵

把树叶和些过迟的花朵
都交给秋风，好舒开树身
伸入严冬；我们安排我们

在自然里，象蜕化的蝉蛾

把残壳都丢在泥里土里；
我们把我们安排给那个
未来的死亡，象一段歌曲，

歌声从音乐的身上脱落，
归终剩下了音乐的身躯
化作一脉的青山默默。

在前述对人类有信心、有勇气战胜自然界一切暴力的书写之后，第二首沿着这个诗思继续向前，写出了对自我生命的处置与安排。

"什么能从我们身上脱落，/我们都让它化成尘埃"，诗人以这两句诗表明：思想在走向成熟与定型的过程中，必将会不断脱落芜杂与俗浅；或者可以说，在时间的流程中，与生命无干的"尘埃"会次第脱落，人类因此走向完整与永恒，这就像"歌声从音乐的身上脱落"一样，"音乐的身躯"将因此凸显出来，最终化为一脉青山，令人景仰与瞩目。

在生命走向完整与永恒的过程中，人们必须与社会、与自然、与生命本身展开不断的交流与对话。诗人采用比喻的方式，借用动植物的生命情态来描画人类生存。他以树木安排树叶与花朵给秋风来比喻"我们安排我们在这时代"，秋风吹熟了果实也吹落了树叶，人在社会中也如此，既接受社会的培育也接受社会的锻打。以蜕化的蝉蛾把残壳丢在泥土里来比喻"我们安排我们/在自然里"，正像蝉蛹通过蜕化而成为飞蛾一样，人生也正是一个通过不断否弃与裂变才最终完成自己的过程。诗人写面向生命本身，"我们把我们安排给那个/未来的死亡"，用"歌声从音乐的身上脱落"来作比，歌声只是音乐的一种暂时的演绎，歌声的消止并不意味着音乐的完结，而是意味着音乐的升华，音乐的永恒性是不依从歌声的，人也如此，死亡并不意味着生命的终结，而是意味着人走向了完整与圆满。从上一段的分析中我们看到，"歌声从音乐的身上脱落"又是与"什么能从我们身上脱落"构成比喻关系的，这样，诗歌出现了一种辘轳一样的比喻，也就是说，围绕一个本体，前后都设置了喻体，这使诗歌形成了一种循环往复、首尾照应的艺术构造，也从某种程度上隐喻了人类生命是一个"生—死—生"的辩证否定、不断上升的过程。

三　有加利树

你秋风里萧萧的玉树——
是一片音乐在我耳旁
筑起一座严肃的殿堂，
让我小心翼翼地走入

又是插入晴空的高塔
在我的面前高高耸起，
有如一个圣者的身体，
升华了全城市的喧哗。

你无时不脱你的躯壳，
凋零里只看着你生长；
在阡陌纵横的田野上

我把你看成我的引导：
祝你永生，我愿一步步
化身为你根下的泥土。

如果说前面两首诗反映诗人沉入内心、思索生命，属于全集的铺垫的话，那么，从第三首诗开始，诗人进入对具体事物的歌吟与状摹之中，借助对植物、城市等具体物象的沉思来牵带出对人世生命的写照。在第三首诗里，诗人把思索的目光对准了有加利树，开始就以"萧萧的玉树"总写有加利树的风致，塑造了一个集美丽、和谐、庄严、神圣于一身的树的形象。接下来，诗人用了多种比喻来对有加利树的各种品格进行表现，既把它形容为耳旁缭绕的"一片音乐"，也把它形容为"插入晴空的高塔"，还把它形容为令人景慕的"圣者"，调动人们的听觉、视觉等多种感觉来感受有加利树的风致。

如此美好的树种怎样长成的呢？在第三、第四节里，诗人仍然从死与变的角度来表现有加利树的成长，"你无时不脱你的躯壳，/凋零里只看着你生长"。有加利树这种在自我否弃中不断生长，最后长成参天大树的发展过程启迪着我们：生命的展开与完善也是在变化与死亡中完成的。有加利树的形象给了诗人生命的鼓舞与精神的力量，所以诗人在最后一节写道："我把你看成我的引导：/祝你永生，我愿一步步/化身为你根下的泥

土。"明确表示要以谦卑和虚心的姿态去领受生命成长的真谛，完成自我
精神的超越。

四　鼠曲草

我常常想到人的一生，
便不由得要向你祈祷。
你一丛白茸茸的小草
不曾辜负了一个名称

但你躲避着一切名称，
过一个渺小的生活，
不辜负高贵的洁白，
默默地成就你的死生。

一切的形容，一切喧嚣
到你身边，有的就凋落，
有的化成了你的静默：

这是你伟大的骄傲
却在你的否定里完成。
我向你祈祷，为了人生。

这一首诗的主题与第三首是一致的，都是肯定了否定对于生命的裂变
与升华的积极意义。所不同的是，这里所描写的鼠曲草与第三首描写的有
加利树相比，显得异常的弱小与卑微。这弱小卑微的植物怎么会使诗人联
想到人的一生呢？诗人着意描画了鼠曲草默然静悄的生活方式，这是一种
自甘寂寞、自守高洁的植物，诗人对它的爱慕与倾心是不言而喻的。他在
散文《一个消逝了的山村》里曾这样描写鼠曲草："我爱它那从叶子演变
成的，有白色茸毛的花朵，谦虚地掺杂在乱草的中间。但是在这谦虚里没
有卑躬，只有纯洁，没有矜持，只有坚强。有谁要认识这小草的意义吗？
我愿意指给他看：在夕阳里一座山丘的顶上，坐着一个村女，她聚精会神
地在那里缝什么，一任她的羊在远远近近的山坡上吃草，四面是山，四面
是树，她从不抬起头来张望一下，陪伴着她的是一丛一丛的鼠曲草从杂草
中露出头来。当时我正从城里来，我看见这幅画像，觉得我随身带来的纷

扰都变成深秋的黄叶，自然而然地凋落了。这使我知道，一个小生命是怎样鄙弃了一切浮夸，孑然一身担当着一个大宇宙……"①

　　由鼠曲草的独自纯洁、鄙弃浮夸、谦虚而坚强地生活，自然就联想到了普通人的生活，在作者看来，鼠曲草的生活态度可以成为普通人生活态度的一种参照、一种模本。只有像鼠曲草那样生活着，默默地成就生死，人生才可能会"不辜负高贵的洁白"，平凡的生命才能彰显出伟大的意义来。所以诗人在最后由衷地吟唱道："我向你祈祷，为了人生。"

五　威尼斯

> 我永远不会忘记
> 西方的那座水城，
> 它是个人世的象征，
> 千百个寂寞的集体。
>
> 一个寂寞是一座岛，
> 一座座都结成朋友。
> 当你向我拉一拉手，
> 便象一座水上的桥；
>
> 当你向我笑一笑，
> 便象是对面岛上
> 忽然开了一扇楼窗。
>
> 只担心夜深静悄，
> 楼上的窗儿关闭，
> 桥上也断了人迹。

　　这首诗表面好像是要写威尼斯这座举世闻名的水上城市，其实是以威尼斯为引子，引出对人世间生命情态的沉吟来。在诗人眼里，威尼斯这座建筑在水上的城市，每一座建筑都是一个寂寞的所在，整个城市也就成了寂寞的集合体。人类社会也是这样，每一个生命也是一个寂寞体。那么，怎么解除人世间这无边的寂寞？要解除这人世间的寂寞和孤单，人们必须

---

① 冯至：《一个消逝了的山村》，王圣思编：《昨日之歌》，珠海出版社，1997年，第205页。

彼此联络，相互交往，"当你向我拉一拉手"，心灵之间就搭建起了沟通的桥梁；"当你向我笑一笑"，彼此关闭的心灵之窗就悄然打开。

从诗情的抒写中，我们不难看到影响诗人思想形成的德国哲学家雅斯贝尔斯的影子，看到雅斯贝尔斯交往生存的生命哲学。雅斯贝尔斯认为，每一个生命都是孤独的存在，只有相互的联系与交往才能将这种孤独驱散。雅斯贝尔斯研究专家汉斯·萨内尔这样阐述他的交往哲学："因为生存是绝对个别的，因此就不能有两个或者更多的生存的相互亲和。雅斯贝尔斯因此认为，交往是两个生存在其不可转换的自身存在中相互接近和相互推动的过程。"①威尼斯的生存在于虽然脚下有水的阻隔，但空中有桥的连接；同样地，人们相互牵手与笑脸相迎，才能将人世间的一切孤独和寂寞驱逐消散。

最后一节的诗句："只担心夜深静悄，/楼上的窗儿关闭，/桥上也断了人迹。"从逆向角度强调联系与交往对生命的意义。既然联系与交往让人世间不再充满孤独，那么，联系的中断，交流的受阻，就成了诗人最担心的事情。

六 原野的哭声

我时常看见在原野里
一个村童，或是一个农妇
向着无语的晴空啼哭，
是为了一个惩罚，可是

为了一个玩具的毁弃？
是为了丈夫的死亡，
可是为了儿子的病创？
啼哭的那样没有停息，

象整个的生命嵌在
一个框子里，在框子外
没有人生，也没有世界。

---

① ［德］汉斯·萨内尔，程志民等译：《雅斯贝尔斯》，中国社会科学出版社，1992年，第173页。

我觉得他们好象从古来
就一任眼泪不住地流
为了一个绝望的宇宙。

聚焦一种格外的声音，通过对这种声音的情状描述与原因推测，来思考某种人生境遇，就是这首诗最基本的表达策略。诗人在这里着力表现的特别的声音就是"哭声"，是来自一个儿童或者农妇的"哭声"。这哭声很大，像一个框子一样套住了整个生命。也许每一个听到这哭声的人都会肝肠寸断的。

他们为什么而哭？是因为儿童的欢乐突然被打断了吗？"是为了一个惩罚，可是//为了一个玩具的毁弃？"还是因为至亲的亲人遇到灾祸？"是为了丈夫的死亡，/可是为了儿子的病创？"啼哭是一种发自内心的呐喊，它的产生来源于人们对幸福的渴望与对生命的珍视。正因如此，听到哭声诗人的心灵才起了共鸣，深切的关爱也被激发起来。有啼哭的出现就证明人世间还有许多痛苦存在，只有人们之间相互关心与爱护，这"绝望的宇宙"才会闪烁出希望的光芒来。

七　我们来到郊外

和暖的阳光内
我们来到郊外，
象不同的河水
融成一片大海。

有同样的警醒
在我们的心头，
是同样的运命
在我们的肩头。

要爱惜这个警醒，
要爱惜这个运命，
不要到危险过去，

那些分歧的街衢
又把我们吸回，

海水分成河水。

　　人群是如何形成的？集体的力量在何种情况下能充分地体现出来？那是当共同面对痛苦、灾难与严峻形势的时候，人们会积聚起来，一个个"我"结合成"我们"，一起分担痛苦，一起接受命运的挑战。这首诗写的就是这种情景。虽然面对严峻的形势，但人们心中的信念没有毁灭，"和暖的阳光"仍旧照耀在生命的天空，这样，我们才能在一种满怀希望的心态下，如百川归海一样拢聚在一块。

　　人群汇聚起来，共同的信念将大家拧成一股绳，集体的力量才得以充分地显现。我们彼此需要相互提醒、相互勉励："有同样的警醒／在我们的心头，／是同样的运命／在我们的肩头。"人类有共同的命运遭际和生命担当，只有同舟共济，才能风雨无阻。

　　现在我们看到的第三节是作者的修改稿，原稿写作："共同有一个神／他为我们担心：／等到危险过去"，原稿强调了命运的神秘性和警醒的不由自主，修改稿更能突出诗人对人们的告诫与警示，富于现实主义感召力，与第四节之间显得语意更连贯。第四节诗人告诉人们：只要大家对严峻的生存形势保持警醒，勇于肩荷沉重的命运，即使集体再次分割为一个个个体，仍将会心心相连，从而战胜一切挫折与困难。

八　一个旧日的梦想

是一个旧日的梦想，
眼前的人世太纷杂，
想依附着鹏鸟飞翔
去和宁静的星辰谈话。

千年的梦象个老人
期待着最好的儿孙——
如今有人飞向星辰，
却忘不了人世的纷纭。

他们常常为了学习
怎样运行，怎样降落，
好把星秩序排在人间，

便光一般投身空际。
如今那旧梦却化作
远水荒山的陨石一片。

　　梦常常是美丽奇幻的，它可以穿越时间和空间的封锁，带着人们超脱纷纭的尘世，做出日常生活中难以做到的事情。在这首诗里，诗人的梦也异常美好："依附着鹏鸟飞翔"、"和宁静的星辰谈话"。梦是愿望的满足，诗人美好的梦便源于对现实的不满意和对美好人生的追求。尽管只是一个旧日的梦，但因为它打上了诗人思考社会人生的深刻烙印，所以难以忘却，时常在脑际浮现。

　　梦是美好的，但诗人并没有沉迷在美好的梦幻之中，对梦的追忆更是为了对现实加以观照，为了表达对追梦者的景仰与缅怀。美好的梦是指向未来的，这指向未来的梦吸引着无数有志之士为之奔波劳碌，前赴后继，"他们常常为了学习/怎样运行，怎样降落，/好把星秩序排在人间，//便光一般投身空际"。虽然努力了并不一定就有报偿，许多美好的梦想都将默然沉落，"如今那旧梦却化作/远水荒山的陨石一片"。但只有努力人类才有希望。

二十六　我们天天走着一条小路

我们天天走着一条熟路
回到我们居住的地方；
但是在这林里面还隐藏
许多小路，又深邃、又生疏。

走一条生的，便有些心慌，
怕越走越远，走入迷途，
但不知不觉从树疏处
忽然望见我们住的地方，

象座新的岛屿呈在天边。
我们的身边有多少事物
向我们要求新的发现：

不要觉得一切都已熟悉，

到死时抚摸自己的发肤
生了疑问：这是谁的身体？

这是《十四行集》的倒数第二首，在这首诗里，诗人对熟悉与陌生作了辩证的思考，进而警示我们：只有在生活中不断发掘、不断开拓，生命才会永远焕发出活力。

诗人天天走着一条小路，但每一次行走都有不同的感觉，这不同的感觉从何而来？客观上说，是因为小路的路线有许多，"在这林里面还隐藏/许多小路，又深邃、又生疏"；主观上说，是由于我们每天都在"走一条生的"。只有这主观与客观条件都具备了，小路才能在我们面前展开不同的风景，屡屡唤起我们不同的感受。当然，尝试新的道路，也就意味着要作新的探索与冒险，"走一条生的，便有些心慌，/怕越走越远，走入迷途"，不过尽管道路曲折但前途光明，"山重水复疑无路，柳暗花明又一村"，"但不知不觉从树疏处/忽然望见我们住的地方，//象座新的岛屿呈在天边"，穿越迷障到达目的地的欣喜，也许是语言难以描述出来的。

在第三、第四节里，诗人由走小路的经历而联想到我们平常的生活和生命本身。熟悉的生活需要我们用心去体味，从而获得新的发现，否则的话就将因平淡无奇而令人心起厌烦。从生命本身来说，我们自觉异常熟悉的身体即使到死也有我们未曾弄懂的地方。很显然，诗人是在告诉我们：只要用心去发现，生活处处有新奇。

二十七　从一片泛滥无形的水里

从一片泛滥无形的水里，
取水人取来椭圆的一瓶，
这点水就得到一个定形；
看，在秋风里飘扬的风旗，

它把住些把不住的事体，
让远方的光、远方的黑夜
和些远方的草木的荣谢，
还有个奔向远方的心意，

都保留一些在这面旗上。
我们空空听过一夜风声，

空看了一天的草黄叶红，

向何处安排我们的思、想？
但愿这些诗象一面风旗
把住一些把不住的事体。

作为诗集的压轴之作，这首诗以一个极富有典型意义的形象"风旗"，来表明了诗人写作这二十七首诗歌的初衷。诗人从纷繁复杂的世间万象中撷取了一些具体的物象来表达思想感情，寄寓生命感发，恰似取水人"从一片泛滥无形的水里"取来椭圆的一瓶，取水人赋予泛滥无形的水以体积和形状，诗人也赋予这些具体的物象以生命的象征。诗人想做的就是，给流动无迹的思想定型，让它们在这飞速流逝的时间中保留下来。

给思想赋型，以便人类把住一些把不住的东西，这是伟大思想者的神圣使命。诗人冯至也力图做到这点。在《十四行集》里，诗人写了有加利树、鼠曲草、驮马、小狗等动、植物，也写了蔡元培、鲁迅、杜甫、歌德、梵诃等历史人物，同时写了一些社会生活情形，如登高、别离、行走等。而无论写人还是物，诗人对于生命的感悟与领受都是贯穿始终，对物的歌吟与对人的赞叹都是为了表达一定的生命主题，引导人们正确理解社会、世界与人生。

冯至精心创作的《十四行集》也确如一个思想的风旗，飘扬在百年中国新诗的诗坛上，闪烁着不朽的艺术光辉。

穆　旦

（一）作者简介

穆旦（1918—1977），原名查良铮，浙江海宁人。1949 年毕业于昆明西南联大外文系，后留校执教。1949 年赴美国留学，入芝加哥大学英国文学系学习。1953 年回国后在南开大学任教。有诗集《旗》、《穆旦诗全集》以及译作多部。

（二）作品分析

春

绿色的火焰在草上摇曳，
他渴求着拥抱你，花朵。
反抗着土地，花朵伸出来，
当暖风吹来烦恼，或者欢乐。
如果你是醒了，推开窗子，
看这满园的欲望多么美丽。

蓝天下，为永远的谜蛊惑着的
是我们二十岁的紧闭的肉体，
一如那泥土做成的鸟的歌，
你们被点燃，卷曲又卷曲，却无处归依。
呵，光，影，声，色，都已经赤裸，
痛苦着，等待伸入新的组合。

满园的欲望多么美丽
——穆旦《春》导读

穆旦是九叶诗派的代表，他善于借用西方现代主义的表达策略，来书写自我的生命遭际与人生体验。这首《春》写了春天生命力旺盛的花与草，也写了如春天般苏醒的青年情怀，是欲望赤裸的青春季节的形象写真。

诗分两节。第一节主要写景，春回大地，万物复苏，四野的小草都被绿色的火焰点燃。春天也呼唤百花盛开，所以诗人写道："他渴求着拥抱你，花朵。"在春风春雨的呼唤和感召下，花朵自然如期开放了，他们反抗土地的桎梏，顽强地将生命伸展出来。于是，"满园的欲望"得以在窗外恣意地绽放。

第二节转入对青年人的写照。二十岁可以说是人生的春天，在人生的春天里，起初谜一般潜藏在身体的各种情感需求也被一一点燃，春情萌动，心怀激荡，青春是敏感的、多思的，因为"光，影，声，色，都已经赤裸"，但青春期心理又是不稳定的、易波动的，他们渴望定型，渴望成熟，渴望在痛苦的心灵悸动中完成自我的裂变与升华，"等待伸入新的组合"即是这种情形的诗意表述。

在艺术表现上，这首诗的意象，如"火焰"、"暖风"、"欲望"、"鸟的歌"等，都是富于动感的，从而使整个诗歌充满了内在的张力。同时，以"满园的欲望"为红线，将春之胜景和如春之人有机连接在一起，更突出了诗人构思上的精巧别致。

郑　敏

（一）作者简介

郑敏，生于 1920 年，福建闽侯人。1942 年开始诗歌创作。1943 年毕业于昆明西南联大哲学系，随后赴美国布朗大学留学。1950 年转入伊利诺伊州立大学研究院学习。1956 年回到国内后，在中国科学院文学研究所工作。1960 年起为北京师范大学教授。著有《诗集 1942—1947》，诗论集《诗与哲学是近邻》。

（二）作品分析

金黄的稻束

金黄的稻束站在
割过的秋天的田里，
我想起无数个疲倦的母亲，
黄昏路上我看见那皱了的美丽的脸，
收获日的满月在
高耸的树巅上，
暮色里，远山
围着我们的心边
没有一个雕像能比这更静默。
肩荷着那伟大的疲倦，你们
在这伸向远远的一片
秋天的田里低首沉思，
静默。静默。历史也不过是
脚下一条流去的小河，

而你们，站在那儿，

将成为人类的一个思想。

语境转换与意蕴复加
——郑敏《金黄的稻束》导读

细读（Close Reading）是二十世纪头三十年风靡欧美的文学理论派别——英美新批评最基本的文学批评方法，或者可以说，是新批评理解文学的基本立场和态度。在新批评家看来，文学作品一诞生，就与作品之外的其他任何东西都无干系，其文本蕴含的意义只与构成这个作品的语言有关。语言之间所构成的悖论、含混、反讽、张力、象征和隐喻等，是我们理解诗歌意蕴的唯一路径。本文试图以新批评为基本理论范式，通过细读《金黄的稻束》，来体味郑敏诗歌的审美内涵。

从新批评理论的角度来读解诗歌作品，我们首先要分析语词构成的语境。语境理论是新批评理论家瑞恰慈所提出的。所谓语境（context）就是上下文，按照瑞恰慈的解释，"'语境'是用来表示一组同时再现的事件的名称，这组事件包括我们可以选择作为原因和结果的任何事件以及那些所需要的条件"①。也就是说，语境理论强调词语意义来自于具体的语言环境，是由这个词语所处身的上下语词所衍生的。而且，"语境确切地告诉我们，词的意义有着多重性，那种认为一个词只有一个实在意义的看法，只是一种迷信"②。从语境理论角度来看，我们可以看到，《金黄的稻束》一诗中，形象的意义扩散和隐喻彰显，是通过把"金黄的稻束"这个主体意象不断置身到新的词语世界，或者说不断扩充和更改这个意象所处的语言环境而获得的。首先诗人将它置放在"秋天的田里"，这是稻子自身实际情状的一次素描与再现，我们在这里获取的信息是明确的，没有任何歧义。但作为一首诗，这样的交代是远远不够的，甚至可以说，对客观事物的直观再现不是诗歌写作的目的，不仅不是，而且诗歌写作通常就是对日常生活、日常事物的篡改与背叛。这就意味着诗人在接下来的书写中，会将境界逐步拓开，按照一种非逻辑化的思维路向组构诗意世界，从而使"金黄的稻束"在不断扩张的语境中逐渐远离它的实指意义，而走向它所隐喻和象征的意义。这样，起点处单一而明确的主体意象，随着诗歌句子

---

① 瑞恰慈：《论述的目的和语境的种类》，见赵毅衡编：《"新批评"文集》，百花文艺出版社，2001年，第334页。

② 方珊：《形式主义文论》，山东教育出版社，1994年，第170页。

的砌累，不断衍生歧义，最后变得含混模糊起来。诗歌接着就通过远取譬的思维形式，由"金黄的稻束"想到"无数个疲倦的母亲"，还由远景写到近景，不仅想到母亲，还给她们"美丽的脸"特写镜头，从而写出了稻束与母亲的关联。"金黄的稻束"和"母亲"之间究竟有什么关联？诗人是想说，田野生产稻子与母亲生育儿女有类似呢，还是想说二者在这一点上相同：田间的稻子在栉风沐雨之后终于长成金黄的稻谷，为人们奉献出丰收；母亲一年四季操劳，在忙碌了许多的时日之后，终于给她的儿女们谋得了幸福与快乐？

金黄稻束所喻指的意义移动并没有就此停止。诗人接下来将它放入一个富有诗情画意的环境之中，这里有满月照在树梢，有群山在我们周边环绕，在这样的环境下，"金黄的稻束"像雕像一样站立着，站得安详而凝重，"没有一个雕像能比这更静默"。在给稻束塑像之后，诗情进一步展开，诗人写出了稻束在静默中的低头沉思，直到最后定格为一个思想者，而时间之川正在它的身边流淌而过，同时将这土地上的思想者撰入历史的名册中。

在语言环境的不断扩充与改变中，"金黄的稻束"所包蕴的意义，不是变得更明确更清晰了，而是变得更含混而朦胧。当完成了整首诗的阅读后，我们获得的是一个笼统的、繁复的、无法用简单的语词来准确道明的"稻束"形象，而正是因为这含混、繁复与笼统，我们才深深体会到诗歌本身难以穷尽的审美内蕴。

第九章　政治抒情诗派

一、诗派概述

严格说来，这不能算作一个诗歌派别，只是因为一些诗人在诗歌的价值取向和审美表达上有些共同性，我们才把他们用一种流派的语词来称冠。1949 年以后，因为极左思想的影响，中国新诗的创作逐渐从多元走向单一，在"古典加民歌"的指导思想下，一些诗人用艺术的形式表达了对革命历史的追忆和对当时火热斗争生活的咏赞。他们的诗歌气势充沛、情绪高涨，而且在形式上讲究格律，擅长使用铺排和比兴的修辞方法，我们把这些诗人称为政治抒情诗派。这些诗人包括贺敬之、郭小川、严辰等。

二、作品析解

贺敬之

（一）作者简介

贺敬之，生于 1924 年，山东峄县（今属枣庄）人。1939 年开始诗歌创作，1945 年与丁毅联合执笔写成歌剧《白毛女》。新中国成立后出版的诗集有《中国的十月》、《放声歌唱》、《雷锋之歌》等。

（二）作品分析

桂林山水歌

云中的神呵，雾中的仙，
神姿仙态桂林的山！

情一样深呵，梦一样美，

如情似梦漓江的水!

水几重呵,山几重?
水绕山环桂林城……

是山城呵,是水城?
都在青山绿水中……

呵!此山此水入胸怀,
此时此身何处来?

……黄河的浪涛塞外的风,
此来关山千万重。

马鞍上梦见沙盘上画:
"桂林山水甲天下"……

呵!是梦境呵,是仙境?
此时身在独秀峰!

心是醉呵,还是醒?
水迎山接入画屏!

画中画——漓江照我身千影,
歌中歌——山山应我响回声……

招手相问老人山,
云罩江山几万年?

——伏波山下还珠洞,
宝珠久等叩门声……

鸡笼山一唱屏风开,
绿水白帆红旗来!

大地的愁容春雨洗，
请看穿山明镜里——

呵！桂林的山来漓江的水——
祖国的笑容这样美！

桂林山水入胸襟，
此景此情战士的心——

江山多娇人多情，
使我白发永不生！

对此江山人自豪，
使我青春永不老！

七星岩去赴神仙会，
招呼刘三姐呵打从天上回……

人间天上大路开，
要唱新歌随我来！

三姐的山歌十万八千箩，
战士呵，指点江山唱祖国……

红旗万梭织锦绣，
海北天南一望收！

塞外的风沙呵黄河的浪，
春光万里到故乡。

红旗下：少年英雄遍地生——
望不尽：千姿万态"独秀峰"！

——意满怀呵，情满胸，
恰似漓江春水浓！

呵！汗雨挥洒彩笔画：

桂林山水——满天下！……

一曲深情的赞歌
——贺敬之《桂林山水歌》导读

　　贺敬之的《桂林山水歌》初稿写于 1959 年 7 月，1961 年 8 月改成，发表在 1961 年 10 月号的《人民文学》上。诗人饱蘸情感的笔墨，运用陕北民歌信天游的形式，写出了桂林山水的情韵与风致，表达了对祖国山河的深情赞美。

　　诗歌大致可以划为三个层次：前七节属于总写部分，将桂林城山环水绕的美丽图景展示出来。在诗人笔下，桂林的山是神姿仙态的，漓江的水也如情似梦，有这样的山水环抱，桂林城怎能不令人神往呢？第二层次具体写桂林的山，这里有孤峰一柱、拔地而起的独秀峰，有风景迷人的老人山、鸡笼山与屏风山，这山欢水笑的情景不禁令诗人吟出"祖国的笑容这样美"。第三层次抒发政治的豪情，诗人把自己拟身为战士，他"指点江山唱祖国"，从眼前的桂林山水出发，想到关于刘三姐的历史传说，想到过去的山歌无限美，而今，战士诗人要唱新歌，要把海北天南的风景，包括那塞外的风沙和黄河的浪都纳入眼底，加以讴歌。

　　这是一曲深情的赞歌，在当时的历史时代还是给了人一定的精神鼓舞的。但今天看来，在 1959 年的中国大地上，当许多人处于饥馑和苦寒中的时候，诗人仍然在高唱"祖国的笑容这样美"，不免给人一种虚伪造作、粉饰太平之感。

郭小川

（一）作者简介

　　郭小川（1919—1976），原名郭恩大，河北丰宁人。1937 年参加八路军，曾任一二〇师三五九旅司令部机要秘书、丰宁县县长、中共中央中南局宣传部宣传处长兼文艺处长。1953 年后在中宣部任理论宣传处副处长、文艺处副处长。1955 年任中国作家协会党组副书记、书记处书记。1976 年 10 月 18 日，由河南返京途中，在安阳不幸逝世。先后出版的诗集有《投入火热的斗争》、《致青年公民》、《雪与山谷》、《鹏程万里》、《月下集》、《将军三部曲》、《甘蔗林——青纱帐》。

（二）作品分析

乡村大道

一

乡村大道呵，好象一座座无始无终的长桥！
从我们的脚下，通向遥远又遥远的天地之交；
那两道长城般的高树呀，排开了绿野上的万顷波涛。

哦，乡村大道，又好象一根根金光四射的丝绦！
所有的城市、乡村、山地、平原，都叫它串成珠宝；
这一串串珠宝交错相连，便把我们的锦绣江山缔造！

二

乡村大道呵，也好象一条条险峻的黄河！
每一条的河身，至少有九曲十八折；
而每一曲、每一折呀，都常常遇到突起的风波。

哦，乡村大道，又好象一道道干涸的沟壑！
那上面的石头和乱草呵，比黄河的浪涛还要多；
古往今来的旅人哟，谁不受够了它们的颠簸！

三

乡村大道呵，我生之初便在它上面匍匐；
当我脱离了娘怀，也还不得不在上面学步；
假如我不曾在上面匍匐学步，也许至今还是个侏儒。

哦，乡村大道，所有的山珍土产都得从此上路，
所有的英雄儿女，都得在这上面出出入入；
凡是前来的都有远大的前程，不来的只得老死峡谷。

四

乡村大道呵，我爱你的长远和宽阔，
也不能不爱你的险峻和你那突起的风波；
如果只会在花砖地上旋舞，那还算什么伟大的生活！

哦，乡村大道，我爱你的明亮和丰沃，
也不能不爱你的坎坎坷坷、曲曲折折；
不经过这样的山山水水，黄金的世界怎会开拓！

献给乡村的单纯的爱与明亮的歌
——郭小川《乡村大道》导读

　　这首诗创作于 1961 年，是郭小川从诗歌探索期向成熟期转化的一首过渡性诗作。正像郭小川的其他诗歌一样，这首诗也打上了那个时代鲜明的精神烙印，情感单纯朴质，格调高亢明亮，是诗人献给乡村的组歌。

　　诗歌分四个部分。第一部分交代了乡村大道在连接城市与乡村、山地与平原之中所具有的纽带作用，赞美它是缔造祖国锦绣河山的伟大工程。第二部分写了乡村大道的坎坷与曲折，这是一种现实的真实描绘，它与第一节所写的乡村大道形象构成一种张力，同时为第四节的抒情作了铺垫。第三部分由儿时在大道上学步联想到"所有的英雄儿女，都得在这上面出出入入"，写出了乡村大道在人们成长中的重要意义。第四部分揭示了全诗的主题，抒写了诗人对乡村大道的由衷赞美之情，以"不经过这样的山山水水，黄金的世界怎会开拓"作为整首诗歌的结束句，寄寓了某种生活的哲理。

　　在这首诗里，无论是乡村大道的长远与宽阔，还是它的曲折与险峻，都成为诗人歌咏和赞叹的内容。这里没有一丝忧郁的情绪与暗淡的色调，而是充满了乐观的精神与明亮的思想，这是那个时代被乌托邦理想所照耀的一代青年较为真切的心灵折射，尽管这种昂扬向上、毫无阴影的心灵世界，今天看来是让人觉得有些虚妄的。

　　从形式上来说，这首诗属于典型的现代格律诗。每个诗句都由长句构成，结构整饬，富于气势。每一节三句基本押韵，一个部分换一次韵。诗歌中的意象多为公共化的形象，缺少私人化色彩，情感表达是直露的，毫不含蓄隐晦，这也是当时的政治抒情诗共有的一种诗学特征。

第十章　朦胧诗派

一、诗派概述

朦胧诗的命名来自于历史的误会，也可以说是特定时代赋予这一群诗人的一个有意义的称谓。1980 年第 8 期的《诗刊》上登载了章明的文章《令人气闷的"朦胧"》，在这篇文章里，章明指出，当前有些诗歌"写得十分晦涩、怪异，叫人读了几遍也得不到一个明确印象，似懂非懂，半懂不懂，甚至完全不懂，百思不得其解"，这些诗歌被章明命名为"朦胧体"。尽管文章中引述的诗歌例子是"九叶诗人"杜运燮的《秋》和李小雨的《海南情思·夜》，但谈及的现象主要是针对"新诗潮"探索者的，"朦胧诗"的名称就此确立下来，并随着以后对有关诗歌朦胧、晦涩等问题的争论而被广泛使用。"朦胧诗"历史地位的被认可，得益于"三个崛起"的理论支持，这"三个崛起"分别是：谢冕的《在新的崛起面前》，孙绍振的《新的美学原则在崛起》，徐敬亚的《崛起的诗群》。朦胧诗派的代表诗人有食指、北岛、芒克、多多、舒婷、顾城、江河、杨炼、王小妮、梁小斌等。

二、作品析解

食　指

（一）作者简介

食指，生于 1948 年，祖籍山东鱼台，生于山东朝城。本名郭路生，1978 年开始使用笔名食指。"文革"前的 1965 年开始写诗。1967 年写成《鱼儿三部曲》第一部，《相信未来》、《这是四点零八分的北京》、《海洋三部曲》等均完成于 1968 年。"文革"中曾在山西杏花村插队，后入伍从军。"文革"后期曾患精神分裂症。著有诗集《相信未来》、《食指　黑大春现代抒情诗合集》、《诗探索金库·食指卷》、《食指的诗》等。

（二）作品分析

相信未来

当蜘蛛网无情地查封了我的炉台，
当灰烬的余烟叹息着贫困的悲哀，
我依然固执地铺平失望的灰烬，
用美丽的雪花写下：相信未来。

当我的紫葡萄化为深秋的露水，
当我的鲜花依偎在别人的情怀，
我依然固执地用凝霜的枯藤，
在凄凉的大地上写下：相信未来。

我要用手指那涌向天边的排浪，
我要用手掌那托起太阳的大海，
摇曳着曙光那枝温暖漂亮的笔杆，
用孩子的笔体写下：相信未来。

我之所以坚定地相信未来，
是我相信未来人们的眼睛——
她有拨开历史风尘的睫毛，
她有看透岁月篇章的瞳孔。

不管人们对于我们腐烂的皮肉，
那些迷途的惆怅、失败的苦痛，
是寄予感动的热泪、深切的同情，
还是给以轻蔑的微笑、辛辣的嘲讽。

我坚信人们对于我们的脊骨，
那无数次的探索、迷途、失败和成功，
一定会给予热情客观、公正的评定，
是的，我焦急地等待着他们的评定。

朋友，坚定地相信未来吧，

相信不屈不挠的努力，

相信战胜死亡的年青，

相信未来，热爱生命。

相信未来，热爱生命
——食指《相信未来》导读

　　食指的《相信未来》一诗写于 1968 年。在那个非常的历史时期，严酷的政治气候和恶劣的生存环境并没有摧垮诗人的意志，生活的磨砺使他内在的信念更加坚定。诗人用这首诗来表现自己百折不摧的坚韧，抒发热爱生命的思想，同时寄寓了相信未来的情怀。

　　全诗共有七节，前三节构成了第一个层次。在这个层次里，诗人描摹了"文革"这个非常时期自身难堪的生命境遇。在"文革"十年浩劫里，人的基本生活条件无法得到保障，没有光明，没有富足，也没有温暖，在贫困和黑暗的折磨之下，人们不禁发出无尽的叹息，产生了失望的情绪。这样的日子里，不仅物质生活难以有保证，而且精神生活也难以得到满足，希望的"紫葡萄"一次次化作"深秋的露水"，理想的"鲜花"也一次次远离"我"而去，"依偎在别人的情怀"。在这样艰难的生存环境中，诗人并没有被苦难压垮，而是固执地用"美丽的雪花"、"凝霜的枯藤"写下四个大字：相信未来。相信未来的坚定信念使他可以无视眼前窘迫的生活遭际，从容化解接踵而至的风霜雪雨；相信未来的精神支柱支撑起诗人生命的大厦来。正因为有"相信未来"的信念作支撑，诗人异常渴慕力量、温暖与希望，他执意要用手指向"涌向天边的排浪"，用手执掌那"托起太阳的大海"，而且也用手摇曳温暖亮丽的"曙光"。如果说前两节中诗人写下的"相信未来"是凄冷景象中的生命坚持与反抗的话，那么第三节的"相信自我"则是在一种暖色调的希望环绕下的自信表达。三个诗节的冷暖调配，使诗歌显得气韵生动、充满张力，让人既领会到旧的历史时代的严酷现实，又不致感觉失落和消沉，而是跟作者心气相通，对未来满怀憧憬与期望。

　　接下来的三节构成了这首诗的第二层次。这个层次紧承上一层，揭示出诗人相信未来的内在因由。诗人之所以相信未来，是因为未来的人们会用他们明亮的眼睛看透这历史的真相。也许他们对于被历史尘埋的"我"会有多种解说，要么是同情和理解，要么是轻蔑和嘲讽，但他们终究会给"我"苦难中的坚持、迷途中的摸索、失败后的不曾气馁以及成功后的再接再厉以公正的评定。将价值评判的权力赋予未来的人们，这是一种历史逻辑主义的思维方式，这种思维方式鼓励了古往今来多少中华儿女在屈辱与困苦之中坚强地存活，从来不言放弃。在这里，我们看到，诗人"相信未来"的理由是充足的，我们也深信这"相信未来"的许诺必将在未来得到兑允。

最后一节是这首诗的第三层次。诗人从相信未来的期许过渡到对"热爱生命"的意义表达，从而把诗歌从具体的历史语境中超拔出来，赋予它普遍性的人生哲理意味。诗人告诉我们，这"相信未来"的心灵告白，不仅仅是对"文革"时期艰难环境中的一种生命坚持的形象写照，更是人类任何时候面对艰难困苦的生命态度。

文学文本的美学意义存在于它的独特性之中，当20世纪60年代大多数的诗人在不停吟咏着缺乏主体性的赞歌之时，食指却能对时代作出独立的思考，并用个性化极其强烈的诗句来记录心灵的律动和对未来的向往，这是多么难能可贵！而这首《相信未来》正因其具有狂热时代里少有的冷静沉思和个性化表达而凸现出不凡的美学价值，从而获得了突出的文学史地位。

北　岛

（一）作者简介

北岛，1949年生于北京，原籍浙江湖州。"文革"时期中学毕业后在北京当工人。著名的地下刊物《今天》（1978—1980）的创办者之一。著有诗集《陌生的海滩》、《北岛诗选》、《北岛　顾城诗选》、《太阳城札记》、《在天涯》、《午夜歌手——北岛诗选1972—1994》、《零度以上的风景线》、《北岛诗歌集》等。另有小说集《波动》、《归来的陌生人》，翻译《现代北欧诗选》。

（二）作品分析

回　答

卑鄙是卑鄙者的通行证，
高尚是高尚者的墓志铭，
看吧，在那镀金的天空中，

飘满了死者弯曲的倒影。

冰川纪过去了，
为什么到处都是冰凌？
好望角发现了，
为什么死海里千帆相竞？

我来到这个世界上，
只带着纸、绳索和身影，
为了在审判之前，
宣读那些被判决的声音：

告诉你吧，世界
我——不——相——信！
纵使你脚下有一千名挑战者，
那就把我算作第一千零一名。

我不相信天是蓝的，
我不相信雷的回声，
我不相信梦是假的，
我不相信死无报应。

如果海洋注定要决堤，
就让所有的苦水都注入我心中，
如果陆地注定要上升，
就让人类重新选择生存的峰顶。

新的转机和闪闪星斗，
正在缀满没有遮拦的天空。
那是五千年的象形文字，
那是未来人们凝视的眼睛。

1976.4

对旧时代的死刑宣判

——北岛《回答》导读

北岛写于 1976 年"四五"运动中的《回答》一诗，最初登载在由他主编的民刊《今天》创刊号上，到 1979 年 3 月才被《诗刊》采用。这首诗以深刻的历史反思意识和充满力量的政治气度，对一个黑暗的旧时代作了死刑的宣判，同时也预言了新时代的来临。

诗歌起句不凡，一开篇就是两行闪烁着哲理睿思、概括了一个时代特征的精彩警句，它集中了诗人追寻真理、鄙夷耻行、愤慨旧时代的复杂思想感情。在黑白颠倒的时代里，卑鄙的人为了个人的存在和发迹，不惜出卖自己的灵魂，放弃人格的尊严，安然地苟活在人世间；品质高尚的人为了捍卫真理、伸张正义，不愿向恶势力低头，最终受到残暴者的屠戮与谋杀。然而，"有的人活着，他已经死了；/有的人死了，他还活着"（臧克家《有的人》）。卑鄙者虽然生命苟活于世，但在人们看来，他们的灵魂早已腐朽；高尚者虽然遭到残暴者迫害致死，但他们将永远活在后人的心间。这是一种多么深邃的历史眼光。正是在这样深邃的历史眼光之下，诗人发现"在那镀金的天空中，/飘满了死者弯曲的倒影"，在一些人鼓吹的"祖国山河一片红"的"大好形势"里，居然有不少人无辜地死去。充满欺骗的政治宣传，难以掩盖专制制度下的腥风血雨，也难以骗过警惕者雪亮的眼睛。

接着诗人开始展开思想的翅膀，对那段暗无天日的历史进行追问、反思与"回答"。诗的第二节以反问的形式向人们报告了这样的情形：尽管从文明的进程来看，人类早已摆脱了蒙昧无知的时代，但是那些骇人听闻的天灾人祸还是接踵而至。张志新因坚持真理而被割断了喉管，北岛的朋友遇罗克因反对荒谬的血统论而被判枪决，这一幕幕血的事实令人感到惊心动魄，诗人真的不愿相信这一切就是中国大地上真实发生过的。但历史恰恰就是这样无情，无情的历史也激发了诗人无比的愤怒与坚决的反抗，所以他"带着纸、绳索和身影"，他要控诉这个黑暗的历史，要将一切造孽者绳之以法，并将积聚自己所有的力量来与恶势力作不屈不挠的斗争。于是他大胆地向世界宣称："我——不——相——信！"他要对一切的生活逻辑加以重新权衡、重新判定。

他不相信的东西太多了。不相信"天是蓝的"，不相信"雷的回声"，因为在"假大空"盛行的时代里，一切看上去千真万确的东西都有可能掺杂着虚假和伪饰。不相信"梦是假的"，不相信"死无报应"，因为冥冥之中，某些看上去不甚真切的东西往往就蕴含了历史的真实和生命的逻辑。

在这里，不相信与相信是相反相成地连在一起的，诗人的不相信从另外的角度来说正是相信，他相信天并不是蓝的，也相信雷并不真的有回声，恶势力的喧嚣并非将无止境地持续下去；他相信梦有时是真的，疯狂的专制者必将受到报应。因为乌云挡不住太阳，光明和正义终将战胜黑暗和邪恶，历史的车轮总会向着合乎人性的轨道前行。因此诗人勇敢地声称，在人们前仆后继的行列之中，他愿成为一个新的继起者，成为"第一千零一名"挑战者，他要用自己的勇气和力量，不遗余力地同黑暗势力作永不妥协的斗争。

如果说诗歌前五节的主题是"否定"与"战斗"的话，那么第六节和第七节就是对苦难的承担和对新时代的迎接。"如果海洋注定要决堤，/就让所有的苦水都注入我心中"，这是一种勇敢面对苦难、决心用生命捍卫真理的英雄主义情怀。"如果陆地注定要上升，/就让人类重新选择生存的峰顶。"这里洋溢着令人鼓舞的乐观主义精神，反映出诗人对未来充满信心的心理。在最后一节里，诗人采撷了几个极具象征意义的形象，通过对历史的思忖与未来的凝望，来点化出闪耀着希望的今日之时刻。新的转机预示着历史即将翻开新的一页，黑暗和阴霾终将过去，曙光就要来临，在这伟大的时刻，浩瀚的夜空之中已经是群星闪烁，光彩夺目。而最后两个意象，"五千年的象形文字"象征了中华民族五千年的辉煌历史，正是因为有这辉煌历史的存在，今天的人们才有了战胜一切困难，并最终战胜黑夜迎来光明的必胜信念。"未来人们凝视的眼睛"则把读者指引向新的时空，告诉人们一个无限美好的明天正在不久的将来静静等待着。

北岛的《回答》以高亢的声音对过去说出了"不"，它用恳切的语气表现出诗人对那段历史的不满与否定。诗人站在历史与哲学的高度来反思十年浩劫，指斥残暴者惨无人道的行径。同时，诗人又以一个历史代言人的身份，对那段黑暗的历史作了死刑的判决，并告诉人们：只要坚持与恶势力作艰苦卓绝的斗争，恶势力终有败退的一日，那美好的明天必将会来临。

舒 婷

（一）作者简介

舒婷，生于 1952 年，原名龚佩瑜，福建泉州人。1969 至 1972 年在闽西上行县插队落户。回厦门后，先后在铸造厂、灯泡厂当工人。1971 年开始诗歌创作，1979 年起发表诗作，1980 年调福建省文联创作室从事专业创作。著有诗集《双桅船》、《舒婷 顾城抒情诗选》、《会唱歌的鸢尾花》、《舒婷的诗》等，其中诗集《双桅船》获第一届全国优秀新诗（诗集）奖。

（二）作品分析

双桅船

雾打湿了我的双翼
可风却不容我再迟疑
岸呵，心爱的岸
昨天刚刚和你告别
今天你又在这里
明天我们将在
另一个纬度相遇

是一场风暴、一盏灯
把我们联系在一起
是另一场风暴、另一盏灯
使我们再分东西
不怕天涯海角
岂在朝朝夕夕
你在我的航程上
我在你的视线里

爱情与启蒙的双重主题合奏
——舒婷《双桅船》导读

　　舒婷的诗集《双桅船》曾获得第一届全国优秀新诗（诗集）奖。作为诗集中的主打诗歌，《双桅船》的艺术价值是较高的，它以"双桅船"为抒情主体，通过对船与岸之间分分合合的情形的描绘，表现了爱情与启蒙的双重主题。

　　这首诗首先是对理想爱情的歌吟。作为一艘船，它的生命是在劈波斩浪中呈现出来的，尽管时刻可能有云遮雾拦，有难以逆料的风暴，"雾打湿了我的双翼"，但它必须随时准备出航，因为"风却不容我再迟疑"。在出发与到达的来来回回之间，船与岸结成了深厚的情谊。

　　把船与岸相互联系在一起的是无处不在的风暴，还有那闪烁光芒的航标灯。其实只要两个人心心相印，"你在我的航程上／我在你的视线里"，不管有多大的风浪，不管有多大的困难，总会化险为夷。而爱情的魅力，是在双方彼此遥相呼应、共同分担风险的过程中闪现出来的。"不怕天涯海角/岂在朝朝夕夕"的诗句，会让我们自然联想起秦观的《鹊桥仙》："两情若是久长时，又岂在朝朝暮暮。"

这首诗也是一曲蕴含启蒙思想的高亢的歌。"文革"十年，人们在一个不正常的时期里饱受了凄风苦雨的摧折，那个时候，只看到风暴却看不到航标灯，在大雾弥漫的无尽苦旅中，人们看不到岸看不到希望，许多人忧郁彷徨，对生活逐渐失去了信心和希望。舒婷用"双桅船"的执着、坚定与自信来告诉人们，只要相信自己，勇敢与困难作斗争，总会迎来云开雾散的时候，那可以停泊我们理想的"岸"就将如期出现在我们的视野之中。

致橡树

我如果爱你——
绝不像攀援的凌霄花，
借你的高枝炫耀自己；
我如果爱你——
绝不学痴情的鸟儿，
为绿荫重复单调的歌曲；
也不止像泉源，
常年送来清凉的慰藉；
也不止像险峰，
增加你的高度，衬托你的威仪。
甚至日光。
甚至春雨。
不，这些都还不够！
我必须是你近旁的一株木棉，
作为树的形象和你站在一起。
根，紧握在地下，
叶，相触在云里。
每一阵风过，
我们都互相致意，
但没有人
听懂我们的言语。
你有你的铜枝铁干

像刀，像剑，

也像戟；

我有我红硕的花朵，

像沉重的叹息，

又像英勇的火炬。

我们分担寒潮、风雷、霹雳，

我们共享雾霭、流岚、虹霓，

仿佛永远分离，

却又终生相依。

这才是伟大的爱情，

坚贞就在这里：

爱——

不仅爱你伟岸的身躯，

也爱你坚持的位置，足下的土地！

女性独立的爱情宣言
——舒婷《致橡树》导读

舒婷的《致橡树》一诗于1979年在《诗刊》发表以后，在整个诗坛都引起了一片轰鸣。人们为这首诗独特的意象、现代主义表现手法以及与众不同的爱情表白感到震惊，对它的评价也是众说纷纭，称赞者有之，贬抑者有之，认为它确切地表现了当代女性的爱情理解者有之，认为它晦涩朦胧无法让人获得清晰明确的印象者也有之。从1980年起，《福建文学》专门开辟了以舒婷创作为主要讨论对象的"新诗创作问题"专栏，时间持续一年多。1980年第2期的编者按语写道："舒婷的创作，不是偶然出现的个别现象，而是当前诗坛上一股新的诗歌潮流的代表之一。如何分析这股新诗潮，是目前诗歌界普遍关注和思考的中心，也是我们这场讨论争执的焦点。"[1] 在这场持续一年多的讨论争执中，舒婷的《致橡树》一诗也屡被提及，对它的评价在当时分歧是很大的。这种情形的出现，主要是因为"朦胧诗"作为一种新诗潮，对当时中国诗歌界的一种陈旧的美学观念形成了很大冲击，一些读者从过去时代所培养起来的审美标准出发，对当时出现的新诗潮进行了质疑和否定，另一些读者本着宽容和开放的态度，觉

---

① 转引自洪子诚《朦胧诗新编·序》，洪子诚、程光炜编选：《朦胧诗新编》，长江文艺出版社，2011年。

得这种新的诗歌探索值得肯定，这样，讨论争执的局面就难以避免地出现了。不过现在看来，无论从意象的暗示意义来说，还是从诗歌主题的整体呈现来看，这首诗都是很明了的，并不朦胧晦涩，诗歌所表现的关于女性在爱情中应保持独立自主的品格这一点，在我们今天看来也是无可非议的。

这首诗歌只由一节构成，在一气呵成中将诗人独特的女性爱情观表露出来。在意义结构上，可以分作三个层次。第一个层次交代了面对爱情，女性不应该把持的生命态度。费尔巴哈曾经说过："爱，就是成为一个人。"[①] 这就是说，爱其实是我们每一个生命个体的内在素质，真正的爱情就是通过两个人灵与肉的相互拥抱，将我们自身的生命潜能唤醒。所以，诗人觉得，真正的爱情应该是两个各自独立的个体的并肩携手，在爱情之中，女性不应该是这些情态：要么是"依附型"的——"借你的高枝炫耀自己"；要么是"赞歌型"的——"为绿荫重复单调的歌曲"；要么是"奉献型"的——"常年送来清凉的慰藉"；要么是"陪衬型"的——"增加你的高度，衬托你的威仪"。舒婷觉得女性在爱情过程中扮演的这些角色类型都不足以显示出女性作为一个独特生命个体的现实存在，因此在这一层次里，她总结说："不，这些都还不够！"

诗歌的第二个层次主要是从正面来抒写女性面对爱情所应持有的心态与占据的位置。诗人选取了"木棉"这个典型的意象来象征富有独立人格精神的女性形象，她在象征男性个体的橡树身边，他们是"作为树的形象"两个个体"站在一起"，彼此相爱，心有灵犀，"根，紧握在地下，／叶，相触在云里。／每一阵风过，／我们都互相致意"。虽然爱的红线将两颗心紧紧连在一起，但他们并没有因为这爱而使个性泯灭，而是依然各自保持了人格的独立与精神的完整，保持着阳刚之气与阴柔之美。在爱的力量鼓舞之下，他们共同分担痛苦，共同享受幸福。"仿佛永远分离，／却又终生相依"，爱情的真谛在这里得以完美体现，他们的生命也从此得到了升华。

诗歌的最后一个层次是对整首诗意义的概括与总结。伟大的爱情是与男女双方各自的独自完整连在一起的，在爱情中，女性对于对方的爱，不仅是对他身体的倾慕，还包括对他生命境遇的正确理解。只有这样，爱情的坚贞才能充分体现出来。

---

① 转引自［保］瓦西列夫著，赵永穆等译：《情爱论》，生活·读书·新知三联书店，1984年，第6页。

顾　城

（一）作者简介

顾城（1956—1993），籍贯上海，生于北京。1969 年随父亲顾工下放至山东农村，1974 年回到北京。20 世纪 80 年代末以后，顾城生活在新西兰等国。著有诗集《舒婷　顾城抒情诗选》、《北岛　顾城诗选》、《黑眼睛》、《顾城诗集》、《顾城童话寓言诗选》、《顾城诗全编》等。

（二）作品分析

远和近

你，
一会看我，
一会看云。

我觉得
你看我时很远，
你看云时很近。

深刻的谬误
——顾城《远和近》导读

清人叶燮认为，诗人写诗"必言前人所未言，发前人所未发，而后为我之诗"[1]，这样才能体现出创造性来。顾城的诗歌《远和近》就是一首发前人所未发的作品，它通过对方对"我"与云的距离比照来暗示某种深刻的哲理。

这首诗虽然只有短短的两节六行，但蕴藏了一个含有深意的"谬误"：在你眼里，远在天边的云显得切近，近在眼前的"我"却显得邈远。诗人这样写的用意何在呢？细心的读者不难发现，顾城是想告诉读者一个关于人与人、人与自然关系的意味深长的道理。两个曾经相爱许久而后反目成

---

[1]　叶燮：《原诗》，王夫之等撰：《清诗话》，上海古籍出版社，1963 年，第 578 页。

仇的人之间的心理距离是无法用尺度来衡量的，这种距离常常比人与天空的距离还要遥远。或者我们还可以说，当人与人之间相互隔膜的时候，我们更能感受到自然的和善与亲近。可见，诗歌中的这个"谬误"，虽然不符合物理世界的常识，却切合了心理感觉世界的真实。这是诗人独到的生命发现与艺术创造。

王夫之在《姜斋诗话》中说："无论诗歌与长行文字，俱以意为主。意犹帅也，无帅之兵，谓之乌合。"① 顾城这首《远与近》，言短意长，主题突出，真可谓是一首精致之作。

江 河

（一）作者简介

江河，生于 1949 年，北京人。"文革"时期在乡村插队期间就开始诗歌创作，"文革"结束后开始发表诗歌。出版的诗集有《从这里开始》、《太阳和他的反光》。

（二）作品分析

星星变奏曲

如果大地的每个角落都充满了光明
谁还需要星星，谁还会
在夜里凝望
寻找遥远的安慰
谁不愿意
每天
都是一首诗
每个字都是一颗星
像蜜蜂在心头颤动
谁不愿意，有一个柔软的晚上
柔软得像一片湖
萤火虫和星星在睡莲丛中游动

---

① 王夫之：《姜斋诗话》，王夫之等撰：《清诗话》，上海古籍出版社，1963 年，第 8 页。

谁不喜欢春天，鸟落满枝头
像星星落满天空
闪闪烁烁的声音从远方飘来
一团团白丁香朦朦胧胧

如果大地的每个角落都充满了光明
谁还需要星星，谁还会
在寒冷中寂寞地燃烧
寻找星星点点的希望
谁愿意
一年又一年
总写苦难的诗
每一首都是一群颤抖的星星
像冰雪覆盖在心头
谁愿意，看着夜晚冻僵
僵硬得像一片土地
风吹落一颗又一颗瘦小的星
谁不喜欢飘动的旗子，喜欢火
涌出金黄的星星
在天上的星星疲倦的时候——升起
去照亮太阳照不到的地方

在理想与现实之间
——江河《星星变奏曲》导读

　　理想总是光辉熠耀的，而现实却显得有些昏暗；理想总是让人豪情万丈，而现实却常令人黯然神伤。理想和现实永远无法叠合、不能等同的特性，常常勾起诗人万千的思绪和表达的渴望。古往今来，多少文人骚客不惜笔墨地书写了理想与现实之间的鲜明反差，以及这种反差之下人类的心灵悸动和无限愁思。江河的这首《星星变奏曲》，也将思维的触角伸向了理想与现实的矛盾和反差，通过对"星星"这个独特意象在生活中具有的各种意味所作的描绘与诠释，表达了对现实的不满，以及对充满光明的美好理想的追求。

　　诗歌由两节构成，每一节都以"如果大地的每个角落都充满了光明"这样的假设句开头，达到从理想的状态反观现实的表达效果。"如果大地的每个角落都充满了光明"的意思是说,现在大地上还有很多阴暗。接下来,诗人用了一连串的反问句来表达对于光明和美好的向往与追求。正因为大地上还有许多阴暗,我们就还需要星星,需要频频遥望远方的星星,寻找心灵的慰藉。而如群星闪烁的美丽诗行,如萤火虫与星星游动在睡莲丛中的柔软的湖,如落满天空的星星和落满枝头的鸟,等等,都是充满了梦幻般神妙的美景,是人们渴求的一些事物,同时也是现实中还暂时无法得到的珍稀。诗人以"谁不愿意"、"谁不喜欢"来引导出对这些美景的描画,侧面表达了对现实的极不满意。

在第二节里,诗人以"谁愿意"作引导的语词,从正面交代了现实的真实处境,那年复一年写作的"苦难的诗","每一首都是一群颤抖的星星";那冻僵了的夜晚,风吹落了一颗颗瘦小的星星……这一切令人不寒而栗。这是对一个充满了阴暗的历史时代的高度概括与形象描述。第二节的最后四个句子,可以看作是对全诗的一个总结。"飘动的旗子"、"火"等意象象征的是希望,是活力,是激情,它们会像星星一样发散出光亮,"照亮太阳照不到的地方",给了人们生存的勇气和信心。

在理想与现实的对比中,诗人以形象的语言剖露了现实的不如人意,同时用理想的光芒照耀我们努力前行。

第十一章　归来诗派

一、诗派概述

"文革"结束后，随着新的历史时代的到来，一批曾经活跃在中国诗坛但因历史的原因搁笔已久的诗人，带着新的表达欲望和生命思考重新走向诗坛，我们把这一批诗人称为"归来诗人"，他们构成了新时期文学的独特风景线，这个由"归来诗人"构成的群体被学术界命名为"归来诗派"。"归来诗派"的代表诗人包括艾青、曾卓、绿原、牛汉、公刘、邵燕祥、流沙河、黄永玉等。代表诗歌有《鱼化石》（艾青）、《光的赞歌》（艾青）、《悬崖边的树》（曾卓）、《不准》（黄永玉）、《故园六咏》（流沙河）等。

二、作品析解

艾　青

（一）作者简介

艾青（1910—1996），原名蒋海澄，浙江金华人。1929 年赴法国巴黎学习绘画，同时接触了俄国现实主义作品和欧洲现代诗歌。凡尔哈仑、惠特曼、马雅可夫斯基、兰波都对他产生过重要影响。1933 年发表处女作《大堰河——我的保姆》，从此一发而不可收拾。先后出版诗集有《大堰河》、《他死在第二次》、《旷野》、《北方》、《归来的歌》等。

（二）作品分析

鱼化石

动作多么活泼，

精力多么旺盛，
在浪花里跳跃，
在大海里浮沉；

不幸遇到火山爆发，
也可能是地震，
你失去了自由，
被埋进了灰尘；

过了多少亿年，
地质勘探队员，
在岩层里发现你，
依然栩栩如生。

但你是沉默的，
连叹息也没有，
鳞和鳍都完整，
却不能动弹；

你绝对的静止，
对外界毫无反应，
看不见天和水，
听不见浪花的声音。

凝视着一片化石，
傻瓜也得到教训：
离开了运动，
就没有生命。

活着就要斗争，
在斗争中前进，
当死亡没有来临，
把能量发挥干净。

生命的祭奠
——艾青《鱼化石》导读

《鱼化石》是诗人艾青"归来"之后吟唱出的一曲独具特色的歌。作为咏物诗，它借助对一种生物被无故尘埋的血淋淋事实的描述，抒发了对于逝去生命的祭奠与悼惜之情。

诗的前五节写得相当精彩，形象描述了一条鱼从富有生命力到无缘无故地遇难再到变成化石的演化过程。这条鱼在遇难之前是多么富于朝气和活力："动作多么活泼"，"精力多么旺盛"；它又是那样的无拘无束、自由自在："在浪花里跳跃"，"在大海里浮沉"。鱼的这种健康、快乐和无所不能的生命情态不禁使我们联想到风华正茂如日中天、指点江山激扬文字的虎虎青年，他们在人生的黄金季节里大有作为，"可上九天揽月"，"可下五洋捉鳖"，其气吞寰宇的风度和傲视一切的胸怀令人振奋与鼓舞。可惜的是，"天有不测风云"，火山的爆发，或者地震的发生，不幸将鱼儿年轻的生命掠夺而去，它被尘埋了无数个世纪，直到被地质队员从岩层发现时依然栩栩如生，青春的风采依然，活跃的情态照旧，只是此时的风采和情态已经定格，已经符号化，生命的内蕴已经抽空，成为化石的鱼是沉默的，沉默得"连叹息也没有"——所有的器官都是完整的，但它已"不能动弹"，"对外界毫无反应"，看不见远天和近水，也听不见浪花翻腾的声音。这种缺乏生命灵动、徒具形式的完整又有何意义？在莫大的天灾人祸面前，人类往往显得异常渺小和脆弱，当我们目睹一个活泼的生命突然覆灭，除了深切地哀惋与沉痛地祭奠，我们又能做些什么？

诗人既是在对无辜的鱼儿进行祭奠，也是在对自我生命进行悼惜。曾经，一场史无前例的政治浩劫，无缘无故地夺去了诗人二十多年的光阴（因政治原因，艾青曾被迫搁笔21年）。二十多年啊，对于一个人来说是多么宝贵的，一个人一生又有几个二十年？因此我们可以看到，诗中鱼的遭遇正是诗人遭遇的某种象征。不仅如此，鱼的遭遇还象征了所有如艾青一样受到社会不公平待遇的知识分子共同的遭遇。诗评家谢冕说道："《鱼化石》当然有诗人自传的性质，但它提供了典型的意义。这不是一个关于一条鱼死亡的故事，而是一个涉及不同的鱼而拥有一个共同的不幸和悲剧命运的故事，这就是前面说的'联想到众多的鱼变成了化石'。这是个人际遇与时代风景的叠合。"①

---

① 谢冕：《编选者序：转型期的情绪记忆》，谢冕编选：《鱼化石或悬崖边的树——归来者诗卷》，北京师范大学出版社，1993年，第12页。

最后两节直接点明了诗的主旨,诗人将对鱼化石形象的写照延伸到对于生存规则和斗争哲学的阐发上来。诗人告诉我们:生命来自运动,斗争显示生存,这是亘古不变的生命逻辑。这个哲理的提炼与阐发,对于鱼化石来说,应该还是较贴切的。但我认为,最后两节给人狗尾续貂的感觉,对于整首诗来说,它不仅没有达到思想的升华和艺术的提升,反而从某种程度上削减了"鱼化石"这个独特象征物意蕴的丰富性。同时,最后两节阐述的生存法则与斗争哲学也并不新鲜,还保留着明显的"文革"思维烙印。因此,同样是咏物诗,直接阐发主题的《鱼化石》,也许还比不上没有直接阐发、只有形象暗示的《礁石》那样富有审美意味和艺术感染力。

流沙河

(一)作者简介

流沙河,生于 1931 年,原名余勋坦,四川金堂人。1948 年在高中读书期间就开始发表诗歌和短篇小说等。1950 年任《川西日报》副刊编辑。1957 年"反右"运动中,因其在《星星》诗刊上发表的散文诗《草木篇》(五首)被"点名"而被错划为"右派","文革"结束后才重返诗坛。出版的诗集有《农村夜曲》、《流沙河诗集》、《游踪》、《故园别》,诗歌评论集《台湾诗人十二家》、《隔海说诗》、《十二象》等。

(二)作品分析

故园六咏(选一)
——写在十年浩劫中

哄小儿

爸爸变了棚中牛,
今日又变家中马。
笑跪床上四蹄爬,
乖乖儿,快来骑马马!

爸爸驮你打游击,
你说好耍不好耍,

小小屋中有自由，
门一关，就是家天下。

莫要跑到门外去，
去到门外有人骂。
只怪爸爸连累你，
乖乖儿，快用鞭子打！

荒唐时代制造的悲剧情景
——流沙河《故园六咏·哄小儿》导读

今天的人们也许难以想象，在现代社会，一个有着自己独立精神品格的知识分子会因为他的思想独立而获罪；也许更难以想象，因为不愿放弃自己对世界的独立思考，知识分子会被频繁地推到批斗台上，接受群众"不厌其烦"的"再教育"。但在那个荒唐的历史年代，人们难以想象到的这一切恰恰就在中国大地上真真切切地发生过。诗人流沙河就是这个荒唐时代的悲剧性人物。1957 年"反右"运动中，因其在《星星》诗刊上发表的散文诗《草木篇》（五首）被"点名"而被错划为"右派"，此后被关进了牛棚，接受思想改造，并挨尽了批斗，人生的自由被彻底地剥夺，个体的尊严遭到一次次的嘲弄。《故园六咏·哄小儿》一诗，通过描述荒唐时代发生的一幕"苦中作乐"的情景，表达了诗人对荒唐时代的无比忧愤以及对于人身自由的极端渴望。

开头两句直接入题："爸爸变了棚中牛，/今日又变家中马。"交代了诗人扮演"小马"给小儿当坐骑来换取一些生活乐趣的情形。当牛，是被迫无奈；做马，则是心甘情愿。一个获罪的父亲无法在现实中满足自己孩子的更多需求，给他带来更多的快乐，因此从内心来说是异常愧疚的。他甘愿俯下身子做马，"笑跪床上四蹄爬"，用还未曾被剥夺的躯干戏仿动物的形态和动作以博得孩子的欢欣，此情此景，不觉令人啼笑皆非。

第二节以"骑马打游击"的镜头为切入点，暗地里将今日之时与战争岁月相比。"你说好耍不好耍"，这是在问孩子，也是在问自己。战争是残酷的，枪林弹雨之下人的生命朝不保夕，但相比之下，如今人格被践踏、自由被剥夺了的日子也许更让人难受。第二节的后两句格外精彩，虽有偌大的生活空间，但人的自由被剥夺了，只有这"小小屋中有自由"，你说荒唐不荒唐。"门一关，就是家天下"，既是对此时与小儿逗乐无限快慰的感慨，又是对现存社会不合理性的讥嘲。"家天下"可以说是对封建时代专制制度的一个形象概括。

相比"小小屋中有自由",外面的自由是不向诗人开放的。所以第三节写道:"莫要跑到门外去,/去到门外有人骂。"在那个帽子满天飞、棍子遍地走的历史时代,被列为罪人的"右派"是骂名不断、罪孽深重的。诗人感到自己连累了家人,连累了孩子,只能用赎罪的口吻说:"乖乖儿,快用鞭子打!"这是多么无可奈何的话语啊,这是一代知识分子悲剧性存在的表白。

这首诗语言浅白通俗,还有一点打油诗的味道,但其表达的主题是凝重的。诗人有意用喜剧形式来描述悲剧情景,更令人深切地体味到时代的荒唐与知识分子生命的悲怆。

曾 卓

（一）作者简介

曾卓（1922—2002）,原名曾庆冠,湖北黄陂人。抗战时期在重庆开始诗歌创作。1940 年与诗友组成诗垦地社,参与编辑出版《诗垦地丛刊》。1943 年在重庆中央大学历史系学习期间,编辑《诗文学》杂志和《诗文学丛刊》。后到汉口主编《大刚报》副刊"大江"。武汉解放后曾任《长江日报》副社长、武汉市文联副主席。1955 年受胡风错案牵连,1979 年平反。著有诗集《悬崖边的树》等。

（二）作品分析

悬崖边的树

不知道是什么奇异的风
将一棵树吹到了那边——
平原的尽头
临近深谷的悬崖上

它倾听远处森林的喧哗
和深谷中小溪的歌唱
它孤独地站在那里
显得寂寞而又倔强

它的弯曲的身体
留下了风的形状
它似乎即将倾跌进深谷里
却又像是要展翅飞翔……

与命运抗争
——曾卓《悬崖边的树》导读

人的一生，特别是关键时候的何去何从，是不是有一只命运女神的手在默默安排着呢？这并不是一个能很快给出答案的问题，因为无论肯定的回答还是否定的回答都不会让人感到信服。如果你回答"是的"，那么人们就会接着问你：那你就这样束手等待命运的裁决了吗？反之，假如你回答说"不是"，人们也会立刻追问道：那你怎么解释"从何处来，到何处去"的问题？怎么讲清楚你的人生会以这样的形式而不是另外的形式存在和发展呢？这后来的追问我们实在是无法给以清楚的解释和完满的回答。其实，命运是我们生命存在的一种基本形态，决然不相信命运肯定是有问题的；但是，人又不能完全认命，而是应该时刻保持同命运抗争的思想与勇气。曾卓的《悬崖边的树》就向我们表达了这种"与命运抗争"的生命主题。

诗歌的第一节交代树跌身悬崖的原因。"不知道是什么奇异的风"，写出了命运的无常和某些人生变故的不可预测。正是因为被"奇异的风"所无端吹动，一棵原本可以长在平原沃土饱餐阳光雨露进而长成参天大树的树籽，结果不幸落到了贫瘠而荒僻的地方——"平原的尽头/临近深谷的悬崖上"。这棵树的生长条件受到了很大的限制，它接下来的命运如何？它又以怎样的姿态生存下来呢？当我们看到树的生活空间被规定在一个并不理想的地域时，便想知道它的反应。

诗的第二节形象描述了树的真实生存境遇。它可以异常清晰地倾听到森林的喧哗和小溪的歌唱，但森林和小溪的声音只是在一次次渲染树的孤独与寂寞。不过它并没有低下高昂的头，而是倔强地屹立在那里，笑对春花秋月、骤雨狂风。有什么办法呢？当命运把你安排在一个并不如意的环境里的时候，你只有坚持，"挺住意味着一切"（里尔克语）。

最后一节是对树儿坚韧不拔、顽强生存的具体写照。在艰苦的生存环境里，自然对它的摧折无时不在，因此"它的弯曲的身体"留下的是"风的形状"，外在的压力异常强大，但它并没有被摧垮，而是时刻"像是要展翅飞翔"。树儿百折不摧的身影不禁令我们欢欣鼓舞。

这是一棵树的写照，更是一类人、一种人类精神力量的象征。

第十二章　第三代诗群

一、诗群概述

1985 年之后，在中国诗坛，一批青年诗人紧步朦胧诗派的后尘，继续坚持诗歌创作的艺术探索。这些青年诗人在许多方面体现出了共同的追求，其中包括"A. 在大的意识背景上，他们都强调个体生命体验高于任何形式的集体精神顺役体制。B. 在语言态度上，他们完成了语言在诗歌中的目的性的转换。语言不再是单纯的意义容器，而是诗人人生体验中的人生事实"①。这批青年诗人被称为第三代诗人（相对于归来诗人和朦胧诗人而言的），或者称作"新生代"诗人，他们包括海子、骆一禾、欧阳江河、王家新、西川、肖开愚、张曙光等。

二、作品析解

海　子

（一）作者简介

海子（1964—1989），原名查海生，安徽怀宁县人。1979 年入北京大学法律系学习，1983 年毕业后任教于中国政法大学。1989 年 3 月 26 日在河北山海关卧轨自杀。著有诗集《土地》、《海子　骆一禾作品集》、《海子的诗》、《海子诗全编》等。

---

① 陈超：《〈以梦为马——新生代诗卷〉编选者序》，谢冕、唐晓渡主编：《以梦为马——新生代诗卷》，北京师范大学出版社，1993 年。

（二）作品分析

亚洲铜

亚洲铜，亚洲铜
祖父死在这里，父亲死在这里，我也将死在这里
你是唯一的一块埋人的地方

亚洲铜，亚洲铜
爱怀疑和爱飞翔的是鸟，淹没一切的是海水
你的主人却是青草，住在自己细小的腰上，守住野花的手掌和秘密

亚洲铜，亚洲铜
看见了吗？那两只白鸽子，它是屈原遗落在沙滩上的白鞋子
让我们——我们和河流一起，穿上它吧

亚洲铜，亚洲铜
击鼓之后，我们把在黑暗中跳舞的心脏叫做月亮
这月亮主要由你构成

华夏文明的由衷礼赞
——海子《亚洲铜》导读

这是一首意义丰富的诗歌，对它的阐释也多种多样。在这里，我们试图从文化的角度切入，把诗歌的主题意象——"亚洲铜"——理解为华夏文明的象征物，由此揭示整首诗的意义和内蕴。

诗歌一共有四节。第一节，从生命的延传与更迭角度形象说明华夏文化养育了一代代的炎黄子孙。第二节通过描写事物的繁衍生息来表现主题，世事变幻，沧海桑田，尽管海水会淹没一切，但生命力顽强的小草却能守候梦想，生生不息。无数如小草般地位卑微的中华儿女不也正是这样吗？第三节站在历史的视角上，表现诗人希望承继与发扬华夏文明的思想。在古老的中国，爱国情怀和精忠报国思想一直是中国文化中的闪光点，它们恰似白鸽子一样高洁，照亮了历史，也激励着一代一代的华夏儿女前赴后继，奋勇向前。第四节以"月亮"为独特意象，从文化的角度来

书写中国文化和华夏文明的神奇魅力。"月亮"在中华民族的视线里是一个富有神奇色彩的物象，"月亮"意象在中国古代诗词歌赋里也反复出现，成为文人骚客咏之不尽的题材，这些充分说明了月亮与华夏文明的密切关系。最后这一节以"月亮"意象收束，用月华的光辉照亮了"亚洲铜"的珍奇和可贵。

这首诗的每一节都以"亚洲铜，亚洲铜"开头，形成了复沓结构，不断强化了华夏文明在历史和现实中的突出地位和宝贵价值。同时，意象选用的典型和比喻的精致，也是本诗较为显在的特征。

九　月

目击众神死亡的草原上野花一片
远在远方的风比远方更远
我的琴声呜咽　泪水全无
我把这远方的远归还草原
一个叫木头　一个叫马尾
我的琴声呜咽　泪水全无

远方只有在死亡中凝聚野花一片
明月如镜　高悬草原　映照千年岁月
我的琴声呜咽　泪水全无
只身打马过草原

存在主义与传统诗思的融通
——海子《九月》导读

《九月》一诗写于 1986 年，此时海子已经从北京大学毕业到中国政法大学任教近 3 个年头。应该说，此时的海子思想上是相对较成熟的，对于世界、生存、死亡、时间与空间等已经建立了一套属于自己的认识框架。这首诗就是诗人认识的反映和思考的结果，它以充满神秘色彩、闪烁神性光芒的意象和独具特色的语言构造，对上述事物进行了诗性的言说与烛照。

"目击众神死亡的草原上野花一片"，诗歌一开头就将读者牵引到一个充满神秘氛围的情景之中。在这里，邈远的时间与旷阔的空间扭结纠缠在一起，生命与死亡在互相诠释。"目击"一词别有意味，它表示了诗人入思的起点，"目击"的不是"众神死亡"，而是"野花一片"，是草原上的一派生机。"野花"是草原的此在，作为草原此在之在的"野花"倚靠在"众神死亡"之上，因此，"野花"的存在是向死之存在，抵达着存在的本质。"众神死亡"尽管不是诗人"目击"所见，但它是诗人"以神遇"而不是"以目视"获得的。从现实的层面上来说，"众神死亡"是一个并不通顺的逻辑搭配，死亡总是与生存相连在一起的，因为众神从来没有生存过，所以无从谈其死亡。不过，从另外的思路来看，众神的生存确实发生过，众神与人类的照面意味着人类已经懂得从现实中超逸出来，思向永远和终极。这样，"众神死亡"在此表明人类历史之久长，人类与神灵的会晤开始出现中断。众神在草原上的"死亡"将草原的远古与神秘蓦然藏匿，草原的深邃历史遁入无形，草原因此就让人顿生遥远之感。

> 目击众神死亡的草原上野花一片
> 远在远方的风比远方更远

"风"是海子喜欢歌咏的事物。在海子眼里，"风"总是亲切而贴近的。在组诗《母亲》中，诗人说"风很美"、"风　吹遍草原"；在《黄金草原》中，诗人说"风吹来风吹去"的当儿，女人"如星的名字"或者羊肉的腥香令人沉醉。可是"风"远在远方时，为什么会比远方更远呢?很显然，"远在远方"中的"远方"并不是一个纯实在的概念，而是虚实相间，是历史与现实的交融；也不是一个纯空间的指向，而是时空并指。时间和空间都是无边无际无始无终的，时空的无边无际无始无终常常令现实生存中的人们感到怅然。作为远方之处隐隐约约似有似无的事物，"风"的存在更令人难以捉摸。风的漂浮不定，风的来去无踪，都增加了远在远方的空间之空洞感和时间之虚无感。远方的风因此存在于我们的视线之外，感觉之外，所以显得比远方更远。

> 我的琴声呜咽　泪水全无
> 我把这远方的远归还草原
> 一个叫木头　一个叫马尾
> 我的琴声呜咽　泪水全无

"我"的出现再次标明了诗人的在场。直接启用"我"来现身，较之开头的"目击"而言，更强调了诗人的主体介入，主体进入事物内部，开始领会和解释。"作为领会的此在向着可能性筹划它的存在。""领会的筹划活动本身具有使自己成形的可能性。我们把领会使自己成形的活动称为解释。"① 诗人领会到什么? 他又如何解释? 诗人的领会其实是一开始就发生了的。当他"目击"到诸般物象时,他就开始思入世界,开始领悟其间的真髓,开始追寻自我在此间的可能性存在。"我的琴声呜咽 泪水全无",这是对领会的传达,是对自我心灵律动的解释。且不说"琴"与"情"相谐双关的惯常表达策略,单这琴声的"呜咽"就足以让人心动不已。"琴声呜咽",将琴声人格化,人格化了的"琴声"倾诉着人的情感与情绪。从词义上分析,"呜咽"是低低的哭泣,较之"放声号啕",它更言说着内心的痛楚以及对这种痛楚的隐忍。"呜咽"的琴声已经将诗人的诸般情感一应牵带而出,诗人情感表达的方式从而变得更含蓄和隐晦,不再有任何表面的身体语言,所以诗人说"泪水全无"。

"我把这远方的远归还草原",重新述说了诗人与草原之间的空间关系。在人类生存境遇中,时间与空间的经纬交织成人的此在,卡西尔曾经说过:"空间和时间是一切实在与之相关联的构架。我们只有在空间和时间的条件下才能设想任何真实的事物。"② 诗人之所以要将远方之远"归还草原",意在表明自己从草原这个神秘空间退场,不入住和占有此间,不与草原发生内在的空间关系。神圣草原因为没有"我"的侵占而相对于"我"来说得以完整,"我"因为没有入住草原并沉迷于神秘之间而将草原的神秘性永远存放到想象之中。

因为草原的神秘幽远被保持到想象之中,草原在"我"的视野上从此"缺席",草原的空阔退隐之后,手中的事物开始鲜明呈现。这鲜明呈现出来的事物是什么? 是"木头",是"马尾"。木头和马尾的出场,将草原的历史带走,又将草原人的历史带来,"木头"和"马尾"组合成的马头琴,是一个民族情感的凝聚、智慧的结晶与生命的象征。在马头琴上的木头和马尾不再是原初形态的木头和马尾,已经同人类的历史、人类精神生活联系在一起,它们有点像海德格尔描述的那双破损的鞋具,开始去却其作为器具的有用性,直接敞现存在本身。看看海德格尔对这个破损鞋具的描述吧:"从鞋具磨损的内部那黑洞洞的敞口中,凝聚着劳动步履的艰辛。这硬邦邦、沉甸甸的破旧农鞋里,聚积着那寒风料峭中迈动在一望无际的永远单调的田垄上的步履的坚韧和滞缓。鞋皮上粘着湿润而肥沃的泥土。暮色降临,这双鞋底在田野小径上踽踽而行。在这鞋具里,回响着大地无声的召唤,显示着大地对成熟谷物的宁静的馈赠,表征着大地在冬闲的荒芜

---

① [德] 海德格尔著,陈嘉映、王庆节译:《存在与时间》,生活·读书·新知三联书店,1987 年,第 173 页。

② [德] 恩斯特·卡西尔著,甘阳译:《人论》,上海译文出版社,1985 年,第 54 页。

田野里朦胧的冬眠。这器具浸透着对面包的稳靠性的无怨无艾的焦虑，以及那战胜了贫困的无言的喜悦，隐含着分娩阵痛时的哆嗦和死亡逼近时的战栗。这器具属于大地，它在农妇的世界里得到保存。"① 在海德格尔这段富有诗意的描述里，我们看到了鞋具与农人生命的粘连。海子笔下的"木头"、"马尾"也与那鞋具一样，同草原人的生活与生命密切粘连在一起，不可分离。在木头和马尾交合而成的马头琴不断的倾诉中，草原人的历史得以留存。

第二节诗人再次凝视远方，对它作出寻思，"远方只有在死亡中凝聚野花一片"，这里涉及死亡与生存的关系问题。海德格尔指出："死作为此在的终结乃是此在最本己的、无所关联的、确知的，而作为其本身则不确定的、不可逾越的可能性。死，作为此在的终结存在，存在在这一存在者向其终结的存在之中。"② 海德格尔言说死亡其实就是在言说生存，他强调生存是向死的存在。在这个意义上说，远方的存在也是面向死亡的存在，而作为远方在死亡中凝聚的生命形态，这里的"野花"携带的意蕴是丰厚的，它不再只是第一节中那个存在于现实中的具体实在的物象，而是更多地呈现着象征意味。野花的馥郁馨香与勃勃生机是由死亡赋予的，由远方广漠的死亡所凝聚而成的野花是一种精神性的存在，它是不死的。所谓不死的事物是抽空了时间与空间的事物，或者说是时间与空间永远凝固着的事物。时间与空间在什么情形下会被抽空呢？或者时间与空间在什么状态下会永远凝固呢？只有当一种物质积聚为一种精神，或者沉淀为一种文化时才有可能。因此，这不死的野花就是草原文化的隐喻，或者说就是草原精神的象征。

远方只有在死亡中凝聚野花一片
明月如镜　高悬草原　映照千年岁月
我的琴声呜咽　泪水全无
只身打马过草原

在诗人对明明如镜的皓月映照的草原和千年岁月的描述中，我们再次被带入到阔大的空间和悠长的时间之中，而阔大空间与悠长时间的写照，再度引发诗人无端的愁绪与感叹，诗人不禁又一次重复地表白了"琴声呜

① ［德］海德格尔：《艺术作品的本源》，［德］海德格尔著，孙周兴译：《林中路》，上海译文出版社，1997年，第17页。
② ［德］海德格尔著，陈嘉映、王庆节译：《存在与时间》，生活·读书·新知三联书店，1987年，第297页。

咽　泪水全无"的情感态度。诗歌的最后一句实属神来之笔，"只身打马过草原"，看似轻轻地一笔带过，却是语重千钧、蕴意丰富。作为草原上的一个匆匆过客，诗人在这里领悟到时空的无垠和人生的渺然，感觉到世间蕴藏的宗教意味的高远和哲理玄思的深邃。面对这一切，他想说什么呢？他又能说什么呢？也许一个存在主义者面对世界的最基本态度就是聆听，因为"本真的言说首先是聆听"①，而且"唯有所领会者能聆听"②，在聆听和领会之后，诗人才发出了"琴声呜咽　泪水全无"的深切喟叹。

在前述中，我们从存在主义哲学的视角出发，对海子《九月》一诗作了详细的读解。不过，海子在草原之上寄寓的沉思并非纯然是存在主义的，从他对邈远时间与旷阔空间的无限感慨中，我们似乎读到了陈子昂式的感时伤逝的古典情怀。当海子"只身打马过草原"，发出"目击众神死亡的草原上野花一片"、"明月如镜　高悬草原　映照千年岁月"的歌吟时，我们依稀读到了"前不见古人，后不见来者"的叹惋；而面对"琴声呜咽　泪水全无"的诗句，我们又怎能不联想到"念天地之悠悠，独怆然而涕下"的伤感呢？事实上，感时伤逝是中国古代文人骚客的一致之思，从孔夫子的"逝者如斯夫"（《论语·子罕》），到曹子建的"人生处一世，去若朝露晞"（《赠白马王彪》），到李太白的"生者为过客，死者为归人。天地一逆旅，同悲万古尘"（《拟古十二首》之九），再到苏东坡的"世路无穷，劳生有限，似此区区长鲜欢"（《沁园春》），多少诗人用他们手中的笔撰写出了关于时光易逝、人生短促的感叹。海子也加入到这个行列之中，只不过他在传统诗思中添设了存在主义的哲学意味，他又在存在主义哲学思想中掺杂了中国传统的诗思，他的诗歌体现出存在主义与传统诗思的融通。

王家新

（一）作者简介

王家新，生于 1957 年，湖北人。1978 年入武汉大学中文系学习并开始诗歌创作，毕业后从事过教师、编辑等职。1992—1994 年旅居英国。现在北京某高校执教。著有诗集《纪念》、《游动悬崖》，诗论集《人与世界的相遇》、《夜莺在它自己的时代》、《没有英雄的诗》、《为凤凰找寻栖所：

---

① 陈嘉映：《海德格尔哲学概论》，生活·读书·新知三联书店，1995 年，第 314 页。
② ［德］海德格尔著，陈嘉映、王庆节译：《存在与时间》，生活·读书·新知三联书店，1987 年，第 192 页。

现代诗歌论集》，文学随笔集《对隐秘的热情》等。

（二）作品分析

一个劈木柴过冬的人

一个劈木柴过冬的人
比一阵虚弱的阳光
更能给冬天带来生气

一个劈木柴过冬的人
双手有力，准确
他进入事物，令我震动、惊悚

而严冬将至
一个劈木柴过冬的人，比他肩胛上的冬天
更沉着，也更
专注

——斧子下来的一瞬，比一场革命
更能中止
我的写作

我抬起头来，看他在院子里起身
走动，转身离去
心想：他不仅仅能度过冬天

精神的力量
——王家新《一个劈木柴过冬的人》导读

王家新的《一个劈木柴过冬的人》，用简洁的语句，描画了一个极其富有精神力量的男子汉形象。在这些素朴的诗行中穿行，某种震慑灵魂的东西会直接嵌入我们的心坎。

第一节是对劈木柴人精神力量的抽象概述，诗人将其与虚弱的阳光相比照，突出劈木柴人给冬天注入的勃勃生机，意在说明：人自身所具有的内在力量，人战胜严寒的勇气与信心，是远大于自然所给予的温暖的。

第二节诗人写了劈木柴人熟练的动作，双手"有力"而"准确"地进入事物。熟练的动作来自日常劳动中的反复操练，它表明劳动者在与自然长期的搏斗中已经具备了战胜自然的能力，而这战胜自然的能力足以让人感动和佩服，所以诗人写"他进入事物，令我震动、惊悚"。

在第三节里，诗人将劈木柴人与冬天相比来对其心理特征进行写照。如果说第一节劈木柴人同阳光的比较是正向比较的话，那么这里与冬天的比较则是反向比较，这样的比较更能见出劈木柴人精神力量的雄奇与伟大。从诗歌描述来看，沉着与专注是诗人从劈柴人身上提炼出的两种思想素质，这两种思想素质是可贵的、不凡的，只有达到一定精神境界的人才可能具备这两种品质。一旦具有了这些可贵品质，一个人就能经百折而不摧，从而战胜一切困难和挫折。

到了第四节，诗人以劈柴人面对冬天的勇敢和有力，来反观自我生存方式。诗人觉得，同劈柴人直接对抗严冬的勇毅和坚定相比，作为一种生存方式的写作实在显得有些苍白和无力。所以，在诗人眼里，劈柴人有力落下斧头的瞬间，比一场革命更具力量和气度，更能使"我"感觉写作的虚伪和虚弱。

最后一节是诗人的一种自然联想，也是对劈柴人精神力量威力无穷的评述。

整体来看，诗人赋予了劈柴人摄人魂魄的精神力量，让其成为人的本真状态的显现，因为"人是精神，人之作为人的状况乃是一种精神状况"[1]，劈柴人因此显示着人的生命内蕴。对人的精神力量的咏赞，是王家新一贯的思想主题，我们不妨这样说，诗人在后来创作的《帕斯捷尔纳克》一诗中歌咏的"帕斯捷尔纳克"就是一个"劈木柴过冬的人"。榜样的力量是巨大的，从劈柴人冬天里准确有力劈开柴禾的举动里，我们也获取了战胜冬天的信心与勇气。

西　川

（一）作者简介

西川，生于 1963 年，江苏徐州人。1981 年考入北京大学英文系，并

---

[1] ［德］卡尔·雅斯贝斯著，王德峰译：《时代的精神状况》，上海译文出版社，1997 年，第 3 页。

开始诗歌创作。1988 年，与诗人陈东东等一起创办《倾向》诗刊。著有诗集《隐秘的汇合》、《虚构的家谱》、《西川诗选》、《大意如此》、《够一梦》等，还有《20 世纪英国诗选》、《当代黑非洲诗选》、《博尔赫斯八十忆旧》等多部翻译作品。

（二）作品分析

在哈尔盖仰望星空

有一种神秘你无法驾驭
你只能充当旁观者的角色
听凭那神秘的力量
从遥远的地方发出信号
射出光来，穿透你的心
像今夜，在哈尔盖
在这个远离城市的荒凉的
地方，在这青藏高原上的
一个蚕豆般大小的火车站旁
我抬起头来眺望星空
这时河汉无声，鸟翼稀薄
青草向群星疯狂地生长
马群忘记了飞翔
风吹着空旷的夜也吹着我
风吹着未来也吹着过去
我成为某个人，某间
点着油灯的陋室
而这陋室冰凉的屋顶
被群星的亿万只脚踩成祭坛
我像一个领取圣餐的孩子
放大了胆子，但屏住呼吸

"仰望"的姿态与谦卑的灵魂
——西川《在哈尔盖仰望星空》导读

意大利文学家卡尔维诺曾经从十四个方面来阐释"何为经典"的问

题，其中有两条我认为说得极为精到，即"一部经典作品是一本即使我们初读也好像在重温的书"；"一部经典作品是一本每次重读都像初读那样带来发现的书"①。当代诗人西川的名作《在哈尔盖仰望星空》正是非常适合上述两条的新诗经典。当我们初读它时，恰有一种似曾相识之感，诗歌所言说的信仰与人生的关系，会使我们很自然地联想到中外许多熟知的文学经典来；而我们每读此诗一次，又都仿佛是初次阅读，总会得到新的发现和感受。在新时期三十年的文学发展史上，西川的《在哈尔盖仰望星空》将"仰望"的姿态与谦卑的灵魂植入新诗肌体之中，进而将新诗从 20 世纪 80 年代向 20 世纪 90 年代过渡之际时代主题的变化和表达策略的扭转轻巧地交代出来。

这首诗创作于 1985 年，当时西川到中国西部游历，途经青海湖边的一个火车小站——比尔盖（地图上标示为比尔益）。他偶尔仰望星空，顿觉一种神秘的力量从心间漫溢，带有宗教性的情感体验在身体内涌动，此诗正是在这种基础上诞生的。诗歌并不晦涩朦胧，而是通俗朴实，不过那种深挚的宗教情绪和通灵的心灵感知在文本中显得异常突出和强烈，显示出巨大的抓慑力，给我们带来极大的情感冲撞和灵魂震撼。全诗只有二十一行，线索明晰，层次分明，有确切的起承转合的抒情线路，体现了诗人不俗的艺术表达功力和惊人的审美创造才华。

诗歌的开头五行是"起"的部分，既交代诗人内心领悟到的一种"神秘"的精神内涵，又作为一条思想主线统摄全篇。"有一种神秘你无法驾驭"，诗歌一开始就切入主旨，鲜明凸显了某种宗教信仰的至高无上性，这无疑是对此前多年来在中国大地上流行甚广的所谓"人定胜天"思想观念的大胆拆解，站在宗教的角度思考人生，理性地承认人的局限性与卑微性。海伦·加德纳曾指出："对于信徒来说，宗教是或者似乎是一种天启，它不是编造的，而是赐予的，或者是从那些被赐予的人那里传下来的。这种启示自动显现，让人们怀着敬畏、感恩和崇拜去接受它；承认它有权提出要求和作出裁决，并要求人们用祈祷和忏悔来回答。"② 西川并非属于宗教信徒，但他对宗教力量与宗教精神的深刻领悟，使他也如信徒一样直观地觉识到神秘力量的神奇伟大、不可驾驭。一旦领悟到不可驾驭的神秘力量的存在，个人便不得不主动放弃主体性，而作为一个"旁观者"进入事件之中，"听凭"那种神秘的力量来感发你，照耀你，穿透你。在宗教信徒那里，他们所信奉的"主"或者"上帝"等，是生命的天启和灵魂的光

---

① ［意］卡尔维诺著，黄灿、李桂蜜译：《为什么读经典》，译林出版社，2006 年，第 3～4 页。

② ［英］海伦·加德纳著，江先春、沈弘译：《宗教与文学》，四川人民出版社，1998 年，第 149 页。

源，比如《约翰福音》就这样颂赞基督："他就是生活，他的生活就是照亮人类的光。"这种天启和光源时刻都在"从遥远的地方发出信号"，那信号或许是微弱的，是隐秘的，但如果一颗心足够虔敬和谦卑，就能清楚地接收到那种"信号"，被那束光所启蒙和照亮，灵魂通抵神妙的境界，心灵找到最后的皈依。西川在开头五行的诗句中，对宗教这种神秘力量的写照是极为精彩的，富有历史和文化的深厚底蕴。从历史的层面说，这几行诗句显示着诗人站在一个特定的精神视角上与过去时代的深层对话，对前几十年来中国大地上自我膨胀的盲目乐观主义进行了尖锐指斥，暗示人类存在渺小与卑微的客观性；从文化层面说，它表征着西方宗教文化对中国实用主义文化的进一步渗透与改编的强烈意愿。学外文出身的西川显然对西方文化有着超越一般人的深刻理解，可以说，他在诗歌中对那种存在于天地之间的"神秘力量"所作的极力推举和张扬，是有着比较明确的西方话语背景的。

接下来的五行构成了诗歌的承接部分。诗人总观性地述说了"神秘力量"对于个体生命的精神意义之后，就将视角缩回，对自我的精神境遇作特定的写照。在这五行中，既具体点明了诗人思忖"神秘"的时间——"今夜"，也点明了诗人所处的空间位置——"青藏高原上的/一个蚕豆般大小的火车站旁"，诗歌的抒情主体也自然地由上一节的"你"转换成"我"。诗歌中写到"我抬起头来眺望星空"，对前文所述体验"神秘"的来由进行了必要的补充与交代，又将这种"神秘"性推置到茫茫宇宙之中。西方哲人康德晚年说过，有两种东西令他愈来愈敬畏，那就是头上的星空和心中的道德定律。西川在一个偏僻荒凉的火车小站"眺望星空"，获得了与康德一样神明般的心灵感知，一种共通性的宗教情感在不同的时间和空间照亮了中西的两个智者，这是相当令人称奇的。与此同时，我们还必须注意到诗中使用的双重视角：一重是从低处仰望高处，看到了宇宙的神秘和个体的谦卑；另一重是从高处俯瞰低处，看到了这里土地的"荒凉"和"蚕豆般大小"的火车站。双重视角一方面显示了人类存在的复杂性特征，正如俄狄浦斯既是有勇有谋的智慧的化身又是流放四野的盲人，哈姆雷特既是受人敬仰的人文主义者又是遭人非议的怀疑论者和心理变态者一样；另一方面，也反映了宗教信仰者的双重身份，宗教信徒其实都要同时扮演上帝和臣民的角色，在臣民的角度他可以非常虔诚地仰望上帝，在上帝的角度他才能真正领悟宗教的精髓。诗歌的这一部分看似平淡，其实是颇有深意的。

当诗人眺望星空领略到茫茫宇宙中存有的神秘力量时，不仅自我心灵得到一场精神的洗礼，而且在被宗教感召的个体眼里，周围一切的景物也显示出无处不在的神秘色彩。接下来五节属于"转"的部分，通过描画周围景物的异常情态来折射领受到神秘存在的个体心灵状况。"这时河汉无声，鸟翼稀薄"，一种出乎意料的静谧充盈在宇宙之间，而青草"疯狂地生长"和马群"忘记了飞翔"，不过是借助两种有代表性的植物和动物不同寻常的生命形态，来强化神秘力量在世间万物间的渗透和流溢。接下来写"风"的两句非常出色："风吹着空旷的夜也吹着我/风吹着未来也吹着过去"，从时间和空间的层面来传递某种生命信息。"风"是一种集"空无"和"实有"于一体的神秘事物，我们在《庄子·逍遥游》里，已经领略到席卷大地、扶摇直上的大风的风采，而荆轲在易水边和乐唱出的"风萧萧兮易水寒"，千百年来令多少文人志士肝肠寸断。西川的好友海子生前写诗也惯爱使用"风"的意象，比如《九月》中的"远在远方的风比远方更远"一句，这里的"风"同样充满了"神秘的力量"。西川诗中写"风"的两句，前句是从空间角度书写夜幕低垂下一个卑微的个体被一种"神秘"笼罩所呈现的生命样貌，后句则强调不管过去、现在还是未来，宇宙之中存有的这种"神秘"是从来没有中断过，也永远不会中断的。

最后六行构成了全诗"合"的部分。"我成为某个人，某间/点着油灯的陋室"两句，言说被神秘力量照亮后生命的自为存在与自在存在两种方式。事实上，不管是成为"某个人"，还是成为"某间陋室"，都极言"我"在被宗教性精神光束"穿透"之后的一种卑微性的生命自觉。最后四行写得十分空灵，"而这陋室冰凉的屋顶/被群星的亿万只脚踩成祭坛"，形象地描画了心灵祭坛的星光熠耀、光芒四射。"我像一个领取圣餐的孩子/放大了胆子，但屏住呼吸"，以孩子的情态写"我"，强调接受神秘力量时的纯洁和虔诚。马丁·路德说过，"一个人只有在信仰中才会幸福"，当诗人感觉神秘力量的存在，被一种信仰所浸润时，他的心灵一定也如这个"领取圣餐的孩子"一样，充满着幸福和快乐。

宗教信仰说到底是一种个体的生命行动，是个体与上帝之间直接的精神对话。西川在诗歌中生动描画了一个感觉到宗教力量的个体"仰望"的姿态与谦卑的灵魂，显示出虔诚、执着、坚定的信徒精神，在一定程度上是非常切合宗教的本体意义的；同时，这种独特的表达也预示着中国新诗中"英雄"时代的结束，常人时代的复归，因而是有着不凡的诗学意义的。从某种意义上说，《在哈尔盖仰望星空》一诗是中国新诗从 20 世纪 80 年代由朦胧诗人开创的英雄主义启蒙话语向 20 世纪 90 年代经第三代诗人多方探索而建构起来的富于个人化的审美话语转型的重要标志。

程光炜先生在评价西川的《在哈尔盖仰望星空》时指出："1987 年，

我是通过这首诗记住西川的名字的。其实，诗并不神秘，也不难懂，显得朴素而平静，但它给人留下了'仰望'的姿态。在 80 年代不免张狂的一代人中间，这样的态度实际是不多见的。"① 这段评述是极为精妙的。回顾当代诗歌史不难得知，五六十年代中国诗坛分贝极高的颂歌与战歌几乎都是以"大我"作为诗歌最基本的抒情主人公的，体现的是一种集体主义的激情礼赞，在这些诗歌里，我们很难读到诗人个体的真实心灵。20 世纪 70 年代末 80 年代初出现的"朦胧诗"虽然强调对人的主体性的张扬，但那种审判一切、充当历史代言人的英雄主义情结无疑打上了过去时代深刻的思想烙印。客观地说，尽管朦胧诗带来了中国新诗的复苏和振兴，但朦胧诗本身并没有完全进入个体精神世界，它的群体性抒情色彩还十分浓郁。真正进入个体心灵内部，带来诗歌创作的个人化书写的是第三代诗人。随着欧阳江河《傍晚穿过广场》、王家新《帕斯捷尔纳克》、李亚伟《中文系》等一系列优秀诗歌的出现，中国新诗的"个人化写作"才初具规模。而西川在 1985 年写的这首《在哈尔盖仰望星空》，几乎可以说是吹响了中国新诗个人化书写的最初号角，它以其鲜明的个性特征和成熟的艺术表达，成为新诗审美转型中的代表性力作，具有不容低估的文学史意义和价值。

---

① 程光炜：《西川论》，程光炜著：《程光炜诗歌时评》，河南人民出版社，2002 年，第 196 页。

第十三章 后现代诗派

一、诗派概述

20 世纪 80 年代中后期以来，在中国新诗创作界，有一些诗人受后现代主义思潮的影响，采取反崇高、反价值甚至反文化的思想策略，创作了一批具有探索性的诗歌作品。我们把这些诗歌称为后现代诗歌，把创作了这些诗歌作品的诗人称为后现代派诗人，他们是韩东、于坚、伊沙等。他们原本可以算作"第三代"（"新生代"）诗人，但因为其诗学观念和价值取向的反常性，我这里把他们单列出来进行讲述。

二、作品析解

韩 东

（一）作者简介

韩东，生于 1961 年，江苏南京人。1982 年毕业于山东大学哲学系，现为专业作家。1984 年冬，与诗人丁当、于坚、吕德安、王寅、小君等创办了"他们"文学社团，1985 年出版民刊《他们》。著有诗集《白色的石头》等。

（二）作品分析

有关大雁塔

有关大雁塔
我们又能知道些什么
有很多人从远方赶来
为了爬上去

做一做英雄
也有的还来做第二次
或者更多
那些不得意的人们
那些发福的人们
统统爬上去
做一做英雄
然后下来
走进这条大街
转眼不见了
也有有种的往下跳
在台阶上开一朵红花
那就真的成了英雄——
当代英雄

有关大雁塔
我们又能知道些什么
我们爬上去
看看四周的风景
然后再下来

你见过大海

你见过大海
你想象过
大海
你想象过大海
然后见到它
就是这样
你见过了大海
并想象过它
可你不是
一个水手
就是这样
你想象过大海

你见过大海
也许你还喜欢大海
顶多是这样
你见过大海
你也想象过大海
你不情愿
让海水淹死
就是这样
人人都这样

对历史与文化的消解
——韩东《有关大雁塔》、《你见过大海》导读

　　大雁塔是什么？大海又是怎样的？没有去过的在想象，去过了的在回味。无论是想象还是回味，大雁塔和大海都不会是现实中原初的形象，都将夹带上文化的、历史的等多种意味。诗人韩东却告诉人们，这些对大雁塔和大海的印象都是有问题的，大雁塔仅仅只是一座塔，大海也只是盛满海水的场所，一切从它们身上发散出的所谓历史与文化的东西都是人们人为附加上去的。作为平常人，我们有必要去想这些吗？在诗歌《有关大雁塔》和《你见过大海》里，诗人要表述的就是这样的观点。

　　在朦胧诗人杨炼的笔下，大雁塔上流淌着"遥远的童话"，铭刻着人民的痛苦，也记载了"民族的悲剧"。很多人来到大雁塔，也是奔着这悠久的历史、古老的传说而来，他们带着成为英雄的梦想，带着亲近先贤并为现实祈求安康的愿望，但大雁塔能使这些心理要求得到一些满足吗？我们能在大雁塔周围读到世纪的沧桑和历史的风烟吗？韩东说：不能。我们只能怎样呢？"我们爬上去/看看四周的风景/然后再下来"，只有现实是可靠的，哪有什么文化的积淀？哪有什么历史的留存？

　　大海在朦胧诗人笔下是异常雄奇恢宏的，舒婷歌咏道："大海的日出/引起多少英雄由衷的赞叹；/大海的夕阳/招惹多少诗人温柔的怀想。"并且还说："大海——变幻的生活，/生活——汹涌的海泽。"（《致大海》）但在韩东看来，大海并没有如此的神奇、壮美和蕴意丰富，大海就是大海，所以诗人反复说"你见过大海"，大海也没什么特别，"就是这样"，"人人都这样"。

　　韩东的诗歌体现了鲜明的后现代思想，这两首诗强调对英雄情结的放弃和历史文化的消解，要求人们回到现实中来，回到日常生活状态中来，

在某种程度上是对当时伪浪漫主义诗情的一种调侃与颠覆，因此是有一定的诗学意义的。

于　坚

（一）作者简介

于坚，生于1954年，云南昆明人。1984年毕业于云南大学中文系，现在云南省文联工作。著有诗集《诗六十首》、《对一只乌鸦的命名》、《一枚穿过天空的钉子》、《诗歌·便条集》和《于坚的诗》等，散文集《棕皮手记》和《人间笔记》等。

（二）作品分析

0 档案（长诗选一）

卷二　成长史

他的听也开始了　他的看也开始了　他的动也开始了
大人把听见给他　大人把看见给他　大人把动作给他
妈妈用"母亲"　爸爸用"父亲"　外婆用"外祖母"
那黑暗的　那混沌的　那朦胧的　那血肉模糊的一团
清晰起来　明白起来　懂得了　进入一个个方格　一页页稿纸
成为名词　虚词　音节　过去时　词组　被动语态
词缀　成为意思　意义　定义　本义　引义　歧义
成为疑问句　陈述句　并列复合句　语言修辞学　语义标记
词的寄生者　再也无法不听到词　不看到词　不碰到词
一些词将他公开　一些词为他掩饰　跟着词从简到繁
从肤浅到深奥　从幼稚到成熟　从生涩到练达　这个小人
一岁断奶　二岁进托儿所　四岁上幼儿园　六岁成了文化人
一到六年级　证明人　张老师　初一初二初三　证明人
王老师　高一高二　证明人　李老师　最后他大学毕业
一篇论文　主题清楚　布局得当　层次分明　平仄工整
对仗讲究　言此意彼　空谷足音　文采飞扬　言志抒情
鉴定：尊敬老师　关心同学　反对个人主义　不迟到

遵守纪律　热爱劳动　不早退　不讲脏话　不调戏妇女

不说谎　灭四害　讲卫生　不拿群众一针一线　积极肯干

讲文明　心灵美　仪表美　修指甲　喊叔叔　叫阿姨

扶爷爷　挽奶奶　上课把手背在后面　积极要求上进

专心听讲　认真做笔记　生动活泼　谦虚谨慎　任劳任怨

不足之处： 不喜欢体育课　有时上课讲小话　不经常刷牙

小字条： 报告老师　他在路上拾到一分钱　没交民警叔叔

评语： 这个同学思想好　只是不爱讲话　不知道他想什么

希望家长　检查他的日记　随时向我们汇报　配合培养

一份检查： 1968 年 11 月 2 日这一天　做了一件坏事

我在墙上画了一辆坦克洁白的墙公共的墙大家的墙集体

的墙被我画了辆大坦克我犯了自由主义一定要坚决改过

药物过敏史： 症状来自医生　母亲等家长的报告

"宝贝"日服 3 回　每次 4—6 片　用药后面部有红斑

"好孩子"日服 3 回　每次 1 片　症状同上　红斑较轻

"乖"（外用　涂患处）涂抹后患者易发生嗜睡现象

"大灰狼来啦　妈妈不要你啦"（兴奋剂）服后患者易晕眩

微量元素配合表：（又名施尔庚）爱护　关心　花朵　草

芽　苗苗　小的　嫩的　甜蜜的　金色的（每片含 25 微克）

天真的　纯洁的　稚气的　淘气的（每片含 25 微克）

牵着　领着　抱着　带着　慈祥地看着　温柔地抚摸着

轻拍　摇晃　叮咛　嘱咐　循循善诱　锤炼　嫁接

陶冶　矫治　校正　清除　培养　关怀　误伤（各 50 微克）

名牌催眠灵： 明天或等你长大了（终身服用）

填料： 牛奶　语文　水果糖　历史　巧克力　鸡蛋炒饭

三光日月星　四诗风雅颂　钙片　义务劳动　鱼肝油

果珍　报告会　故事会　大会　五千年　半个世纪　十年来

连续三年　左中右　初叶　中叶　最近　红烧　冰镇　黄焖

油爆　叉烧　腌　卤　熬　味精　胡椒粉　生抽王　的成就

的耻辱　的光荣　的继续　的必然　的胜利　的伟大　的信心

成绩单： 优　合格　甲　三好　95　一等　评比第一名

产品鉴定书： 身高一米七以上　净重 63 公斤　腰 8 寸

有头发　有酒窝　有胡须　有睾丸　有眼珠　有肱二头肌

有三室一厅　有音响　有工资　有爱好　有风度　有爱心

会体贴　会跳舞　会唱歌　会写作　会说话　会睡觉

耳朵是耳朵　鼻子是鼻子　腿是腿　手是手　肛门是肛门
左右耳听力 1.5 公尺　肝未触及　心肺膈无异常（医师签字）

语言与成长
——于坚《0 档案·成长史》导读

　　这是一首典型的先锋诗歌。作为"民间写作"的积极倡导者与大胆实践者，于坚诗歌具有鲜明的探索性特征，这首《成长史》就是他的探索长诗《0 档案》的其中一卷。诗歌在词语大爆炸似的语言拼贴里写出了 20 世纪六七十年代历史语境年轻一代的独特成长历程。

　　在中国历史上，20 世纪六七十年代是非常特殊的时期，这个时期年轻一代的生命历程被打上了鲜明的时代烙印。政治气氛是异常紧张的，人们不敢有丝毫属于自己的独特思想和言行，公共性的词汇与话语充斥在每个人的思维阵地和言说空间，社会用同样的模子将每一个年幼的生命进行打造、武装与浇灌，就是为了培养更多的红色"接班人"。当这些未来的"接班人"成长、长大的时候，他们说着千篇一律的话语，有着大同小异的思想，做着无甚差别的行为，社会对他们的要求和期待是一致的，被社会认可的"接班人"，社会对他们作出的评价也是惊人的相似。人生的历程离不开词语的纠缠，语言的变化显现了生命的成长。在这些公共性话语密密编织着的生存空间里，人们"成长"起来。这是一个不欢迎个性的时代，这是一个不生长民主与自由的时代。人们在相同的要求之下，看似慢慢成长起来，其实并没有长成自己。他们长成了一个社会人，也永远失却了思想独立的个体性。

　　这是一个时代的灾难，这是一个民族的悲哀！

　　于坚的这首诗歌尽管有很多语言游戏的后现代色彩，但它提出的问题是尖锐的，在诗人对一代人畸形成长的调侃性描述中，寄寓着他对旧的历史时代的强烈愤慨与诅咒！

伊 沙

（一）作者简介

　　伊沙，1966 年生于成都，原名吴文健，现居西安。著有诗集《饿死诗人》、《伊沙诗选》、《我的英雄》等。

（二）作品分析

结结巴巴

结结巴巴我的嘴
二二二等残废
咬不住我狂狂狂奔的思想
还有我的腿

你们四处流流流淌的口水
散着霉味
我我我的肺
多么劳累

我要突突突围
你们莫莫莫名其妙
的节奏
急待突围

我我我的
我的机枪点点点射般
的语言
充满快慰

结结巴巴我的命
我的命里没没没有鬼
你们瞧瞧瞧我
一脸无所谓

生命的戏仿
——伊沙《结结巴巴》导读

　　诗歌是一种形式艺术，语言精粹凝练、结构精巧缜密是这种艺术形式最为突出的特征。让一个口吃者充当一首诗的抒情主人公，用诗歌的形式来表现一个口吃的人的思想言行，这种设计本身就是对诗歌这种文体的一种反讽，因为当口吃者作为抒情主人公在诗中出场时，他拖沓笨拙的言语形态必将与诗歌形式本身发生富有戏剧性的冲突。因此，在一般人看来，一个有着明显语言表达困难的人是无法充任诗歌的抒情主体的。可诗人伊沙却敢冒天下之大不韪，居然以"结结巴巴"为题，通过戏仿口吃者言语倾吐时的结结巴巴，流露出对现实中自认为健康的人的一种暗讽和嘲弄。

在伊沙的诗里，口吃者是有自知之明的，他很清楚地知道自己语言表达上的障碍，知道自己最致命的弱点在于语言与思想之间的不同步性，这种弱点也是周围人经常嘲笑他的最主要原因。生理上有缺陷的人往往是很自卑的，他们在人们不断的嬉笑和讥嘲中不得不一再地压抑自己，最后走向自我封闭。口吃者也是一种有明显生理缺陷的人，口吃者隐藏缺陷不让其暴露的最有效手段就是一言不发，就是沉默。这首诗中的口吃者却不这样，尽管正常人总是拿他的缺点寻开心，但他觉得，寻开心就寻开心吧，寻开心又如何？他偏要表达，偏要叙说。他要用他独有的节奏和语调，来向正常人道说。既直接说出自己的弱点：结结巴巴的嘴"咬不住"狂奔的思想；也说出对正常人的看法："你们四处流流流淌的口水/散着霉味。"当他以自己的语言方式来观照正常人时，他发现，只有他的节奏才是正常的，而那些所谓的正常人说起话来其节奏让他感到"莫名其妙"。口吃者于是找到了心理的满足，他甚至觉得，自己机关枪点射一样的语言倾吐形式给他带来了无限快慰。自然，这是一个认命的口吃者，他一脸无所谓的面部表情，让所有正常人见了都感到发窘，感到一种刺痛。

这是一个充满智慧的口吃者，当我们按照他的语速去倾听他的思想表白，逐渐适应了他的节奏时，也许会觉得，仿佛口吃者才是最正常的人，而我们这些原以为很健康的人此时全都是有缺陷者，我们都成了这个结结巴巴的人戏要的对象。

车过黄河

列车正经过黄河
我正在厕所小便
我深知这不该
我应该坐在窗前
或站在车门旁边
左手叉腰
右手作眉檐
眺望　像个伟人

至少像个诗人

想点河上的事情

或历史的陈帐

那时人们都在眺望

我在厕所里

时间很长

现在这时间属于我

我等了一天一夜

只一泡尿功夫

黄河已经流远

价值的颠覆
——伊沙《车过黄河》导读

在中华民族的认知结构和思维系统里，黄河是一个意义非凡的文化符号，是一个饱含历史意味的专有名词。每当想起黄河，我们就会生发出一连串已经形成定式的思想：这是我们的母亲河，中华民族最早是从这里繁衍生长起来的，她也用她甘甜的乳汁喂养了一代又一代的中华儿女，她是如此的神圣伟大，令人无限地崇敬与景仰。

伊沙的《车过黄河》却全然不是这种思想的再次演绎，而是反其道而行之，不写黄河如何伟大，不写自己面对黄河又如何深情地注目，而写火车经过黄河时自己正好进卫生间小便，黄河再怎么神圣伟大也抵不上解决现实问题紧迫和重要，从而以艺术的方式表现了对某种价值的颠覆。

诗歌中的"我"也深知，在列车经过黄河的时候，不该跑到厕所做一件很个人的事情，而应该"坐在窗前/或站在车门旁边/左手叉腰/右手作眉檐"，煞有介事地直面黄河，"眺望　像个伟人/至少像个诗人"，让崇敬和景仰写满自己心怀。同时，还要在此时此刻，对黄河作历史与文化的巡礼，"想点河上的事情/或历史的陈帐"。当别人都在眺望黄河的时候，"我"一个人来小便确实显得有些对黄河不恭敬，心中不免愧疚。不过愧疚是暂时的，面对憋闷的压抑和释放的快感，这完全属于"我"的时间和空间给"我"带来了无上的满足。现实问题得到了充分的解决，还有什么比这更重要的呢？

在《车过黄河》里，伊沙通过写出一种乘坐列车经过黄河时反常的情态，以"小便—俗人"的模式代替了"眺望—伟人"的模式，给了虚伪造作者重重的一击。诗人借助后现代的表达策略，将日常生活在生命中的地位抬升到新的高度，重新赋予个体自由生活的权利。

第十四章　中间代诗群

一、诗群概述

"中间代"这个诗歌命名，最早出现在诗人安琪的《中间代，是时候了》这篇短文中，它是指 20 世纪 60 年代出生而未能纳入"第三代"（"新生代"）、从 20 世纪 80 年代开始写作而在 20 世纪 90 年代产生影响的诗人，主要包括安琪、老巢、陈先发、臧棣、古马、沈苇、谷禾等。

二、作品析解

安　琪

（一）作者简介

安琪，生于 1969 年，福建漳州人。新世纪十佳青年女诗人，曾获第四届柔刚诗歌奖。著有诗集《奔跑的栅栏》、《极地之境》、《像杜拉斯一样生活》等，主编《中间代诗全集》（与远村、黄礼孩合作，海峡文艺出版社 2004 年出版）。现居北京。

（二）作品分析

明天将出现什么样的词

明天将出现什么样的词
明天将出现什么样的爱人
明天爱人经过的时候，天空
将出现什么样的云彩，和忸怩
明天，那适合的一个词将由我的嘴
说出。明天我说出那个词

明天的爱人将变得阴暗

但这正好是我指望的

明天我把爱人藏在我的阴暗里

不让多余的人看到

明天我的爱人穿上我的身体

我们一起说出。但你听到的

只是你拉长的耳朵

1996/5/18

与诗相恋，幸耶？不幸？
——安琪《明天将出现什么样的词》导读

这首诗得到认可并广泛传开是有曲折故事的。1997 年它首发于《诗刊》，列于"外三首"的最后一首，不但未能以"压轴"之作的形式引起人注意，反而很快消失于无形。直到 2000 年《诗选刊》再度将它"选刊"出来，它才在诗界产生影响并逐步成为当代诗歌名作。诗歌的曲折遭遇，似乎暗示了诗人相恋于诗歌、追求诗性生活的某种难以逆料的命运。

安琪可谓是一个誓将此生托付于诗神的人，这首《明天将出现什么样的词》正是她生命状态与未来理想的自供状。一开始，诗人把三个"什么样"的疑问句排列起来，构成一个关于自我追求以及这种追求意义何在的连环寻思。最先出场的"词"这一重要语象，彰显了诗人明确的生命立场，她要将对于文学表达和审美追求的真心与痴情告白天下。在这个基础上，以词语为基本单位而组合起来的篇什文作，也自然成了诗人心仪的"爱人"。这"爱人"会遭遇怎样的存在环境？将在怎样的"天空"和"云彩"下敞开自身？这些都是诗人迫切需要找到答案的问题。尽管，这样的问题回答起来会显得相当困难。在诗里，"明天"的时间指向显然是双重的，既指诗人在世的日子，也指诗人身后的历史。

似乎可以这样说，作为一个专意痴爱诗神的人，无论有生之日还是身后之时，安琪希望两者都有圆满的解答。在接下来的表述中，诗人与诗歌的交替现身，或许就交代了这一点。先是诗人主体符号的鲜明凸现。她说出"适合的一个词"（我们很自然会想到"中间代"），她因爱人的晦暗而显得更为光亮。她甚至以对"爱人"有意的遮掩和藏匿来突出自我的生命价值。这里的"明天"无疑是现在时的。而最后三句，明天被虚化为将来时，或者说被转移为与现实对应的"历史"，它代替诗人出场、存在，将诗人的意义和价值揭示而出。不过，"你听到的/只是你拉长的耳朵"，未来的人们，究竟能读懂多少此中真意呢？诗人的态度显然是不甚肯定的。

"文章千古事，得失寸心知。"与诗相恋，使安琪获得了很多，也失去了很多，这究竟是幸运还是不幸呢？只有天知道。

谷　禾

（一）作者简介

谷禾，生于 1967 年，著有诗集《飘雪的阳光》、《大海不这么想》、《鲜花宁静》，小说集《爱到尽头》等多种。曾获得华文青年诗人奖、《诗选刊》年度诗人奖等多类奖项。现供职于《十月》杂志，中国作协会员。

（二）作品分析

父亲回到我们中间

春天来了，要请父亲回到
我们中间来

春天来了，要让父亲把头发染黑
把黑棉袄脱去
裸出胸前的肌肉，和腹中的力气
把门前的马车
在我们的惊呼声里，反复举起来

春天来了，我是说，
河水解冻了，树枝发芽了
机器在灌溉了
绿蚂蚱梦见迷迭香花丛
当羞赧升起在母亲目光里，一定要请父亲
回到我们中间来

要允许一个父亲犯错

允许他复生
要允许他恶作剧
允许他以一只麻雀的形式，以一只跛脚鸭的形式
以一只屎壳郎的形式
或者以浪子回头的勇气，回到我们中间来

春天来了，要允许父亲
从婴儿开始
回到我们中间来
要让父亲在我们的掌心传递
从我的掌心，到你的掌心，她或者他的掌心
到母亲颤巍巍的掌心

春天来了，要让他在掌心
传递的过程中
重新做回我们披头散发的老父亲

悼亡诗的独特书写
——谷禾《父亲回到我们中间》导读

　　多么漂亮的洋溢着喜庆的激情、青春的气息的悼念父亲的诗章！这哪是我们习常阅读乃至写作的哭哭啼啼的追思父亲的文字？只这一首，我就要对谷禾刮目相看，他已不再是14年前我记忆版图中那个乡村青年羞涩拘谨的模样，而是作为一个对生命和亲情有深刻感悟的优秀诗人赫然矗立。

　　2012年3月，在秦皇岛举办的海子诗歌节上，我第一次听到了谷禾朗诵《父亲回到我们中间》，那一瞬间我如遭雷击一样顿住，我真的没有想到一首怀念故去亲人的诗作可以写得如此阳光明媚，喜气洋洋。伴随着他浑厚的咬字清晰的朗诵，我脑中不断闪现着这样一幅画面：百花盛开的春天，父亲们一个个头发乌黑，脱下黑棉袄，迈着青壮年的步子，甩着臂膀，向我们走来了！

　　这首诗设置了一个独特的时间符号"春天"，在繁花似锦、万物复苏的春天，诗人想象着将远逝天国的父亲"请回来"，让他和我们一起享受季节的馈赠，让他重新向我们传递爱的温情。这想象是奇特的，这场景是感人的。这是将珍惜父爱与亲情的心怀侧面表达的独特书写方式，开辟了悼亡诗写作的某种新的路径。

　　是的，春天让我们想起一切美好的事情。在这个时候，你的父亲，我的父亲，他们没有死，他们，将在每个春天复活！让我们用这首诗，欢迎他们。

2012 - 10 - 01，北京

（安琪　撰文）

第十五章　台港诗歌

一、台港诗歌概述

1949 年以后，台湾的现代诗以现代派诗歌为主要创作潮流。台湾现代派诗歌的代表包括"现代诗"派、蓝星诗社和"创世纪"诗社等。其中，"现代诗"派的主要成员有方思、纪弦、郑愁予、蓉子、彭邦桢等，蓝星诗社的主要成员有覃子豪、钟鼎文、余光中、周梦蝶、夏菁等，"创世纪"诗社的主要成员有洛夫、痖弦、张默、商禽等。他们之间曾就许多现代诗的理论与创作问题展开过激烈论争，这些问题包括"移植"与"继承"问题、"主知"与"主情"问题、"晦涩"与"明朗"问题、"小我"与"大我"问题等。

香港的新诗发轫于 1925 年，与香港新文学几乎同步。香港最早的白话诗出现在 1925 年的《小说星期刊》上。在 1928 年创刊的香港第一本新文学期刊里，登载了大量白话诗，这意味着新诗已经在香港文学创作中初露峥嵘。香港诗歌从 20 世纪 50 年代起进入繁盛时期，初期出现了以力匡、何达、徐訏、宋淇等为代表的诗人群；到了 20 世纪 50 年代中期，以崑南、王无邪、叶维廉、卢昭灵、马朗等为代表的现代派诗人的崛起，使香港的诗歌创作达到新的高度；20 世纪 60 年代香港的现代派新锐诗人有卢因、西西、古仓梧、何福仁、也斯等，他们以《伴侣》、《文艺》、《文艺伴侣》、《当代文艺》等为阵地，发表大量优秀诗作；进入 20 世纪 70 年代，香港诗坛出现了写实主义、现代主义、浪漫主义等创作手法多元并存的局面；20 世纪 80 年代的香港诗歌创作领域异常活跃，一大批的诗人脱颖而出，其中代表诗人有黄河浪、蓝海文、傅天虹、黄国彬、张诗剑、王心果、胡燕青、犁青、秀实、王一桃等。

二、作品析解

余光中

（一）作者简介

余光中，1928 年生于江苏南京，祖籍福建永春。1947 年后就读于金陵大学外文系，后转入厦门大学外文系。1949 年后在台湾大学外文系求学。1953 年与覃子豪等创立蓝星诗社。1958 年赴美国爱荷华大学进修。1959 年任台湾师范大学英语系讲师，曾两次赴美国讲学，任密歇根大学英文系副教授、寺钟学院客座教授，以及美国科罗拉多州教育厅外国课程顾问。返回台湾后历任台湾师范大学副教授、教授，台湾政治大学西语系主任。1974 年任香港中文大学教授，后兼任中文大学联合书院中文系主任。1984 年返台任教。著有诗集《舟子的悲歌》、《蓝色的羽毛》、《天国的夜市》、《万圣节》、《钟乳石》、《五陵少年》、《天狼星》、《白玉苦瓜》、《与永恒拔河》等。

（二）作品分析

九月之怵

九月啊，黄道的几何学为何

变成了黑道的美学了呢？为何

秋分的锋芒尚未抽刀

太阳就已经掉头而去

不顾我们的北半球了呢？

为何金色的季节竟然变脸，

成了黑色的月份了呢？

为何塌下来七重天

为何翻过来十八层地

为何，山，崩了开来

为何，楼，倒了下来

亲人啊情人啊邻人啊

都被谁掳去了呢，为何

把眼泪哭成雨季，一夜九百公厘

都再也赎不回来了呢？

幽幽是失踪的眼睛，永不瞑目

在九月的噩梦里，冥冥

正寻找着我们，无助的呼救

正等待着我们的回应

世纪的窄门啊如此地难过

是怎样的门神，不放过我们呢？

让我们用哀思砌成公墓

同声颂祷，愿亡魂都安息

愿九月降下黑旗，把金徽升起

让我将这首挽歌刻成石碑

献给九月一切的受难者

九二一，九一一，九一七，不管

他信的是什么神，祷的是什么告

不管把他带走的

是烈火熊熊，是洪水汹汹

是大地破胎的阵痛

——选自台湾《联合报》2001 年 9 月 30 日

诘问与哀悼中的生命警示
——余光中《九月之恸》导读

　　超常事件的出现往往会给人类生命以沉重打击，它极大强化了人生的荒诞性和悲剧性，迅速削弱了人类战胜一切困难的勇气与信心，同时严重侵扰了我们的日常生活。在世界的本然状态里，我们通过人生经验的累积，逐步摸索到世界发展的一些基本规律，我们懂得如何遵循这些规律，让生命旅程走得更坦荡更顺畅些。然而，突如其来的灾难，不管天灾还是人祸，都以其对我们处之其间的生存环境的毁灭性破坏，一下子将我们累积起来的人生经验加以彻底的颠覆与否定，从而把我们抛入万般无奈与嗟叹悲泣之中。的确，在我们的记忆里，九月一直是美好的季节，稻菽香熟，枫叶如丹，碧空万里，气候宜人。然而，在世纪之交，九月却分明成了灾难的见证，宝岛台湾接连遭受"九·二一"大地震和"九·一七"纳莉台风的侵袭，美国也遭受了"九·一一"恐怖袭击事件。山崩地裂，高楼坍塌，鲜血四溅，噩耗盈耳，这悲惨场景超越了我们认同世界的理性限度，引起了我们心灵的强烈震荡。余光中的《九月之恸》写的正是这种心灵剧烈震荡下的悲恸之情。在诗的第一层（前二十一行）里，诗人一连用了九个问句来表达面对灾难时内心的惶惑与震惊，八个"为何"引出的反复诘问表现的是诗人对眼前发生的一切无法相信不愿接受的心理状况，这诘问也夹杂着万千复杂的情感：愤怒、哀痛、茫然、斥责、焦虑……从外在来说，它们是对茫茫宇宙发出的大声质问；就内在而言，又流露出诗人不忍目睹人间惨剧的痛切之情。

如果说诗的第一层是着眼于诘问，那么第二层（后十行）则重在写对死者的哀悼。哀悼是什么？是"把眼泪哭成雨季"，是建公墓、刻石碑、降半旗、默哀，是一系列死者无缘目睹的祭奠仪式。哀悼从本质上说是一种悲剧生命观的体现，活着的人借助它来祝福远去的亲人，"愿亡魂都安息"，来祈求死者保佑生者平安。仪式之后，我们还得重回现实之中，承受死亡必然律的重压，同时准备应付随时可能降临的灾难。不过，哀悼倒是通过各种仪式极大地刺激了活着的人，黑纱、白幛、黄纸钱，给人以鲜明的视觉冲击；哀乐、鞭炮、痛哭声，又从听觉上敲打人的耳膜。从这个角度而言，哀悼与其说是面向死者，不如说是面向生者，它通过对死亡悲剧性的反复渲染来警示活着的人：千万要维护好我们得之不易的和平与安宁的生存环境，千万要善待自己的生命啊！

乡　愁

小时候
乡愁是一枚小小的邮票
我在这头
母亲在那头

长大后
乡愁是一张窄窄的船票
我在这头
新娘在那头

后来啊
乡愁是一方矮矮的坟墓
我在外头
母亲在里头

而现在
乡愁是一湾浅浅的海峡
我在这头
大陆在那头

一九七二年一月二十一日

再登中山陵

青琉璃瓦覆盖着花岗石白墙
在高处召我上去
去童年记忆的深处
乡愁隔海的另端
召我，从巍峨的陵门起步
两侧的雪松对矗成柱
是你的流芳吗，松涛隐隐
随风更传来秋桂的清馨
天梯垂三百九十二级
让我昂然向崇高踏进
踏着大键琴整齐的皓齿
一长排音阶，渐宏渐升
深沉的安魂曲，由低而亢
用脚趾，不是用手指，按弹
一步比一步更加超迈
直到气象全匍匐在下方
世界多壮丽啊，举我到顶点
一回头千万人跟在后面
而我，白发落拓的海外浪子
历劫之身重九再登临
不为风景，更无心野餐
只为归来为自己叫魂
叫回我惊散的唐魂汉魄
为早岁的一场噩梦收惊
容我在你的陵前默祷：
"还记得我吗，远在战前
当年来远足的那个童军

剪着一头乌黑的平顶
从前的他，也许你记得
现在的我，只怕已难认
难认半世纪风霜的眼神
一念孺慕耿耿到现今
即使这高阶再高九千级
也难阻此我心一路向上
只为了要对你说：
不管路有多崎岖，多长
不管海有多深，多宽广
父啊，走失的那孩子
他终于回来看你了"

二千年重九前夕于南京

☀ 难解的"中国结"
——余光中《乡愁》、《再登中山陵》对照导读

　　台湾诗人余光中的心中有着鲜明的"中国结"和浓厚的"还乡"意识，而长期以来海峡两岸的分割与对峙局面常常令诗人心焦如焚。早在1960年，当诗集《钟乳石》出版时，余光中就在后记中写道："生为现代中国的知识分子，我们的负担是双重的：我们用着后羿留给我们的第十轮日，我们的血管里流着黄帝和嫘祖的殷红；我们在一个亚热带的岛上用北回归线拉响了渺渺的乡愁。"① 乡愁一旦拉响，便如潺潺流水一般，在诗人心间汩汩不断。到了20世纪70年代，祖国大陆正处于"文革"浩劫之期，宝岛台湾也执行着对大陆的经济封锁和政治禁严政策，看到海峡两岸相互团聚的遥遥无期，诗人余光中积郁已久的怀乡之情愈燃愈炽，"情深意长、音调动人"（李元洛评）的《乡愁》一诗由此应运而生。

　　从诗人所署日期来看，《乡愁》一诗诞生在1972年1月21日，此时的余光中44岁，已经越过了人生的不惑之年。诗歌以时间为情感生发的逻辑线索，通过截取人生中几个重要时刻的生命遭遇来反复演绎"乡愁"，对"乡愁"一语所蕴含的深意进行了具体而生动的诠释。少年时代的乡愁寄寓在一方邮票上，儿子同母亲的信来函往成为乡愁传达的基本途径，其

---

　　① 余光中：《〈钟乳石〉后记》，余光中著：《余光中集》（第一卷），百花文艺出版社，2004年，第250页。

实，"少年不识愁滋味"，少年时代的乡愁不过就是一种"想家"的感觉。青年时代的乡愁在那张窄窄的船票上流溢，年轻情侣之间的相互思念成为这一时期最鲜明的生命主题，在分离与聚合之间，乡愁的滋味在心头次第泛起。中年时代的乡愁起自亲人的离逝，"故园东望路漫漫"，物犹在，人走远，母亲与自己的遥隔天际、死生二重，时常令身为儿子的"我"肝肠寸断，痛不欲生。在诗歌的前三节里，不管是少年时代的"想家"感觉，青年时代的两地相思，还是中年时代亲人别离的痛楚，种种乡愁的产生都来自双方之间空间的隔离，"我"与家和家人的各居一处、情感交流不畅是撩发乡愁的最主要原因。整体来看，前三节的写作主要是为最后一节蓄势，"而现在"，最后一节要写的才是最切近、最现实的一种乡愁，"我在这头/大陆在那头"，中间隔着"浅浅的海峡"，虽然只是"浅浅"，但因为夹杂了自然和人为的许多阻碍，"我们"却无缘相会在一起。如果说诗歌的前三节是铺垫的话，那么最后一节就是归总和升华。在诗人眼里，大陆既是母亲，也是新娘，总之是至亲的亲人，血乳相连，无法分开。"而现在"，两岸关系不见松缓，怎不让人愁绪满怀。

在形式上，《乡愁》一诗是别具特色的。诗人以四个章节的形式构成全篇，在诗形构建、词语选择与搭配以及内容的交代上，四个章节是完全一致的。独特的形式营造是为了表达独特的情感，在这首诗里，诗人截取几个生命片段，采撷一些典型的意象来写照，将怀乡的愁绪缓缓道来，节奏舒缓，语势自然，体现出心中那份乡愁悠悠不尽的意味。

这是余光中盼望已久的事情，随着大陆改革开放的深入和经济的腾飞，随着台湾的解严，两岸"三通"成为现实，台湾同胞终于可以踏上他们思念已久的大陆土地。2000年重九前夕，当余光中带着蓄积了五十多年的渴盼如愿登上中山陵时，多少情怀在心中激荡，一首《再登中山陵》，便在这次登陵之后呼之而出。

同《乡愁》的分节书写、结构统一、语气舒缓相比，《再登中山陵》则是一节写完，而且语句参差、节奏急促，它表现的是诗人情感的激越和思绪的纷沓。同年幼时攀爬中山陵迥然不同，暮年时期的"再登"，显然增添了岁月的感伤和生命的喟叹。这"白发落拓的海外浪子"，在外漂流已久了，"走出那一块大大陆，走破几双浪子的鞋子，异乡异国，走来走去，绕多少空空洞洞的圈子？再回头，那一块大大陆可记得从前那小小孩？"[1] 长久的漂泊，自我感觉有些失魂落魄。如今重回故地，"不为风景，

---

[1] 余光中：《〈白玉苦瓜〉自序》，余光中著：《余光中集》（第二卷），百花文艺出版社，2004年，第245页。

更无心野餐",在天梯的琴键上,他用沉重的脚步按弹着安魂曲,他要为自己招魂,招回那"惊散的唐魂汉魄"。分离的噩梦行将结束了,多少感慨正在心头潜滋暗长。在《再登中山陵》的后半节里,余光中用了十四行的字句,通过戏剧性独白的形式,写出了心中无尽的感慨与喟叹。让我们试作分析。最后这十四行,实际上可分作两个层次:前七行为第一个层次,写的是诗人心中的怅惘——"少小离家老大回"!早在1988年时,余光中就发出过到老还乡的感叹:"曾经,长江是天堑,是天谴,横割了南北/断肠之痛从庾信痛哭到陆游/而今是更宽的海峡纵剖了东西/一道深蓝的伤痕迸裂一百多公里/未老莫还乡,老了,就不会断肠?"(《还乡》)自20世纪中叶离别而去,直到2000年,诗人终于才回来,几十年的别离,半个世纪的风霜,使"我"与中山陵之间相互陌生起来。"还记得我吗",这默默的祷念,是久别的亲人间最朴质也最真实的问询,深藏着切切的亲情与满怀的思念。然而,"掉头一去是风吹黑发/回首再来已雪满白头/一百六十里这海峡,为何/渡了近半个世纪才到家?"(《浪子回头》)光阴流转,物是人非,这不禁令诗人扼腕唏嘘,怅然若失。后七行是第二个层次,写出了诗人心中的万千感慨与无比欣悦。还是在1997年的时候,诗人就说过:"无论倦步多蹒跚/或是前途多漫漫/总有一天要回头/回到熟悉的家门口/无论海洋有多阔/无论故乡有多远/纵然把世界绕一圈/总有一天要回到/路的起点与终点"(《无论》),等待和坚持了几十载,如今总算如愿以偿,"走失的那孩子"终于回得家来,面对留存在记忆深处的这一番熟悉而陌生的景象,那充溢在心中的激动、兴奋与感慨,该是多么葱郁和纷繁!

从20世纪70年代的"乡愁"萦怀,到2000年"再登中山陵"的感慨与欣悦,余光中用诗的形式,记录了两岸分割给人们带来的巨大心灵创伤,也侧面表达了希望两岸和平与统一的美好心愿。

纪 弦

(一)作者简介

纪弦(1913—2013),原名路逾,笔名路易士,祖籍陕西,生于河北清苑。1929年开始写诗。1933年毕业于苏州美术专科学校。1934年在上海创办《火山》诗刊。1948年到台湾,任《平言日报》主笔,兼《热风》编辑、成功中学国文教师。1951年主编《自立晚报》新诗周刊,创办《诗志》(1953年改为《现代诗》季刊)。1956年发起成立"现代派"诗社。1976年旅居美国。著有诗集《易士诗集》、《火灾的城》、《三十前集》、《摘星的少年》、《饮者诗抄》、《晚景》、《半岛之歌》等。

（二）作品分析

雕刻家

烦忧是一个不可见的
天才的雕刻家。
每个黄昏，他来了。
他用一柄无形的凿子
把我的额纹凿得更深一些；
又给添上许多新的。
于是我日渐老去，
而他的艺术品日渐完成。

时光飞逝中的生命感叹
——纪弦《雕刻家》导读

　　纪弦的诗歌《雕刻家》并不是要塑造一个现实中的艺术工作者形象，而是采用比喻的方式，将我们日常生活中一种极为普遍的情感状态——烦忧，比喻成日夜在雕刻着我们生命的艺术家，以此来寄寓对于时光飞逝的生命感叹。

　　烦忧怎样在雕刻着人们呢？他有一柄凿子，不过这凿子是无形的，这凿子就是岁月的风霜和生活的折磨。他用这无形的凿子，每天将人们额头的纹路凿得更深一些，还在脸庞上刻下些新的印痕。人们在这一次次的雕凿之中慢慢老去，烦忧也把人生雕刻成艺术品。

　　这烦忧从何而来？诗人写他每个黄昏都如期而至，黄昏到来，意味着又有一个鲜亮的日子即将过去，光阴似箭，在"朝如青丝暮成雪"的生命流逝里，谁人不起"乱我心者"的无尽烦忧呢？当曹操吟唱着"对酒当歌，人生几何"时，他也知道"慨当以慷，忧思难忘"；当苏轼意识到人生如梦，他也不觉叹道"明日黄花蝶也愁"（《南乡子》）。人生短促，只要有生命意识的人都会有因生命流逝而撩发的烦忧。可见，烦忧是一种永恒的人类情感形态。纪弦《雕刻家》对烦忧的艺术表现，更增加了我们对时光飞逝的领悟，启发我们去珍惜每一寸光阴。

第十六章　网络诗歌与新世纪诗歌

一、网络诗歌发展概述

网络汉语诗歌最早出现的时间应该是 1991 年，留学国外的王笑飞创办了海外中文诗歌通讯网（chpoem—1listerv. acsu. buffal. edu）。1993 年 10 月，计算机专业出身的方舟子在互联网中文新闻组（alt. chinese. text）上陆续张贴他的诗集《最后的语言》，但当时引起的反响并不大。1994 年 2 月，方舟子、古平等创办了第一份中文文学网络刊物——《新语丝》（http://www. xys. org）。诗阳、鲁鸣于 1995 年 3 月创办了网络中文诗刊《橄榄树》（http://www. rpi. edu/ ~ cheny6/）。1997 年伊始，《橄榄树》改为文学刊物，以诗歌诗评为主，不再是纯诗歌刊物。国内第一家网上诗刊是 1999 年 1 月出现在"重庆文学"站上的"界限"，它力推重庆及海外汉语诗歌精品，在国内外产生了一定的影响。2001 年以后，网络诗歌论坛便如雨后春笋一般大量涌现，纷纷占据了互联网的虚拟空间，给中国新诗界带来了许多新的气象。目前国内较有影响的诗歌网站除"界限"外，还有"诗生活"、"诗江湖"、"扬子鳄"、"北京评论"、"灵石岛"、"第三条道路"、"诗歌报"、"中国诗人"、"女子诗报"等。

二、作品析解

乘闷罐车回家
宋晓贤

腊月将尽
我整好行装，踏上旅程
乘闷罐车回家
跟随一支溃散已久的大军

平日里我也曾自言自语

这一回终于住进
铁皮屋顶
一米高处开着小窗
是小男孩办急事的地方
女孩呢，就只好发挥
忍耐的　天性
男男女女挤满一地
就好像
每个人心中都有位沙皇
就好像
他们正开往西伯利亚腹地

夜里，一百个
梦境挤满货舱
向上升腾
列车也仿佛轻快了许多
向雪国飞奔

我无法入睡
独自在窗前
把冬夜的星空和大地
仔细辨认
我知道，不久以前
一颗牛头也曾在此处
张望过，说不出的苦闷
此刻，它躺在谁家的厩栏里
把一生所见咀嚼回想？

寒冷的日子里
在我们祖国
人民更加善良
像牛群一样闷声不语
连哭也哭得没有声响

——选自"诗生活"网站（http://www.poemlife.com）

有一种酸痛正穿过内心
——宋晓贤《乘闷罐车回家》导读

宋晓贤来自湖北天门一个普通的农民家庭，对于农村人生活的艰难和乡村孩子读书的辛苦是深有体会的。这首《乘闷罐车回家》，截取了农村孩子放假回家乘坐闷罐车的片段来写照，抒写了对乡民困窘生活和乡村孩子读书不容易的同情与反思。

宋晓贤的诗歌就像农家人的性格那样，朴质，简单，但又不乏韵味。他用近乎白描的手法写了农家孩子们挤坐闷罐车的情形。因为家境的贫寒，他们只能选择乘坐这样的交通工具回家。于是，在那密封得异常好的狭小的空间里，"男男女女挤满一地"，这个时候没有了异性之间的尴尬和间离，男孩子甚至也不再顾及当众小解的不文明，他们把唯一的窗口当成了办急事的好地方。尽管他们心中的美好理想并没有泯灭，"每个人心中都有位沙皇"，但是他们又深知，严酷的现实正摆在面前，生活的艰辛与磨难正将他们纠缠，"他们正开往西伯利亚腹地"。

接下来诗人写到一种幻觉，当几乎所有的农家孩子进入梦乡的时候，梦境在货舱里升腾，列车也变得轻快了，在寒冷的冬夜里，变得轻快的火车正飞速驶向远方。

然而这个时候，诗人没有睡着，他无法入睡，因为一种隐隐的酸痛正在穿过他的内心。站在闷罐车唯一的窗口，想到在此之前，也有一个牛头在这里张望过，诗人不禁潸然泪下。农家的孩子生活是苦的，他们外出上学，谋求知识的进益和身份的改变，每迈出一步都充满了艰难。他们学生时代的物质条件极其匮乏，诗人如此描述农家孩子回到穷困老家的情形："此刻，它躺在谁家的厩栏里/把一生所见咀嚼回想？"在这里，诗人以写动物的语词来写人，形象地揭示了农村人生活的贫困与经济的拮据。诗人想象的这个"牛头"，或许就是他自己的一种写照，是他生活的某种折射。

诗人的思绪并没有就此打住，他又由农家孩子的处境艰难，想到寒冷日子里所有农民的困苦，以及他们对这种困苦的隐忍。这些善良的人们，他们生活贫寒，举步维艰，但他们一直在承受，在忍耐，面对生活中如山的困难，他们始终"像牛群一样闷声不语"，"连哭也哭得没有声响"。这就是中国农民的精神状况，他们是世界上最伟大的人群。

这首诗以简练的笔法、干净的语句，描画了乡民生活的困境与辛酸。读罢这首诗，一种酸痛也将暗暗涌来，悄悄地穿过我们每个人的内心。

海之咏（组诗）
梁永利

雷阵雨

南方的梅花鹿
沿海奔跑　沙滩拥起浪波
影子在十里之外
伸进一片湿地
"好像有树叶在门前燃烧"
诗人守抱住一捆干柴
多年的岁月　引爆一朵朵花蕾
全部接受　血海中的冲动

借一张白纸　画面的幻变
离不开梅花的印痕
那些云　掩蔽午后波光
鹿在狂叫
从前　一座山的事情
沉没海底
倾盆眼泪洗了诗人的睡意

置身其中

一位诗人看见海上的大雪
他把经历交给了陌生人
无数个太阳从天而降
岩石抬起头
诗神的对话　落叶般生动

诗人在春天打开窗户
南海却改变了涨潮的方向
一只船　它不希望泊在哪里
我叩问雪花
归帆是心间最近的墙

告诉鱼一个秘密

告诉鱼一个秘密
我的南海
听到秋雷之后
不是你寻根的海
漩涡卷起
你不会摆开尾巴
死亡很快到来
你敢肯定这里的深度吗
你的鳞光
已经刺痛浪花
故旧的网具从你的来路
沉潜下去　海水与泥沙
有一些热火填补
海草很长　捆住了秋天
你听不到出海的笛声
以及椰果的坠落

告诉鱼　我还在岸上
看着南海慢慢变黑
秋天　台风回家了
你依然是明年的鱼

——选自梁永利博客（http：//blog. sina. com. cn/gdlsjk）

海的诗意烛照与生命感发
——梁永利《海之咏》导读

你总是无法想象，大海究竟有多么波诡云谲。海的神秘和奇幻如同它自身的动荡不定一样，是永远发生着的。于是，当一个诗人面对这永恒变幻的大海之时，他总能找到情感激荡的兴奋点，总能找到思想寄寓的象征物，总能找到折射这个美妙世界深厚韵味的诗歌题材。梁永利新近创作的组诗《海之咏》，仍然是以自己熟悉和喜爱的海洋为诗歌的描摹对象，在奇崛的语词构造中将大海的许多魅力展示在我们眼前。

《雷阵雨》形象描画了一幕令人惊羡的海边自然现象。作为自然现象的"雷阵雨"可以发生在地球上的每个角落、每个地域。平原的、丘陵的、湖区的雷阵雨是很多人都见识过的,但海边的雷阵雨呢?恐怕见识者只在少数。在诗人梁永利的笔下,沙滩上迅疾驰过的雨点仿佛"沿海奔跑"的"南方的梅花鹿",雨点早已在我们面前跑过,可它的"影子在十里之外",其轻捷和飞快实在超乎人的想象。在响雷的轰鸣和电闪的掩映之下,大自然这个世上最高明的画家正在创作一幅绝世的画卷,"画面的幻变/离不开梅花的印痕",这画里也有明灭的光影——"那些云 掩蔽午后波光";也有雄浑的声音——"鹿在狂叫"。自然创制的这幅画卷何其美妙!寥寥几行诗句,诗人就将海边雷阵雨的动人情景作了传神写照。更加可贵的是,诗人不仅对自然物象作了精彩展示,也将主体的心灵感受融入其中。雨点的疾行点燃了诗人的灵感,让他思维的干柴蓬蓬燃烧,脉管中的血液流速加快;在自然的画卷中,诗人既被如此神妙的情景所陶醉,又不禁升起世事无定、沧海桑田的生命感伤。这样,主观和客观之间形成了及时的感应和巧妙的拍合。

《置身其中》写出了面对大海的一种矛盾心理状态。大海总是美丽无比的,海上粼粼的波光在阳光映照之下,闪烁着无穷的诗意。诗人将这粼粼的波光比喻为"海上的大雪",以北国的常见物象来喻指南国海上的奇妙图景,也许确实能让那不熟悉南国、不熟悉大海的"陌生人"产生奇美的遐想。但诗人并没有在这奇妙图景面前耽于玩味、止步不前,他还要继续深刻地体味波光之外的更阔大的生命境遇和生存空间。"不识庐山真面目,只缘身在此山中。"也许在诗人看来,处身大海之上的人不应该沉溺于大海,而是应该随时从海上跳脱出来,直面生活和人生。从这个意义上说,潮起潮落既是大海司空见惯的景象,也是自然对人生作的形象暗示。于是,诗人借"雪花"的口向我们表达说,"归帆是心间最近的墙",颠簸在海涛之上劈波斩浪自然精彩刺激,但寻求一个安宁静谧的港湾又何尝不是每个漂泊者人生的梦想?《置身其中》通过对生命中的一种矛盾心态的描写,来表露诗人对于人生的某些思考与理解。

《告诉鱼一个秘密》显示出人与自然的生命对话。海中的鱼因海而生,凭水而活,但大海的状况总是在无穷变化的。每当飓风呼啸,海浪滔天,海中的鱼也许无法确切地认识到自己所处环境的危险性,只有海边的诗人会知晓这个"秘密",于是他为鱼儿的安危担忧,想把这秘密及时传达给它,告诉它现在正是"漩涡卷起",死亡时刻伺候在周身,提醒它不要在海水之中太过于耽溺,从而忘乎所以。"你敢肯定这里的深度吗"?自然,海不会永远充满风险咆哮无休,当台风过去,海洋会温顺下来,鱼儿的生命得以保全，自由自在的生活又将回归，"你依然是明年的鱼"。自然，这里与其说是写诗人与鱼的对话，还不如说是诗人与另一个人的心灵交流。鱼的生存不也可以理解为人的某种生存吗？通过这首诗，诗人似乎在告诉人们，当一个人如鱼得水的时候，不应该得意忘形，要时刻警惕世间的风浪和生活中的不测，这样才能让自己的人生之路更通畅、更顺利些。

宋代大诗人梅尧臣曾经说过，优秀的诗歌总能"状难写之景如在目前，含不尽之意见于言外"。梁永利《海之咏》不仅以传神之笔向我们状写了大海这一"难写"之景，也将一些深刻的言外之意传达了出来，因此不仅具有很高的艺术品位，也给人以深刻的人生启迪。

三、新世纪诗歌概述

新世纪诗歌是指以 2000 年为起点，至今仍在延续的历史进程中出现的诗歌现象、思潮、流派和诗人诗作等。按照诗人李少君的理解，新世纪诗歌至少包含三支建设性的力量：第一是网络诗歌全面兴盛，第二是地方性诗歌的兴盛，第三是女性诗歌的爆发[①]。我认为，90 年代末期的"盘峰论争"为新世纪诗歌的展开设定了某种历史起点，媒介的多元化加快了新世纪诗歌的传播，新世纪诗歌的产量极其巨大，但精品不多，整体实力还有待提升。[②]

四、作品析解

李少君

（一）作者简介

李少君，生于 1967 年，湖南湘乡人。1989 年毕业于武汉大学。曾任海南省文联副主席、《天涯》杂志主编。现任《诗刊》副主编。有诗集《草根集》、《自然集》等。

---

① 李少君：《新世纪诗歌的三支建设性力量——对当前诗歌的一种观察》，《文艺报》2011年 7 月 18 日。

② 张德明：《何为新世纪诗歌》，《新世纪诗歌研究》，暨南大学出版社，2013 年，第 1～11页。

（二）作品分析

抒 怀

树下，我们谈起各自的理想
你说你要为山立传，为水写史

我呢，只想拍一套云的写真集
画一幅窗口的风景画
　　　（间以一两声鸟鸣）
以及一帧家中小女的素描

当然，她一定要站在院子里的木瓜树下

为日常化的理想欢呼
——李少君《抒怀》导读

"一首伟大的诗可以有多短"，这是身为诗人兼评论家的臧棣一篇论文的标题，其实也是每一个诗歌读者面对浩如烟海的新诗文本时每每都可能要发出的一种询问。面对当代新诗作品层出不穷，长诗组诗如山累叠、鱼龙混杂的创作局面，要想找到一首短小而精粹的好诗实在不是一件容易的事情。当我读到李少君这首《抒怀》短诗时，恰如恍惚迷糊之中突然吹到一缕清新的风，内心不禁为之一颤，诗歌柔和静美、温情脉脉的艺术气质，深深地吸引和打动了我，使我感觉到诗句虽短但分量十足，不失为一篇优秀甚至伟大的作品。

整首诗显得朴素和简练，没有故作高深的雕章琢句，也不是无所顾忌的口语倾泻，而是自然写来，一气呵成。三节七行，将诗人心底隐藏的对于宁静生活的向往、对亲人的疼爱以及对日常性理想的珍视作了巧妙的点明。

诗歌以谈论理想起笔。"树下，我们谈起各自的理想"，讲述事业、谈论理想，这是年轻人聚在一起时常会发生的一幕生活图景。如果置身在20世纪80年代启蒙主义的话语背景之下，"谈论理想"的诗情言说很可能立即被引向关涉到国家神话和民族情结的思维框架之中，从而导演出一场作宣誓和表决心的人间喜剧来。少君此诗诞生于新世纪之初，外在语境的自由宽松保证了诗歌不会滑入俗套的泥淖之中。客观地说，朋友的理想也是不俗的，"你说你要为山立传，为水写史"，为山水"立传"、"写史"的生命冲动，也许是每一个人在青嫩时代都曾存有的理想图式，在而今这个许多人都充满了历史焦虑的特定语境下，朋友此语的出场，是很具有现实辐射力的。

与朋友的高远理想相比，"我"的理想更体现为激情之后的平静、冲动之后的淡定和神闲。作为"我"的理想，"拍一套云的写真集"、"画一幅窗口的风景画"以及"一帧家中小女的素描"，折射出的是诗人对于宁静生活的向往和对亲人的疼爱与珍惜的思想感情。这样的理想实现起来其实并不困难，它与具有未来性和长远性特征的"理想"似乎存在着较大的差距，换句话说，这样的人生设计与其说是一种理想性的，还不如说是一种现实性的。为什么诗人要如此写照呢？是他把"理想"一词理解错了吗？

我们的回答是否定的。诗人与朋友谈论理想，但他无意与人比拼那些宏伟的蓝图和凌云的志气，而是镇定自若地谈着那些实践起来并不困难的诗意生存细节。这样一种四两拨千斤的话语方式，或许正是这首诗的玄机所在。在我看来，所谓"理想"实际是包含着两种形态的：一种是超常性的理想，这是一种指向未来的理想图景，需要长期的持守和多年的耘耕，才有可能化为现实；另一种是日常性的理想，这是一种立足现实的理想图景，虽然无须长年累月劳作，但需要保持超逸的生命态度和平常的生存心理，才有可能被我们不断实现。指向未来的理想图景虽然具有超越凡俗的神奇光环，但它同时也具有某种未明性甚至欺骗性，尤其是那些带有终极性的乌托邦，一定程度上是对现实生活中人们的一种误导。"文革"时期不正是那种对某一高远理想的盲目崇拜，而致使无数热血青年浪掷青春甚至舍弃生命了吗？立足现实的理想虽然缺少一种超凡脱俗的色彩，但若能让这样的理想成为我们生命中每天都能实现的图景也并非易事，尤其在这个浮躁和虚华的时代，理想的日常化说起来容易，做起来着实很难。

最后一行独自成节，也蕴有诸多妙意。"她一定要站在院子里的木瓜树下"紧承"一帧家中小女的素描"而来，以树来映衬小女的情影，这是极为自然的一种设计，没有更多的装配和修饰，确乎是一帧"素描"。而院子里的木瓜树，既可以头顶着白云，又可以身嵌入"窗口"，并容纳着花香与鸟鸣，也就是说，最后一行出现的这幕场景，是能够将诗人前述的日常化理想的各种要素都涵盖进去的。同时，诗歌以"树下"开头，又用"树下"收尾，正好构成了一种巧妙的轮回，似乎蕴含着希望小女日后也继承父辈这种日常化理想的殷殷期待。

总体来说，李少君这首《抒怀》短诗，是为日常化的理想所作的礼赞与欢呼，个中深意是值得我们反复品味的。

雷平阳

（一）作者简介

雷平阳，生于 1966 年，云南昭通人。著有诗集《云南记》、《基诺山》等，曾获第五届鲁迅文学奖。

（二）作品分析

八哥提问记

一个鳏夫，因为寂寞
想跟人说说话，养了只八哥
调教了一年，八哥仍然
只会说一句话："你是哪个？"
一天，他外出办事，忘了
带钥匙。酒醉归来，站在门外
边翻衣袋，边用右手
第一次敲门。里面问："你是哪个？"
他赶忙回答："李家柱，男
汉族，非党，生于 1957 年
独身，黎明机械厂干部。"
里面声息全无，他有些急了
换了左手，第二次敲门
里面问："你是哪个？"
他马上又回答："我是李家柱
知青，高考落榜，沾父亲的光
进厂当了干部。上班看报
下班读书，蒲松龄，契诃夫
哈哈，但从不参加娱乐活动。"
他猫着腰，对着墙，吐出了
一口秽物，但里面仍然声息全无

他整个身体都扑到了门上，有些
站不稳了，勉强抬起双手
第三次敲门。里面问："你是哪个？"
他又吐了一口秽物，叹口气
答道："我真的是李家柱
父亲李太勇，教授，1968年
在书房里，上吊自杀。母亲
张清梅，家庭主妇，三年前
也死了，死于子宫肌瘤。"
里面还是声息全无。他背靠着墙
滑到了地上，一个邻居下楼
捏着鼻子，嘴里嘟哝着什么
楼道里的声控灯，一亮，一灭
黑暗中，他用拳头，第四次敲门
里面问："你是哪个？"他又用拳头
狠狠地擂了几下门："李家柱
我绝对是李家柱啊。不赌
不嫖，不打小报告，唉
唯一做过的错事，却是大错啊
十岁时，在班主任怂恿下
写了一份关于爸爸的揭发书
噢，对了，也是那一年
在一个死胡同里，脱了一个女生
的裤子，什么也没搞，女生
吓得大哭。后来，女生的爸爸
一个搬运工人，狠狠地
一脚踢在了我的裆部。"里面
声息全无。刚才下楼的邻居
走上楼来，他翻了一下眼皮
但没有看清楚。随后，他躺到了
地上，有了想哭的冲动
左手抓扯着头发，右手从地面
抬起，晃晃悠悠，第五次敲门
里面问："你是哪个？"他已经不想
再回答，但还是擦了一下

嘴上的秽物，有气无力地回答
"我是李家柱，木子李，国家
的家，台柱的柱。你问了
干什么呀？老子，一个偷生人世
的阳痿患者，行尸走肉，下岗了
没人疼，没人爱，老孤儿啊
死了，也只有我的八哥会哭一哭
唉，可我还没教会它怎么哭……"
里面，声息全无——
他终于放开喉咙，哭了起来
酒劲也彻底上来了，脸
贴着冰冷的地板，边吐边哭
卡住的时候，喘着粗气
缓过神来，双拳击地，腿
反向跷起，在空中乱踢，不小心
踢到了门上。里面问："你是哪个？"
他喃喃自语："我是哪个？我
他妈的到底是哪个？哪个？
我他妈的李家柱，哪个也不是……"
他一边说，一边不停地吐着秽物
里面，然声息全无

贱民的控诉状
——雷平阳《八哥提问记》导读

　　用当下时兴的说法，雷平阳的《八哥提问记》应该算作"底层写作"的典型文本。诗中述说的一个叫"李家柱"的鳏夫，是个身世凄苦的老孤儿，无亲无故，唯有一只会说"你是哪个"的八哥与他做伴。这个无依无靠、地位卑微的"贱民"，在酒醉之后才得以将自己心中的苦水一股脑倒出，令听者无不为之唏嘘感叹。

　　这首诗多方面调用了叙事手法，来展示人物的生活史和命运史。对话是其中最典型的叙事策略。在小说和戏剧等叙事类文体中，对话是最为常见的表达手段，而且人物的心理情状和性格特征每每需要通过对话来凸显和展现。在诗歌中使用对话的例子也不少，不过通常情况下，诗歌中的对话都只是一种暂时性插说，是对抒情节奏的调理和冲淡，所以它一般只起一种"戏剧化"表达作用，而不用来构成诗歌文体的主体性言说形态。但雷平阳不同，他是使用叙事手段来写作新诗的高手，所以此次大胆地将对话作为诗歌身体的基本骨架来建设，而唯有这种以对话来展示情感线索的表达方式，才能将个体的拮据生存和多舛命运艺术地彰显。诗歌中进行对话的双方，在正常情况下有明确的主从关系，即人是主，鸟是从，鸟的活动受制于人的指令；但在主人醉酒之后，主从关系发生了逆转，这个时候俨然鸟是主子，而人成了奴才。诗题曰"八哥提问记"，显然授予了"八哥"某种话语权。在这首诗里，八哥无意中充当了一个发话者，一个审讯官，虽然它的提问是雷打不动的一句话："你是哪个？"而答话者因为酒精作用，无意中扮演了受审者，扮演了一个老实交代"历史问题"的小人物。在一种富有喜剧性意味的场景之中，在八哥有口无心的多次催问下，醉酒者李家柱终于将多年积郁在心、始终无处挥发的内心伤痛，借助酒意全然喷吐而出。"酒醉心里明"，"酒后吐真言"，诗人有意让李家柱在酒醉之后尽情言说，是为了让读者认可他言语的真实性。从诗歌的述写中我们不难看到，李家柱的"酒后真言"，显然是一次声情并茂的血泪控诉，一次自我的历史追溯和灵魂曝光。不过，当我们看到他面对的言说对象只是一只自个儿豢养的八哥，他只能将自己的控诉状递交给一只小动物时，我们不免悲从中来，不免深切感慨人心的不古、世态的炎凉以及底层生存的艰辛与苦难。

诗歌采用的第二种重要叙事手段为重复。重复也是小说与戏剧中常用的书写套路。在叙事文体中，重复这一写作策划的使用，主要是为了使故事情节得到凸显和强化，进而渲染人生的程式化运行轨迹和命运的无常、无聊与无奈等生命主题。雷平阳这首诗也启用了重复这一叙事技巧来对李家柱的身世遭际进行写照。统计起来，诗歌中的重复性情景有这些：李家柱的敲门动作（"边翻衣袋，边用右手/第一次敲门"、"他有些急了/换了左手，第二次敲门"、"站不稳了，勉强抬起双手/第三次敲门"、"黑暗中，他用拳头，第四次敲门"、" 左手抓扯着头发，右手从地面/抬起，晃晃悠悠，第五次敲门"）、八哥的提问（六次写到，里面问："你是哪个？"）、诉说后的反应（六次写到，里面"声息全无"）。在这些重复性情景中，敲门者动作所折射出的情感态度的不断递增与提问者冷冰冰的问讯和反应的"声息全无"之间形成了鲜明的反讽，从而强化了李家柱的悲剧性命运。

细节描写是诗歌采用的第三种叙事手法。几次敲门动作的细节刻画得非常精到，这些细节从不同侧面昭示了李家柱进屋心切的心理情状。第一次答问时的"赶忙"一语，巧妙传达了李家柱此前屡遭批斗，认罪伏法是其心理定式与思维惯性这一事实。后面写他"躺到了/地上，有了想哭的冲动",写他"擦了一下/嘴上的秽物"的动作,写他"终于放开喉咙,哭了起来",写他无计入门,只能"贴着冰冷的地板,边吐边哭/卡住的时候,喘着粗气/缓过神来,双拳击地,腿/反向跷起,在空中乱踢,不小心/踢到了门上",这些细节将李家柱这个小人物本真的一面进行了充分的展示,也在一定程度上对其身世诉说的可信度作了有效的暗示与铺垫。

陈陟云

(一)作者简介

陈陟云,生于1963年,广东电白人,毕业于北京大学法律系。出版诗集《在河流消逝的地方》、《梦呓:难以言达之岸》、《陈陟云诗三十三首及两种解读》(合著)、《月光下海浪的火焰》等。曾获第九届十月文学诗歌奖。

(二)作品分析

梦 呓

当是某生某世。一个春意酣然的下午
松间竹影,一幢回形的房子,庭榭环绕
我只走一侧
桃花在远处于开与未开之间被我移入脑中
光照暧昧,万年青的叶子晃动
仿佛一晃万年

我和你的相遇这一回该不是梦呓了吧
婢女款款而至
但时间的密码遗落在历代,墙墙林立
铜镜悲情而嘶哑
一尊光滑的柱子,被刻上难懂的图案
失忆总是常态
我的体内,在期待之中盛开温暖的年轮

言辞泛滥的年代，叙述只为某种无从把握的情绪
你我之间，水面辽阔，安静而透明
只有虚构寒光凛冽
只有流水擦亮忧伤
一生何其短暂，一日何其漫长

2007 年 4 月 14 日下午

时间密码与爱情体验
——陈陟云《梦呓》导读

爱情是永恒的生命主题。在这个意义上，诗人就有了将一段情感拟想和设计为任何朝代都可能会出现的充足理由。《梦呓》一诗采用以虚写实的方式，在似梦似幻、亦虚亦实的情景描画中，我们能隐约捕捉到诗人对一次情感邂逅的刻骨铭心。

在诗中，诗人拟想的这个有情人相遇的情景明显是充满着古典韵味的，"松间竹影，一幢回形的房子，庭榭环绕"、"桃花在远处"、"万年青的叶子晃动"、"婢女款款而至"，这些古典生活情景的安排，赋予有情人奇迹般相遇的那一刻更为深厚的历史底蕴和更为庄重的生命内涵。

为了有效地呈现诗人对这段情感历程的尊重和难以忘怀，诗中反复地启用了表征时间的语言符号。在这些时间语符中，既有去历史化的"某生某世"，又有格外具体的"春意酣然的下午"；既有"万年青的叶子晃动/仿佛一晃万年"，"我的体内，在期待之中盛开温暖的年轮"这样的时间幻觉，又有"一生何其短暂，一日何其漫长"这样的时间顿悟。而在"时间的密码遗落在历代"的叙说之中，我们似乎洞察到诗人超越具体的时间局限对爱情加以普遍性思考的思维动机。

在不同的生命场景中，我们对时间的理解与感知是不尽相同的，因为心理的作用，各个时间在我们身上所呈现的长度也并不一致。爱情是人类生命中极为重要的事情，爱情体验的丰富、敏感自然是其他生命体验难以比拟的。这首诗将爱情体验与时间密码相连在一起，用各种时间符号暗示出对爱情的繁复感知和深记于心的情感形态。自然，在陈陟云的诗中，爱情描写只是思维起点，但远不是表达的终端，也就是说，诗人对"爱"的意义赋予，不是一维的，而是多维的；不仅仅专指爱情，还可能指远大的理想、高洁的情操、执着的追求、坚定的信念等。

附录一：新诗研读方法举隅

中国新诗在近百年的历史发展过程中，已经为我们奉献出了许多精彩的文学文本。这些文学文本的存在，为我们了解新诗的历史演变、创作规则与美学价值等提供了方便有效的窗口。尽管历史地看，中国新诗创作还远没有达到成熟与辉煌的时期，新诗百年的创作历程几乎都可以用"尝试"二字来概括，但这些尝试的作品中，也不乏思想和艺术已经达到较高境界的名篇佳什。中国新诗中的这些名篇佳什已经成为现代作家留给我们的一笔宝贵精神遗产，我们必须珍视这些遗产。而研究阅读这些作品，从中汲取思想的养分和艺术创作的方法，是我们珍惜并继承这份遗产的最重要方式。

在前面对具体诗歌文本的分析研究之后，我在此将对新诗研读的基本方法作出一定的归纳与总结，以便大家更好地去阅读其他的新诗作品。在我看来，新诗研读的一般方法大致包括主题提取、意象穿缀、语词细读、结构剖析、中外比较、古今对照六种基本形式。下面我将分别阐述。

一、主题提取

毋庸置疑，主题是一切文学作品得以成立的重要根据，主题也是我们理解、进入文学作品的重要线索、重要途径。一首诗首先要表达一定的主题。这是中国现代诗人的基本文体理解与诗学主张。初期白话诗人康白情曾经说过："新诗底创造，第一步就是选意。在诗人底眼里，宇宙就是一首大诗。所以诗意是随时有的，只等我们选其味儿浓厚的写出来。"[1] 康白情所说的"意"、"诗意"，主要就是指诗歌的主题。闻一多先生之所以特别看重《女神》在中国新诗史上的艺术价值，也正因为《女神》所反映的主题的独特意义，它体现出鲜明的时代精神。闻一多指出："若讲新诗，郭沫若君的诗才配称新呢，不独艺术上他的作品与旧诗词相去最远，最要紧的是他的精神完全是时代的精神——20 世纪底时代的精神。"[2] 闻一多

---

[1] 康白情：《新诗底我见》，杨匡汉、刘福春编：《中国现代诗论》（上），花城出版社，1985 年，第 45 页。

[2] 闻一多：《〈女神〉之时代精神》，《创造周报》第四号，1923 年 6 月 3 日。

还将郭沫若《女神》的主题归纳为"动的精神"、"反抗的精神"、"科学礼赞"、"苦难中的挣扎"等类型。闻一多对《女神》的评价，奠定了这部诗集的独特文学史地位，成为我们理解郭沫若诗歌的基本思维路向。可见，主题与新诗创作之间的关系是极为密切的，对主题的提取与分析也就构成了新诗研读的一个重要方法。

新诗主题的基本类型包括爱情、人生、理想、事业、战争等。爱情是永恒的生命主题与诗歌表达主题。在百年新诗史上，从胡适开始，包括郭沫若、李金发、徐志摩、戴望舒、何其芳、卞之琳、七月诗人、九叶诗人、朦胧诗人和新生代（第三代）诗人等，几乎所有的现代诗人都写过爱情诗，每个历史时期都有优秀的爱情诗涌现出来。因此，从爱情主题的角度来分析新诗，可以算得上最重要的主题提炼与分析模式。对人生的书写也是新诗的一种基本主题。在每个生命中，生与死、悲与欢、离与合、聚与散、得与失等，无时无刻不在周身困绕与纠缠。百年新诗在演绎人生上也不乏上乘之作，例如穆旦这首《我》："从子宫割离，失去了温暖，/是残缺的部分渴望着救援，/永远是自己，锁在荒野里，//从静止的梦离开了群体，/痛感到时流，没有什么抓住，/不断的回忆带不回自己，/遇见部分时在一起哭喊，/是初恋的狂喜，想冲出藩篱，/伸出双手来抱住了自己，/幻化的形象，是更深的绝望，/永远是自己，锁在荒野里，/仇恨着母亲给分出了梦境。"整首诗对"我"诞生到人世后生存艰难、无所依靠、自我迷失等生命状况进行了形象的写照。理想与事业也是百年新诗经常歌吟的一种主题类型，比如闻一多的《红烛》，通过对红烛燃烧自己创造光明的形象塑写，表达了诗人"不问收获，但问耕耘"这种为理想与事业献身的崇高情怀。20世纪是一个充满了灾难与痛苦的世纪，这灾难与痛苦的起因很大部分应归结到战争上，两次世界大战对世界造成的巨大损失与沉重灾难在人类历史上可以说是空前的。中国也受到了两次世界大战的深刻影响，纷飞的战火曾吞噬了多少中国人的生命。战争记忆成为中国现代诗人一种刻骨铭心的记忆形式，战争主题也是诗人笔下不断表述的主题，如田间的《给战斗者》、《假如我们不去打仗》，蒲风的《我迎着狂风和暴雨》，艾青《吹号者》、《向太阳》等，都是艺术价值极高的表现战争主题的诗歌。另外，一些重大的历史主题，比如民族命运的关注、社会底蕴的状写等，在百年新诗中也多有体现。

主题表达有直露与隐晦之别。在百年新诗史上，主题表达显露的程度是各自不同的，有些诗歌的主题显现得比较直露，有些则相对含蓄隐藏一些。一般来说，现实主义倾向比较明显的诗人，比如中国诗歌会诗人群、七月诗派，其诗歌主题表现比较直接，而现代主义倾向的诗人，比如象征诗派、"现代"诗派、西南联大诗派等，表现主题要隐曲一些。诗人诗风的变化也可以从主题表达的变化上看出，例如"现代"派代表诗人何其芳，早期诗歌创作表现为现代主义倾向，主题表达也很隐晦含蓄，如《预言》、《花环》等，而延安时期的诗歌则体现为现实主义特征，主题也很显明，如《生活是多么广阔》、《我为少男少女们歌唱》等。《生活是多么广阔》这样写道："生活是多么广阔，/生活是海洋。/凡是有生活的地方就有快乐和宝藏。//去参加歌咏队，去演戏，/去建设铁路，去作飞行师，/去坐在实验室里，去写诗，/去高山上滑雪，去驾一只船颠簸在波涛上，/去北极探险，去热带搜集植物，/去带一个帐篷在星光下露宿。/去过寻常的日子，/去在平凡的事物中睁大你的眼睛，/去以自己的火点燃旁人的火，/去以心发现心。//生活是多么广阔。/生活又多么芬芳。/凡是有生活的地方就有快乐和宝藏。"显而易见，诗歌题目就是这首诗的主题。

诗歌的主题也有单一和多重的差别。通常情况下，主题表达直露的诗歌，其主题一般也是单一的；主题表达隐晦的诗歌，其主题则多为多重，无法用一句话完整概括与确切描述。试比较卞之琳的《断章》和《前方的神枪手》。创作于1935年的《断章》是大家比较熟悉的："你站在桥上看风景，/看风景的人在楼上看你。//明月装饰了你的窗子，/你装饰了别人的梦。"《前方的神枪手》写作于1938年，诗歌为："在你放射出一颗子弹以后，/你看得见的，如果你回过头来，/胡子动起来，老人们笑了，/酒涡深起来，孩子们笑了，/牙齿亮起来，妇女们笑了。//在你放射出一颗子弹以前，/你知道的，用不着回过头来，/老人们在看着你枪上的准星，/孩子们在看着你枪上的准星，/妇女们在看着你枪上的准星。//每一颗子弹都不会白走一遭，/后方的男男女女都信任你。/趁一排子弹要上路的时候，/请代替痴心的老老少少/多捏一下那几个滑亮的小东西。"稍作比较，我们就不难发现，《断章》的主题是繁复多重的，而《前方的神枪手》则是单一的。主题繁复多重，一言难尽，诗歌因此给人回味无穷的感觉，其艺术魅力也很大；主题单一的诗歌则缺乏多重者的这种持续的艺术感染力。

我将以曾卓的诗歌《两只小船》为案例，来说明"主题提取"这一研读方法在新诗阐释中的具体运用。原诗为：

> 两只在暴风雨中失散的小船
> 又在平静的港口相会了。
> 那破碎的白帆上
> 还印刻着风暴的呼啸声；

那破损的船舷上

还残留着惊涛骇浪的齿痕。

在狂风暴雨的黑夜，

它们的命运都贴着大海的漩涡，

却又几乎绝望地相互寻找。

现在风平了、浪静了，

海上升起辉煌的黎明。

两只小船并肩航行，靠得紧紧……

这首诗是归来诗派中较有典型意义的作品，其主题形式也是归来诗派惯常表现的。诗歌以两只小船曾经在暴风雨中失散，而后又在平静的港口相会，来隐喻归来诗人的生命遭际：经过一场政治风暴，诗人们失去了创作自由，与诗歌这个钟爱的女神失散；随着新的历史时代的到来，政治的春天终于临近，他们重新获得写作的自由，重新与诗神缪斯相会在一起。尽管他们归来了，但心灵间的累累伤痕、过去时代呼啸的风暴和惊涛骇浪还鲜明地留存着。痛定思痛，诗人们不觉为今天的情形而欣喜，为过去的时光而扼腕叹息。这首诗当然也可作爱情解。它以两只船来象征一对生死相依的恋人，这对恋人曾经受到过暴风雨的折打，但经历风雨之后他们终于重逢，"阳光总在风雨后"，他们重逢后的日子多么美好，"现在风平了、浪静了，/海上升起辉煌的黎明"，他们对于爱的信念也更加坚贞，"两只小船并肩航行，靠得紧紧"。爱情主题与事业主题并织于这首短诗之中。

二、意象穿缀

无论古今中外，对于诗歌创作来说，意象都是其中相当重要的美学元素。在百年新诗史上，中国现代诗人也是极为重视诗歌意象的撷取与营造的。艾青把诗中的意象称为感觉的诗化，他说："意象是从感觉到感觉的一些蜕化。""意象是纯感官的，意象是具体化了的感觉。""意象是诗人从感官向他所采取的材料的拥抱，是诗人使人唤醒感官向题材的迫近。"艾青还以诗歌的形式描述了意象形成的过程："翻飞在花丛，在草间，/在泥沙的浅黄的路上，/在静寂而又炎热的阳光中……它是蝴蝶——/当它终于被捉住，/而拍动翅膀之后，/真实的形体与璀璨的颜色，/伏贴在雪白的纸上。"① 九叶派诗人唐湜则认为，写诗就是钓鱼，而意象就是诗人要钓的那条鱼，诗歌创作就是"从潜意识的深渊里用感性钓上鱼——意象"②。他因此主张，"诗可以没有表面的形象性，但不能没有意象"③。

那么究竟什么是意象呢？意象的类型有哪些？对这些问题的回答，我认为美国批评家韦勒克的阐述最为具体和充分，现详引如下：

意象是一个既属于心理学，又属于文学研究的题目。在心理学中，"意象"一词表示有关过去的感受上、知觉上的经验在心中的重现或回忆，而这种重现和回忆未必一定是视觉上的……意象不仅仅是视觉上的。心理学家与美学家们对意象的分类数不胜数。不仅有"味觉的"和"嗅觉的"意象，而且还有"热"的意象和"压力"意象（"动觉的"、"触觉的"、"移情的"）。还有静态意象和动态意象（或"动力的"）的重要区别。至于颜色意象的使用则可以是，也可以不是传统的象征性的或者个人的象征性的。联觉意象（不论是由于诗人的反常的心理性格引起的，还是由于文学上的惯例引起的）把一种感觉转换成另一种感觉，例如，把声音转换成颜色。最后，还有对诗歌读者有用的分类法，即"限定的"和"自由的"意象：前者指听觉的意象和肌肉感觉的意象，这种意象即使读者给自己读诗时也必然会感到，而且对所有够格的读者来说，都能产生几乎同样的效果；后者指视觉和其他感觉的意象，这种意象因人而异，或者因人的类型不同而不同。④

韦勒克这段话从心理学和文艺美学的双重角度对意象的基本特征以及其类别作了详尽的分析，这对我们正确理解中国新诗的意象有着非常重要的指导意义。

从诗中所使用的意象数量来看，一首诗一般都由多个意象构成，群象的合鸣将诗歌的主题鲜明地奏响。例如，北岛的《走吧》："走吧，／落叶吹进深谷，／歌声却没有归宿。／／走吧，／冰上的月光，／已从河面上溢出。／／走吧，／眼睛望着同一片天空，／心敲击着暮色的鼓。／／走吧，／我们没有失去记忆，／我们去寻找生命的湖。／／走吧，／路呵路，／飘满了红

---

① 艾青：《诗论》，杨匡汉、刘福春编：《中国现代诗论》（上），花城出版社，1985年，第355页。

② 唐湜：《新意度集》，生活·读书·新知三联书店，1990年，第10页。

③ 唐湜：《新意度集》，生活·读书·新知三联书店，1990年，第11页。

④ ［美］韦勒克：《意象，隐喻，象征，神话》，汪耀进编：《意象批评》，四川文艺出版社，1989年，第3～4页。

罂粟。"在这首诗里，诗人一连使用了"落叶"、"深谷"、"歌声"、"冰上的月光"、"河面"、"眼睛"、"天空"、"心"、"暮色的鼓"、"生命的湖"、"红罂粟"共十多个意象。有时候一首诗也可能只由一个意象构成，独象的出现给读者较大的想象空间与阐释空间，例如北岛的组诗《太阳城札记》中的几首诗，就是由独象构成的，《生命》："太阳也上升了。"《自由》："飘／撕碎的纸屑。"《生活》："网。"

从感觉的角度来说，诗歌中的意象可以分为听觉意象、视觉意象、触觉意象和嗅觉意象等。这些意象形态中，不同的意象诉诸人们不同的感官体验，借助这些感官的丰富体验，诗歌的美学效能得以实现。如戴望舒的诗歌《印象》："是飘落深谷去的／幽微的铃声吧，／是航到烟水去的／小小的渔船吧，／如果是青色的珍珠；／它已堕到古井的暗水里。／林梢闪着的颓唐的残阳，／它轻轻地敛去了／跟着脸上浅浅的微笑。／／从一个寂寞的地方起来的，／迢遥的，寂寞的呜咽，／又徐徐回到寂寞的地方，寂寞地。"这里既有听觉意象："幽微的铃声"；也有视觉意象："小小的渔船"；还有诉诸人们心理感觉的意象："颓唐的残阳"。再如北岛的《红帆船》："到处都是残垣断壁／路，怎么从脚下延伸／滑进瞳孔里的一盏盏路灯／滚出来，并不是晨星／我不想安慰你／在颤抖的枫叶上／写满关于春天的谎言／来自热带的太阳鸟／并没有落在我们的树上／而背后的森林之火／不过是尘土飞扬的黄昏／／如果大地早已冰封／就让我们面对着暖流／走向海／如果礁石是我们未来的形象／就让我们面对着海／走向落日／不，渴望燃烧／就是渴望化为灰烬／而我们只求静静地航行／你有飘散的长发／我有手臂，笔直地举起。"其中"森林之火"、"暖流"都可看作触觉意象。有时候，一个意象往往需要人们调动多种感官去体验，这样的意象就构成了复合意象，比如戴望舒的名篇《雨巷》中的"丁香"意象，既是一个视觉意象，也是一个嗅觉意象，还是一个心理感觉意象。

很多时候，诗歌的意象使用是与比喻修辞手法的运用连在一起的，这样的意象也就构成了比喻意象。如舒婷的诗《祖国啊，我亲爱的祖国》第一节："我是你河边上破旧的老水车，／数百年来纺着疲惫的歌；／我是你额上熏黑的矿灯，／照你在历史的隧洞里蜗行摸索；／我是你干瘪的稻穗；／是失修的路基；／是淤滩上的驳船，／把纤绳深深／勒进你的肩膊；／——祖国啊！"这里的"破旧的老水车"、"熏黑的矿灯"、"干瘪的稻穗"、"失修的路基"、"淤滩上的驳船"就属于比喻意象，它们共同表述了祖国贫穷、落后、发展迟缓的情形。有时候，诗歌意象不与比喻连在一起，而是直接以象征意，这样的意象就构成了象征意象。例如李金发《弃妇》中的"黑夜"、"蚊虫"、"弃妇"，戴望舒《雨巷》中的"雨巷"等。

下面我将以舒婷的《思念》为例，来说明"意象穿缀"这一研读方法在诗歌剖析中的具体运用。原诗为：

> 一幅色彩缤纷但缺乏线条的挂图，
> 一题清纯然而无解的代数，
> 一具独弦琴，拨动檐雨的念珠，
> 一双达不到彼岸的桨橹。
>
> 蓓蕾一般默默地等待，
> 夕阳一般遥遥地注目，
> 也许藏有一个重洋，
> 但流出来，只是两颗泪珠。
>
> 呵，在心的远景里
> 在灵魂的深处。

这首诗的第一节采用博喻的方式，分别用"挂图"、"代数"、"独弦琴"、"桨橹"四个意象来比喻思念，因此构成比喻意象。四个比喻意象将思念所蕴含的人生滋味进行了形象而生动的刻写。首句"一幅色彩缤纷但缺乏线条的挂图"极为形象地交代了思念的心理情状。思念萦怀的时候，人们的心间仿佛悬着一幅挂图，因为心理情绪异常纷纭，所以挂图也是色彩斑斓的。不过心中充满思念的人儿，因为这思念的情感暂时找不到着落，因而心绪十分纷乱，就好像色彩缤纷而没有线条来分割的挂图一样，纷纭繁杂，模糊一片。第二句，"一题清纯然而无解的代数"，表明思念的心绪有时看上去仿佛异常简单、单纯，但深究起来却是复杂、无绪的。第三个意象则从听觉的角度，写出了思念就是寂寞中的等待，就是遥隔时空间的默默祝福。第四个意象写了思念的人儿因为情感始终找不到归依，希望与失望并存、失落与努力交织的情形。四个意象分别从视觉、听觉和心理感觉的角度对思念的心理特征进行了抒写。

如果说第一节主要是从静态的角度来描画思念的心理图景的话，那么，第二节则从动态的层面写了处于思念中的人们的举手投足。这里的四个意象也各具风采、准确贴切。"蓓蕾"极言思念者等待中的满怀希望，"夕阳"交代注目的深情脉脉，"重洋"写出了思念者的情感丰富，"泪珠"则是她爱的焦渴与情感强忍的具体写真。

　　最后一节交代了"思念"这种心理生发的地点，"心的远景里"、"灵魂的深处"，既是"思念"产生的地方，也是"思念"寄存的地方。

　　综上可知，《思念》一诗一共用了八个具有典型性的意象，来表现处在思念季节的人们心理的真实状况和动作举止，对"思念"这种心理现象进行了极其形象的演绎。

三、语词细读

　　对构成诗歌文本的语词进行详细的读解，找出语词间的各种意义关系，从而梳理出作者的写作意图，这是西方现代文论特别是英美新批评的基本批评方法。新批评之所以以细读法为基本的批评方法，是因为在他们看来，对于作品的艺术成色，"只要专注于作品本身，无须顾及其文化背景和历史背景，你就能判断出该作品的'伟大'和'中心地位'"①。而且，在新批评家眼里，文学作品、文学艺术的真实性只存在于文本之中。一个文本一经产生，唯一确实可靠的就是这个文本的具体语言构成，因此，对文学作品的理解与评价，不再与作者本人有关，"把作者的创作计划和意图作为评价一部文学艺术作品成败的标准既不可能也没必要"②。同时，这种理解与评价也与主观的而非客观的读者无关，否则就会导致"感发误置"，即出现"把作品与它的效果混为一谈（即它是什么和它做什么）"③ 的情形。

　　在对诗歌文本进行细读的过程中，新批评主张思考、分析语言之间的张力、悖谬、反讽、含混等各种意义关系。什么是诗歌的张力呢？如何通过张力的透析来体味诗歌意义呢？新批评理论家艾伦·塔特解释说：

　　许多通常被我们认为是好的诗——此外还有一些被我们忽视的诗——具有某些共同的特征，这就使我们能够给某个独一无二的特性起个名称，以便能更深刻地理解这些诗。我将把这种特性叫做张力（tension）……我用这个术语不是把它看作一个一般的比喻。它是通过去掉外延（extension）和内涵（intension）这两个逻辑术语的前缀得来的。我要说的当然是诗的意思就是它的"张力"，即我们能在诗中发现的所有外延和内涵构成的那

---

　　① ［英］特里·伊格尔顿著，刘峰译：《文学原理引论》，文化艺术出版社，1987 年，第 54 页。
　　② ［英］韦姆塞特、比尔兹利：《意图误置》，史亮编：《新批评》，四川文艺出版社，1989年，第 26 页。
　　③ ［英］韦姆塞特、比尔兹利：《感发误置》，史亮编：《新批评》，四川文艺出版社，1989年，第 56 页。

个完整结构。我们所能获得的最深远的象征含意并不妨碍字面意思的外延。我们也可以从字面意思开始，逐阶段地发展比喻的复杂含意：在每一阶段我们都能停下来讲述已经获得的诗的意思，并且在每一阶段意思都将是完整通顺的。①

从这段话里我们不难发现，艾伦·塔特所说的诗的张力，就是诗歌语言的字面意思与其在具体语言环境中所拥有的比喻意义之间的差异与距离。举例来说，顾城的《一代人》："黑夜给了我黑色的眼睛/我却用它寻找光明"，作为自然现象的"黑夜"与作为比喻意义、象征了十年浩劫昏天黑地的"黑夜"之间有巨大的语意落差，"黑夜"一词成了对一个时代的高度历史概括，它所具有的张力是巨大的，巨大的张力也赋予诗歌较大的意义潜能和美学魅力。第二句中的"光明"也不是自然现象中的太阳照射下的亮光，而是正义、真理、知识与希望的比喻和象征，"光明"的留存使一代青年没有因为时代的昏暗而灰心丧气、沉沦颓废，而是默默坚持、执着求索，因而这里的张力也是异常明显的。正是因为有这些张力的存在，《一代人》才成为一首优秀的诗作。

对诗歌语词间悖谬的意义进行分析，也是新批评细读法的基本方法。诗歌中的悖谬也称作悖论（paradox），又译为诡论，似是而非，港台则译为吊诡。悖论原是古典修辞学的一格，指的是"表面上荒谬而实际上真实的陈述"。新批评理论家布鲁克斯在谈论悖论语言与诗歌之间的密切关系时指出："可以说，悖论正合诗歌的用途，并且是诗歌不可避免的语言。科学家的真理要求其语言清除悖论的一切痕迹；很明显，诗人要表达的真理只能用悖论语言。"② 一般来说，诗歌中的悖论包括两种情形：惊奇与反讽。作为诗歌语言悖论的"惊奇"，就是诗人在诗中描述的情景明显与现实情景不相吻合，它是诗人对现实的主观处理，"说话者真诚地感到惊奇，他设法把他的那种敬畏的惊奇感觉写到诗中"③。例如，冯至的早期诗歌就有许多"惊奇"的表现，《满天星光》这样写道："我把这满天的星光，/聚拢到我的怀里，/把它们当作颗颗的泪珠，/用情丝细细地穿起——"这奇特的造句给了我们惊异之感，我们不禁会感到纳闷：满天星光如此庞

① ［美］艾伦·塔特：《诗的张力》，史亮编：《新批评》，四川文艺出版社，1989 年，第118～119 页。
② ［美］布鲁克斯：《悖论语言》，赵毅衡编选：《"新批评"文集》，百花文艺出版社，2001年，第354～355 页。
③ ［美］布鲁克斯：《悖论语言》，赵毅衡编选：《"新批评"文集》，百花文艺出版社，2001年，第357 页。

杂，这怀里怎能容下？情丝的线究竟如何将星光的珠子穿起呢？这正是诗歌中体现出的悖论，看似与普通生活逻辑不合，其实又极富诗歌艺术的形象性特征，诗意氤氲，给人丰富的遐想与美好的回味。诗歌悖论中这种"惊奇"情形的出现，的确"给黯然无光的日常世界带来新奇光彩的启示"①。

悖论的另一种形式就是反讽。所谓反讽，就是一种"紧张严肃的讽刺性模仿"（布鲁克斯语），也就是对现实世界要么将其神圣化，要么将其鄙俗化，从而获得戏剧效果，生成诗歌韵味。例如穆旦《防空洞里的抒情诗》，第一节为："他向我，笑着，这儿倒凉快，/当我擦着汗珠，弹去爬山的土，/当我看见他的瘦弱的身体/战抖，在地下一阵隐隐的风里。/他笑着，你不应该放过这个消遣的时机，/这是上海的申报，唉！这五光十色的新闻，/让我们坐过去，那里有一线暗黄的光。/我想起大街上疯狂地跑着的人们，/那些个残酷的，为死亡恫吓的人们，/像是蜂拥的昆虫，向我们的洞里挤。"战争明明是残酷冷峻，令人魂不守舍，惶惶不可终日的，但在战争的地方，防空洞里，居然诞生出诗意来，这诗题本身就已经构成一种强烈的悖论。在诗句的展开中，我们可以看到，无论是对防空洞"凉快"的写照，还是对"消遣的时机"的调侃，以及对"五光十色的新闻"的描述，都是以轻松玩笑的语调描述严峻的现实，这种悖论式的书写方式是对血腥战争的一种讽刺与嘲弄。

至于新批评所说的"含混"（ambiguity），则是指诗歌语言的歧义，新批评理论家认为这是诗歌语言体现出特殊魅力的地方。含混就是语言具有复义，"'复义'本身可以意味着你的意思不肯定，意味着有意说好几种意思，意味着可能指二者之一或二者皆指，意味着意象陈述有好多种意义"②。含混使诗歌的语言充满了不确定性，充满了丛生的语意混响，从而为诗歌意蕴的敞开提供了多种可能。例如卞之琳的《鱼化石》："我要有你的怀抱的形状，/我往往溶于水的线条。/你真像镜子一样的爱我呢，/你我都远了乃有了鱼化石。"这里"怀抱的形状"、"溶于水的线条"、"镜子一样的爱我"、"鱼化石"语意都不是单一的，而是含混的、复义的，诗歌因此可以有多种解法。

下面我们以穆旦的《出发》为例，来详细阐述语词细读这种研读方法在诗歌分析中的具体运用。原诗为：

---

① ［美］布鲁克斯：《悖论语言》，赵毅衡编选：《"新批评"文集》，百花文艺出版社，2001年，第359页。

② ［英］威廉·燕卜荪：《含混七型》，赵毅衡编选：《"新批评"文集》，百花文艺出版社，2001年，第350页。

告诉我们和平又必需杀戮，
而那可厌的我们先得去喜欢。
知道了"人"不够，我们再学习
蹂躏它的方法，排成机械的阵式，
智力体力蠕动着像一群野兽，

告诉我们这是新的美。因为
我们吻过的已经失去了自由；
好的日子去了；可是接近未来，
给我们失望和希望，给我们死，
因为那死的制造必需摧毁。

给我们善感的心灵又要它歌唱
僵硬的声音。个人的哀喜
被大量制造又该被蔑视
被否定，被僵化，是人生的意义：
在你的计划里有毒害的一环，

就把我们囚进现在，呵上帝！
在犬牙的甬道中让我们反复
行进，让我们相信你句句的紊乱
是一个真理。而我们是皈依的，
你给我们丰富，和丰富的痛苦。

　　整体来看，这首诗表现的是个人生命意识觉醒后对个体存在的一种深刻反思，因为诗中出现了大量的悖论、反讽、含混、富有张力的语词，所以文本的意义并不能一下子就被穿透。我们试着对第一节进行细读。"告诉我们和平又必需杀戮"，当生命意识觉醒的时候，我们便感觉到人生的不易、生命的可贵，"和平"对于生命的重要性便不言而喻，然而"和平"的得来又必须将暴力摧毁，希望和平但又不得不借助战争，这是一种异常无奈的生命遭遇。这里的"和平"是一个含混的语词，它既是指与战争相对的那种人民生活安详宁静的和平，也可以说是与烦躁不安相对的心灵的平和；"杀戮"也是一个语义含混的词语，它既是对战争情景的描述，也可以说是对自我克制、压抑某些不安定思想的说明。"和平"与"杀戮"两个富有张力的词语之间构成鲜明的悖论，强调了安宁生活、平和心态等获得的艰难。"而那可厌的我们先得去喜欢"，我们喜欢和平，讨厌战争，但为了和平我们又不得不去战争，我们先得去喜欢战争、参与战斗才有可能赢得和平，这里的"可厌"与"喜欢"相反相成，更进一步强调了生命选择的无可奈何。"知道了'人'不够，我们再学习/蹂躏它的方法"，这里的意思是说，我们的生命觉醒了，懂得了"人"的意义与价值，为了成为真正的"人"，我们必须按照社会规范、伦理道德去约束自己，必须拼命压抑那些不符合伦理、道德和社会规范的思想与言行，在这成长的过程中，自然的人遭到"蹂躏"，最终人成了异化的人。"排成机械的阵式，/智力体力蠕动着像一群野兽"，这是写生命成长过程中的自我压抑，或者写参与战争、加入行伍的人们的日常生活状况，人的异化从这里异常鲜明地表现出来。"野兽"一词是对这种生命状况的极端化概述，富于张力和反讽意味，是对生命异化的一种辛辣的讽刺。

四、结构剖析

对文本结构进行细致剖析也是研读百年新诗的一种重要方法。这里所说的结构剖析，并不仅仅是对诗歌作品构成方式的简单分析，以及对其起承转合结构形式的初步归纳，而是希望借助西方现代文论中的重要批评方法——结构主义，来烛照中国新诗的文本构成，揭示出其中具有的审美品质和诗学命题来。

在对文学本质的认识观念上，结构主义和新批评是有许多相同之处的，他们都把文学作品当作相对独立和完善的存在。弗莱认为，"文学是一个'独立自主的词语结构'，和它之外的任何事物都无关联，是一个封闭的、内视的领域，它'把生命和现实'包容在一个词语相互关联的体系之中"[①]。这样，结构主义就赋予了斩断文本与社会历史的外在联系、直接探视作品的艺术结构这一研究方法以充分的合法性。同时，在对具体文本进行结构分析的过程中，结构主义强调整体与局部的完整统一，他们有一个基本的文学信条，那就是："任何一个体系的个别单元只是在它们的相互关系上才有意义。"[②] 也就是说，构成文学文本的每一个意义单元都服从于整体的需要，只有在这个整体（系统）上分析单元的意义才有价值。自然，整体（系统）的意义是由各个单元建构起来的，它们按照一定的结构

---

① 转引自［英］特里·伊格尔顿著，刘峰译：《文学原理引论》，文化艺术出版社，1987年，第111页。

② 转引自［英］特里·伊格尔顿著，刘峰译：《文学原理引论》，文化艺术出版社，1987年，第113页。

规律共同筑起这个文学文本的基本意义框架（图式）。在结构主义这里，整体与局部之间是一种相互依存、互为作用的关系，它们依存在一起的基础或者说条件就是文学文本的结构。

这里有必要对结构主义所说的"结构"定义进行进一步阐释，同时对它的基本特性作出相应的描述。在《结构主义》一书中，皮亚杰这样阐述道："结构是一个由种种转换规律组成的体系。这个转换体系作为体系（相对于其各成分的性质而言）含有一些规律。正是由于有一整套转换规律的作用，转换体系才能保持自己的守恒或使自己本身得到充实。而且，这种种转换并不是在这个体系之外完成的，也不求助于外界的因素。"① 从这段话中我们可以看到，结构主义理论话语中的"结构"首先是一个体系，这个体系是相对封闭的，这个封闭的体系中有着种种转换规律，以保持体系的守恒和充实。那么，一个相对完整的结构有着哪些基本的特性呢？皮亚杰接着指出："总而言之，一个结构包括了三个特性：整体性、转换性和自身调整性。"② 因此，要准确理解结构主义，也就意味着对这三个基本特性的理解与认识。

接下来，我们将跟随皮亚杰的思维脚步，思考一个结构所具有的上述三个特性。为了更好地理解这三个特性，我们将以百年新诗为例子来作出具体的分析与阐释。在解说"整体性"时，皮亚杰指出："各种结构都有自己的整体性，这个特点是不言而喻的。因为所有的结构主义者都一致同意的唯一的一个对立关系，就是在结构与聚合体即与全体没有依存关系的那些成分组成的东西之间的对立关系。当然，一个结构是由若干个成分所组成的；但是这些成分是服从于能说明体系之成为体系特点的一些规律的。"③ 这段话里强调了结构整体性中必不可少的一些因素，比如对立关系、使体系成为其体系的某些基本规律等。谈到"转换"，皮亚杰阐述道："一项起结构作用的活动，只能包含在一个转换体系里面进行。"他还借助索绪尔结构语言学的某些观念，进一步指出："语言的共时性系统不是静止不动的：它要按照被这个系统的各种对立或联系所决定的需要，拒绝或接受各种革新。"④ 至于自身调整性，皮亚杰如是论述道："结构的第三个基本特性是能自己调整；这种自身调整性质带来了结构的守恒和某种封闭性……一个结构固有的各种转换不会越出结构的边界之外，只会产生总是

---

① ［瑞士］皮亚杰著，倪连生、王琳译：《结构主义》，商务印书馆，1984年，第2页。
② ［瑞士］皮亚杰著，倪连生、王琳译：《结构主义》，商务印书馆，1984年，第2页。
③ ［瑞士］皮亚杰著，倪连生、王琳译：《结构主义》，商务印书馆，1984年，第3页。
④ ［瑞士］皮亚杰著，倪连生、王琳译：《结构主义》，商务印书馆，1984年，第6页。

属于这个结构并保存该结构的规律的成分。"①

我们以李金发的《题自写像》为例，借助上述论及的结构主义基本诗学观念来对它进行结构剖析。原诗为：

> 即月眠江底，
> 还能与紫色之林微笑。
> 耶稣教徒之灵，
> 吁，太多情了。
>
> 感谢这手与足，
> 虽然尚少
> 但既觉够了。
> 昔日武士被着甲，
> 力能搏虎！
> 我么？害点羞。
>
> 热如皎日，
> 灰白如新月在云里。
> 我有革履，仅能走世界之一角。
> 生羽么，太多事了呵！

从结构主义的观点来看，一个诗歌文本就是一个完整的结构体系，在这个完整的体系里，诗歌语词之间按照某些关系组合起来，它们互相说明或者相互矛盾、对立，既有整体性，又有转换机制，并不乏自身调整性。《题自写像》也是如此，构成这个诗歌整体性的轴心就是"自写像"，在这个文本里，诗人一切的想象与描述都服从于"自写像"这个主题，整首诗也就构成了言说诗人自写像的一个语言系统。诗歌一开始就贴向主题，"即月眠江底"，这是昏暗晦涩面容的诗意写照。一个人端详他的照片，总是把大多数的目光倾注在脸部之上，尤其喜欢注视眼角和嘴唇，因为这两个部位是一个人面部中最生动传神的地方。面部尽管有些昏暗，但笑容还是捧手可掬的，"还能与紫色之林微笑"。当然，盯视面部不会永远持续下去，注视之后，敏锐的人就会心起涟漪，诗歌因此设置了转换，将思维的线索由注视的举动转换到内心的观感上，接下来的句子，"耶稣教徒之

---

① ［瑞士］皮亚杰著，倪连生、王琳译：《结构主义》，商务印书馆，1984 年，第 8 页。

灵，/吁，太多情了"，就是转换之后生成的诗句。面部注视一段时间之后，诗人的视线将继续挪移，这样，诗歌新的语意的生成与接续又得通过转换。第一节的结束，第二节的开启就是这种转换的重要结果。在第二节里，诗人以"感谢"一词，引出对手与足的书写，又以"昔日武士被着甲"引出对自己体形和装束的描述。在自然的转换中，对身体进行了诗意素描。第二节完成了，诗歌通过新的转换进入第三节，再次写脸部，"热如皎日，/灰白如新月在云里"。这时的描述与第一节有所差别、有所间离，通过这种与前面不同的甚至有些矛盾的描述来扩大诗的张力，体现出"自写像"自身存在的多义性和朦胧性特征。接着又一转，写到鞋子，"我有革履"，从而使这幅自写像臻于完整，也使整首诗形成一个闭合的系统。在上述一系列的转换中，尽管思维时时从写像上脱逸出来，写脸部想到"多情"的"耶稣之灵"，写身体、装束想到"被着甲"的"昔日武士"，写革履，想到"仅能走世界之一角"，但各种转换最后又始终维系在"自写像"的思维轴心上，并没有越轨，这是诗歌自身的调整性在起作用。而且，每写一个部位，诗歌用的都是简练的描述，有许多的语言省略与意义空白，没有采用具体而实在的叙事或细描，这是诗歌这个特殊文体对语言表达的规约，诗歌的文体规范也构成这首诗的一种自我调节性。当然，对于这首诗的构筑来说，李金发本人对诗歌的理解也是不可忽视的调整性之一。正因为有上述这些整体性、转换性和自身调整性的相辅相成，《题自写像》才在段落构造、语词组合与主题呈现上形成了我们现在看到的这种文本局面。

对诗歌文本进行结构剖析，当然远不只是上面这一项阐说内容，还包括许多其他的指标。比如，我们还要关注诗歌文本的表层结构与深层结构的关系，这种关系既包括文本的形式结构与它所要表达的主题结构之间的关系，也包括文本的外在表现形态与诗人内在精神结构之间的关系。限于篇幅，这里不再展开。

五、中外比较

将百年新诗与外国诗歌进行比较研究，这是一种比较文学的思维方法和研究模式。中外诗歌的比较分析，既可以在影响研究的学理上展开，也可以在平行研究的学理上展开。所谓影响研究，是指研究中拿来比较的双方有影响和被影响的关系，比如中国象征主义诗歌与西方象征主义诗歌之间、郭沫若诗歌与惠特曼诗歌之间，就存在这种影响与被影响的关系。所谓平行研究，就是被比较的双方尽管并不存在直接的影响与被影响关系，但在一些方面存在某些共通性、可比性，比如将舒婷的《致大海》与普希金的《致大海》进行比较，它们之间的比较可以让我们看到文学在不同民族之间的相同理解与不同表现，可以从中看出民族之间的文化差异等。我们下面将以李金发为案例，通过与波德莱尔的比较来分析他的诗歌的基本特征。

在中西现代主义的文学舞台上，波德莱尔和李金发是两个重量级人物。波德莱尔被看作西方现代主义文学的第一人，全面学习和移用波德莱尔诗风的李金发则成了中国现代主义诗歌的开山诗人，从二者的比较中我们可以明确地意识到，中国现代主义诗歌的生成与西方现代主义诗歌的生成之间存在着较大的时间差和空间差。从时间上来说，当李金发开始创作中国的现代主义诗歌之时，西方现代主义的揭竿者波德莱尔已经逝世了半个多世纪，也就是说，现代主义文学运动此时已经在西方历经了近一个世纪的漫长岁月。从空间上来说，被本雅明誉为"发达资本主义时代的抒情诗人"的波德莱尔进行诗歌创作时，面对的是资本主义现代化已取得了极大成就，同时又显出种种弊端的文化语境，而诗人李金发却完全不同，他来自于经济落后的国家，漂泊在异国他乡，遭遇到的是异域环境中的情感压抑和生存困窘，两种不同的存在条件造就了两个人不同的诗歌表现。中西现代主义诗歌诞生的时间差与空间差，注定了现代主义诗歌之间存在巨大的差异，也注定了中西诗歌的现代性特征的巨大差异。在此，我想通过两个诗人在创作立场和创作心境上的不同来揭示这种差异。

第一，在创作立场上，发达资本主义的文化语境，以及西方文化传统中一贯的反叛意识，使波德莱尔的文学创作自始至终体现出社会批判的价值定位，正如有学者指出的那样，"他在生活中看到的满是丑恶，他痛恨当局，与传统的道德观念格格不入，支持一向被认为是'恶'之化身的撒旦，为该隐及其后裔的遭遇鸣冤叫屈，对贫穷潦倒的沉沦者和不幸者表示同情，并致力于从他们身上发掘出美来"①。从这个意义上说，波德莱尔写《恶之花》，其病态的眼光中满怀的是高远的理想和善良的心愿，旨在对社会进行彻底的反思批判和道德重建。李金发却不同，当他远渡重洋来到西方学习时，对当时中国积贫积弱现状的理解与认同，成为他进入艺术创作时的一种潜意识；同时，在陌生的国度里，不被人理解和尊重的残酷现实，爱情和生活的诸多不如意，所有这些都使得他的创作成为个体情感记录、心灵悲鸣的有效手段。李金发本人也毫不掩饰这样的创作动机，他曾

---

① ［法］波德莱尔著，胡小跃编：《波德莱尔诗全集》，浙江文艺出版社，1996年，序。

说："我的诗是个人灵感的纪录表，是个人陶醉后引吭的高歌……"① 在初期象征派的诗人那儿，不论是李金发，还是穆木天、王独清，抒写个体情感的悲鸣成为他们诗歌中共同的情感倾向。到了 20 世纪 30 年代"现代派"那儿，情况虽然有所改观，诗歌中显露出社会批判意识，但无论是戴望舒、卞之琳，还是何其芳、废名，都还明显残留着情感悲鸣的痕迹。直到 20 世纪 40 年代的"九叶"诗人那里，现代主义诗歌的社会批判意识才得到并非完全充分但已经相当有力的体现。这个时候，现代主义诗歌在中国的成长已经是二十多个年头了。

第二，不同的文化语境不仅使中西两位诗人的创作立场呈现了极大的差异，而且也使得二者创作时的心境迥然不同。本雅明指出，波德莱尔的诗歌中时时显露出"英雄"的气息，因为他"是按着英雄的形象来塑造艺术家形象的"②。也就是说，在波德莱尔的诗里，抒情主人公常常是高昂的、不卑不亢的形象。李金发诗中的抒情主人公，如我们前面所分析的那样，时时显出的是哀弱和卑微的形象。两个诗人诗歌中抒情主人公的不同情态，折射出的正是二者悬殊的创作心境。因为波德莱尔以高昂的主体去处理自己的表现对象，即便许多"丑"的事物进入他的诗歌，也能够幻化为"美"的艺术表达，给人以健康向上的感召，指引人们更从容地面对生活。李金发从卑微的个体心境出发，直写异域生存体验，虽然也企图像波德莱尔那样将丑转化为艺术之美，但往往体现出丑恶事物未能被美的理想成功整合的恐怖与狰狞，撩起人无尽的叹惋之情。试比较波德莱尔和李金发同写"生活"的两首诗。

先看波德莱尔的《往昔的生活》一诗：

> 我曾在令人心旷神怡的柱廊下久久伫立，
> 太阳从大海上向柱廊射来无数道光辉，
> 那高大的支柱，笔直而雄武，
> 在苍茫暮色中使柱廊与玄武岩的山洞十分相似。
>
> 大海的波涛，使天空的倒影摇曳，
> 又郑重而神秘地使一片波澜……
> 那华丽的乐章具有无限魅力的和弦

---

① 李金发：《我的创作态度是个人灵感的纪录表》，《文艺大路》第二卷第 1 期，1935 年 11 月 29 日。

② ［德］本雅明著，张旭东、魏文生译：《发达资本主义时代的抒情诗人》，生活·读书·新知三联书店，1989 年，第 85 页。

与映入我眼帘的夕阳的色彩融为一体。

这时，我就体验到终于获得安宁的精神上的满足，
就陶醉在满目斜晖、茫茫大海、浩浩长空
与赤身露体而香气袭人的奴隶的怀抱中，
他们清凉的棕榈叶遮住我的头颅，
他们操心的偏偏只是追根究底，
只是探索那害得我受尽折磨的痛苦的奥秘。

　　在波德莱尔的这首诗中，"往昔的"生活尽管也有阴霾，有"害得我受尽折磨的痛苦"，但被眼前的美好景色——"令人心旷神怡的柱廊"、光芒万丈的"太阳"、波涛汹涌的"大海"等——所整合，"我"从而"体验到终于获得安宁的精神上的满足"。
　　再看李金发的《生活》一诗：

抱头爱去，她原是先代之女神，
残弃盲目？我们唯一之崇拜者，
锐敏之眼睛，环视一切沉寂，
奔腾与荒榛之藏所。

君不见高丘之坟冢的安排？
有无数蝼蚁之宫室，
在你耳朵之左右，
沙石亦遂销磨了。

皮肤上老母所爱之油腻，
日落时秋虫之鸣声，
如摇篮里襁褓之母的安慰，
吁，这你仅能记忆之可爱。

我见惯了无牙之颚，无色之颧，
一切生命流里之威严，
有时为草虫掩蔽，捣碎，
终于眼球不能如意流转了。

同样是写生活，在波德莱尔那儿显现了许多生活的亮色，李金发所描述的却尽是"荒榛"、"坟冢"、"蝼蚁"、"无牙之颚"、"无色之颧"等阴冷恐怖之物。由于诗中没有必要的暖色来进行调谐与整合，整首诗传达的是关于生命的死寂与窒闷之气，体现出卑微个体对人生的悲观理解。可见，创作心境的不同，也是使中西现代主义诗歌体现不同特色的重要原因之一。

六、古今对照

中国新诗是"五四"新文化运动中的产物，"五四"时期的著名文章，如胡适的《文学改良刍议》、陈独秀的《文学革命论》等，为中国新诗的形成与发展奠定了坚实的基础，也为我们理解新诗的创作规律和美学特征提供了一定的学理依据。很长时间以来，学术界根据"五四"时期的文学革命理论，形成了一个大致相同的认识，认为新诗是在与传统决裂的基础上出现并发展起来的。这种说法其实是很有问题的，传统并不是一个有形的物质形态，不是说丢弃就能丢弃的，传统作为一种民族文化心理积淀，深深根植在我们每个人的精神血脉中。作为中华民族的优秀文化遗产，中国古典诗歌传统更是成为我们今天吟诵不尽的精神财富，也成为今天文学创作和文化建设的宝贵资源。从文学创作的角度而言，诗歌是比其他艺术形式更离不开传统的。英国诗人艾略特曾经指出："诗歌的最重要的任务就是表达感情和感受。与思想不同，感情和感受是个人的，而思想对于所有的人来说，意义都是相同的。用外语思考比用外语感受要容易些。正因为如此，没有任何一种艺术能像诗歌那样顽固地恪守本民族的特征。"[①] 因此，古典诗歌的传统一直是中国新诗发展的一个参照、一个影子、一种动力，中国新诗演变过程中，古典诗歌传统时时在发挥着它的功能和作用。王富仁先生在为李怡《中国现代新诗与古典诗歌传统》所作的序言中写道："中国新诗发展的一个显著的特点就是它是在中国古典诗歌传统、西方诗歌传统、现代诗人的个性追求这三种不同力量的综合运动中进行的。"在这篇文章里，王富仁先生还就如何理解传统，如何理解中国新诗与各种传统的关系问题作了相当精彩的阐述，他认为："任何一个诗人的创造都离不开自己的传统。但在我们过去的理解里，传统似乎仅指中国古典诗歌的传统，实际上，传统是一个浑融的整体，是诗人所赖以创造的全部基

---

① ［英］艾略特：《诗歌的社会功能》，杨匡汉、刘福春编：《西方现代诗论》，花城出版社，1988 年，第 87 页。

础。对于中国现代诗人，中国古代的诗歌和西方的诗歌都是他赖以起步的诗歌传统，只是它们在不同的历史时期所起的作用有所不同，诗人自身对它们的意识有所不同。在新诗初建的时候，新诗作者在西方诗歌的传统中看到发展中国新诗的契机，所以他们提倡向西方诗歌学习，介绍西方诗人的创作和理论，努力把西方诗歌的经验和理论运用于自己的诗歌创作，但他们这样做的时候，并没有完全摆脱中国古代诗歌的传统，更不能完全摆脱传统思想和中国语言特点的束缚，西方的传统到了中国的诗歌中，发生了变异，有了不同的特质。当向西方诗歌学习成了一种定式，人们就感到自己仍然无法离开古代诗歌的传统，并且中国古代诗歌的成就仍然对于发展新诗有着不可忽视的重要作用。在这时，诗人们就会重点转向中国古代诗歌传统，用中国古代诗歌的创作和理论改造中国的新诗，但在这时，中国新诗的作者已经接受了西方诗歌的影响，他们已经无法完全洗净也不想洗净这些影响了，不但古代的文化传统已经不可能原封不动地搬进现代，就是古典诗歌的文言基础也与现代白话语言有了根本的不同。古典诗歌的部分美学特征已经随文言格律诗形式的改变而不可挽救地丧失了。我认为，这两种传统在现代诗人意识中正像红绿灯一样，一个亮起来，一个暗下去，暗下去的又亮起来，亮起来的又暗下去，轮番发挥自己的作用，导致了中国新诗的不断演变和发展。"[①] 也就是说，在中国新诗的发展演变过程中，西方诗歌和中国古典诗歌都扮演了新诗"传统"的角色，分别在不同的时期发挥出重要的作用。中国古典诗歌传统在新诗发展中的重要作用，也为我们在研读新诗文本时，采取古今对照的分析方法提供了一定的合法性。

古今对照的分析方法是多种多样的。首先可以在相同的主题上，就古典诗歌与现代诗歌表现的差异进行阐述。比如说，爱情是人类永恒的生命主题，也是永恒的文学表现主题，无论在古代还是现代，爱情诗的篇幅都不在少数。古代诗人表达爱情一般是较为委婉含蓄的，例如李商隐的《夜雨寄北》："君问归期未有期，巴山夜雨涨秋池。何当共剪西窗烛，却话巴山夜雨时。"这是对两个人分别之后的两地相思所作的诗情描画，没有卿卿我我的缠绵和直接的爱语倾诉，只是借助一个富有诗意的情景"巴山夜雨"来寄托深情。然而中国新诗中的爱情歌吟，其情感吐露极为大胆，爱意书写相当直接，这是与古典诗歌很不相同的，比如邵洵美的《季候》："初见你时你给我你的心，/里面是一个春天的早晨。//再见你时你给我你

---

① 王富仁：《中国现代新诗与古典诗歌传统·序》，李怡著：《中国现代新诗与古典诗歌传统》，西南师范大学出版社，1996年，序。

的话，/说不出的是炽烈的火夏。//三次见你你给我你的手，/里面藏着个叶落的深秋。//最后见你是我做的短梦，/梦里有你还有一群冬风。"这里以季候来比喻爱情的各个阶段，形象地写出了青年男女之间的爱情发展历程。从情感吐露的角度来说，它比古典诗词要直接大胆得多。不过，同西方诗歌相比，中国现代诗人爱的表白却显示出了含蓄的一面，这也许是中国传统文化和中国人的爱情观对中国诗人影响的结果。再比如对于时光飞逝、生命短暂的感叹，也是古今诗人相同的思想情怀与诗歌表达的主题。曹操的《短歌行》这样写道："对酒当歌，人生几何？譬如朝露，去日苦多。慨当以慷，忧思难忘。何以解忧？唯有杜康。青青子衿，悠悠我心。但为君故，沉吟至今。呦呦鹿鸣，食野之苹。我有嘉宾，鼓瑟吹笙。明明如月，何时可掇？忧从中来，不可断绝。越陌度阡，枉用相存。契阔谈宴，心念旧恩。月明星稀，乌鹊南飞。绕树三匝，何枝可依？山不厌高，海不厌深。周公吐哺，天下归心。"人生短暂的感叹通过酒道出，又通过建立功业的心怀抒发而得到缓解。古代诗人抒写感时伤逝时，往往通过寄情山水，或者建功立业的畅想而将这种无边的愁绪进行消解。现代诗人对生命易逝的喟叹往往更能感人，因为他们抒发的感伤情绪常常因无所依傍而显得程度更重，例如何其芳的《慨叹》："我是丧失了多少清晨露珠的新鲜？/多少夜星空的静寂滴下绿荫的树间？/春与夏的笑语？花与叶的欢欣？/二十年华待唱出的青春的歌声？//我饮着不幸的爱情给我的苦泪，/日夜等待熟悉的梦来覆着我睡，/不管外面的呼唤草一样青青蔓延，/手指一样敲到我紧闭的门前。//如今我悼惜我丧失了的年华，/悼惜它，如死在青条上的未开的花。/爱情虽在痛苦里结了红色的果实，/我知道最易落掉，最难捡拾。"在诗中，诗人把"丧失了的年华"比作"如死在青条上的未开的花"，如今只能空自悼惜，徒然伤悲，其惋惜与悲切的沉痛恐怕远胜于古代诗人了。

其次是诗歌意象的比较。意象是诗歌创作的基本元素，古今诗歌中都不可缺少，因此，对古今诗歌意象的比较，是能看出古今诗人在情感世界与人生态度上的不同之处的。使用意象比较方法，主要是根据新诗的具体文本来思考它对古典诗歌意象的借鉴与改造，从而得出新诗与古典诗歌的相异点。比如在百年新诗史上，强调"化欧"与"化古"并重的"现代"诗派，他们的诗歌中有许多意象是对古典诗词的继承与借鉴，像戴望舒的《雨巷》中的"丁香"，何其芳《脚步》中的"悬琴"、"秋夜"、"荒郊"、"阑干"，废名《寄之琳》中的"疏影"、"午阴"、"无边落木萧萧下"等。我们具体来看卞之琳的《无题一》："三日前山中的一道小水，/掠过你一丝笑影而去的，/今朝你重见了，揉揉眼睛看/屋前屋后好一片春潮。//百转千回都不跟你讲，/水有愁，水自哀，水愿意载你。/你的船呢？船呢？下楼去！/南村外一夜里开齐了杏花。"这首诗沿用了古典诗歌以《无题》来书写爱情的传统表达模式，其中的好些意象都与古典诗词有关，如"春潮"使我们不禁想起韦应物"春潮带雨晚来急"的诗句，"水有愁，水自哀"会使我们联想到李煜"问君能有几多愁？恰似一江春水向东流"的词行，而最后一句"南村外一夜里开齐了杏花"，显然化用了宋代陆游《临安春雨初霁》中的"小楼一夜听春雨，深巷明朝卖杏花"。古典的诗句进入卞之琳的《无题一》之中，成为他表达自己心中爱恋的典型意象。因为有这些古典意象的出现，使我们很自然地就想到卞之琳的爱情理想和爱情观念是偏向传统的。

最后是诗歌外在形式结构上的对比。一般来说，古典诗歌是以格律诗为主要形式的，百年新诗是以自由诗为主要形式的。不过，古典诗中也有形式要求宽松的诗体，新诗中也有格律相对谨严的作品，这样，古典诗词与新诗在外在形式结构上的比较也就有了可能。比如同样是格律诗，古典诗歌中的格律诗与现代诗歌中的格律诗有很大差别。为什么会有这样的差别？现代诗歌中所说的"格律"与古典诗词中所说的"格律"到底是不是一回事？为什么古典诗歌的严格格律规范促成了唐诗宋词的辉煌成就，而现代诗歌中对格律的追求最终没有成功？这些都是值得我们认真探讨的理论问题，也构成了进行古今比照的重要线索。我们以闻一多为例，闻一多是主张诗歌要讲究形式美的，他在《诗的格律》中强调诗歌创作要追求"三美"：音乐美（音节），绘画美（辞藻），建筑美（节的匀称与句的均齐）。闻一多不仅在理论上积极倡导格律诗，而且还亲自创制了不少现代格律诗。不过，当我们检视闻一多的格律诗创作时，却不难发现，其中的大部分都是不太成功的，或者说并不符合闻一多本人提出的诗的格律标准，就连可以称得上成功之作的《死水》，其格律上的表现也与古典诗词相去甚远。究其原因，主要是古典诗词创作所使用的语言系统是古代汉语，古代汉语一般以单音词为主，因此格律的规范与意义的表达之间比较好协调；新诗创作使用的语言系统是现代汉语，现代汉语一般以双音词为主，同时也保留有许多单音词，因此遵循格律规范与恰当表达诗人意图之间协调起来相当困难，现代格律诗的创作从而显得举步维艰，即使闻一多、何其芳、卞之琳等许多诗人多年来反复提倡，也是收效甚微。自然，百年新诗中也诞生了一些好的格律诗，尽管其格律规范无法与古典诗词同日而语，但毕竟是在现代汉语的诗性空间里诗人精心营造出的形式相对整齐、意义表达相对完善的优秀诗作，比如徐志摩的《再别康桥》、卞之琳的《断章》、臧克家的《老马》等。

附录二：百年新诗大事记

1897 年

梁启超、夏曾佑、谭嗣同等人明确提出"诗界革命"的口号，并试作"新诗"。此时的所谓"新诗"，不过用新的外来的典故代替旧的固有的典故，语言仍使用文言。虽然诗界革命并未成功，但为后来的新文化运动开辟了道路，提供了有益的启示。

1917 年 1 月

胡适在《新青年》上发表了《文学改良刍议》，主张中国文学创作要废文言而倡白话，这为中国新诗的诞生奠定了坚实的基础。

1918 年 1 月

《新青年》第四卷第 1 号上，集中发表了胡适的《鸽子》、《人力车夫》、《一念》、《景不徙》，沈尹默的《鸽子》、《人力车夫》、《月夜》，刘半农的《相隔一层纸》《题女儿小蕙周岁日造像》等九首白话诗歌，这是《新青年》新诗创作阵营的第一次集体亮相。

1919 年 10 月

胡适作《谈新诗——八年来一件大事》，对当时的白话诗创作进行理论概括与总结。

1920 年 1 月

郭沫若《凤凰涅槃》发表于 30、31 日上海《时事新报·学灯》副刊。

1920 年 3 月

胡适《尝试集》由上海亚东图书馆出版，这是中国现代第一部个人新诗集。

1921 年 8 月

郭沫若《女神》由上海泰东图书局出版，为创造社丛书之一。

1922 年 1 月
冰心《繁星》（小诗）连载于 18 日至 20 日、22 日、23 日上海《时事新报·学灯》副刊。

1922 年 4 月
汪静之、潘漠华、应修人、冯雪峰四人的诗歌合集《湖畔》由湖畔诗社出版。

1925 年 9 月
徐志摩《志摩的诗》由中华书局代印，北新书局发行。

1925 年 11 月
李金发《微雨》由北新书局出版。

1926 年 4 月
徐志摩主编《晨报副刊·诗镌》创刊，发表徐志摩《诗刊·弁言》。

1928 年 1 月
闻一多《死水》由上海新月书店出版。

1928 年 8 月
戴望舒《雨巷》发表于《小说月报》第十九卷第 8 号。

1932 年 5 月
施蛰存主编的《现代》杂志创刊。

1933 年 7 月
臧克家《烙印》自印出版，闻一多作序。

1933 年 8 月
戴望舒《望舒草》由上海现代书局出版，附有杜衡序言。

1934 年 5 月
艾青《大堰河——我的保姆》发表于《春光》月刊第一卷第 3 期。

1936 年 3 月

合集《汉园集》由商务印书馆出版，为文学研究会创作丛书之一。内收何其芳《燕泥集》、李广田《行云集》、卞之琳《数行集》。

1938 年 1 月

田间《给战斗者》发表于《七月》第一集第 6 期，收《给战斗者》集。艾青《雪落在中国的土地上》发表于《七月》第二集第 1 期，收入诗集《北方》。

1941 年 9 月

艾青《诗论》由桂林三户图书社出版。

1941 年 7 月

《诗创作》在桂林创刊。

1942 年 5 月

冯至《十四行集》由桂林明日社出版。

1944 年 11 月

冯文炳《谈新诗》在北平新民印书馆出版。

1946 年 9 月

李季长诗《王贵与李香香》发表于《解放日报》。

1947 年 5 月

《穆旦诗集》由作者自印出版。

1947 年 7 月

臧克家、曹辛之、林宏合作组织星群出版公司，出版《诗创造》月刊，主编《创造诗丛》，共 12 种。

1947 年 10 月

《创造诗丛》出版。

1948 年 6 月
臧克家、曹辛之、林宏、唐湜、陈敬容、辛笛等以森林出版社名义创刊《中国新诗》月刊，并出版《森林诗丛》，先后出版杭约赫、唐祈、莫洛、唐湜、田地、陈敬容等人的诗集。

1948 年 8 月
《闻一多全集》（四卷）由上海开明书店出版。

1949 年 5 月
阮章竞长诗《漳河水》发表于《太行文艺》第 1 期。

1949 年 7 月
中华全国文艺工作者大会在北平召开。

1949 年 11 月
胡风的组诗《时间开始了》第一首《欢乐颂》在 20 日出版的《人民日报》上刊载，这是胜利者发出的政治抒情。中国新诗也自此揭开了新的一页。

1953 年 2 月
台湾诗人纪弦在台北创办《现代诗》杂志和"现代诗社"，亲自担任主编、社长兼发行人。

1954 年 3 月
台湾诗人覃子豪、钟鼎文、余光中等人在台北发起组织蓝星诗社，出版社刊《蓝星诗页》。

1954 年 10 月
台湾诗人张默、洛夫、痖弦等在台北创办《创世纪》诗刊。

1955 年 5 月
中宣部、公安部正式成立"胡风反党集团案"专案组。不久，"反党"二字又改为"反革命"，胡风冤案进一步升级。许多"七月派"诗人遭到牵连。

1957 年 1 月

《诗刊》在北京创刊，发表毛泽东旧体诗词 18 首，以及致主编臧克家和《诗刊》编辑部的信。同时，《星星》诗刊也在成都创刊。

1958 年 3 月

毛泽东在成都会议上提出要收集点民歌，他指出："中国诗的出路，第一条民歌，第二条古典，在这个基础上产生出新诗来，形式是民歌的，内容是现实主义和浪漫主义的对立的统一。太现实了就不能写诗了。"

1958 年 4 月

《人民日报》在 14 日发表社论《大规模的收集全国民歌》；4 月 26 日，中国文联、作协和民间文学研究会举行民歌座谈会，建议成立全国的民歌编选机构。

1962 年 7 月

《葡萄园》诗歌季刊在台北创刊，提倡诗的"明朗化"与"普及化"。郭小川的诗《甘蔗林——青纱帐》在《人民文学》发表，探索一种赋体的颂歌风格。

1967 年 2 月

张默、痖弦主编的《中国现代诗选》，由台北创世纪诗社出版发行。

1969 年 3 月

洛夫、张默、痖弦主编的《中国现代诗论选》由台湾高雄大业书店出版发行。

1971 年 1 月

诗人闻捷被迫害致死。

1972 年 1 月

《中国现代文学大系·诗》（洛夫编）由台北巨人出版社出版发行。

1976 年 1 月

因"文革"停刊的《诗刊》在北京复刊。

1976 年 4 月

在北京天安门广场出现大量悼念周恩来、声讨"四人帮"的诗词，这就是有名的"四五"运动，也被称为"天安门诗歌运动"。同月，小靳庄民歌选《十二级台风刮不倒》由人民文学出版社出版发行。

1976 年 10 月

因遇火灾，诗人郭小川在河南安阳不幸遇难。

1977 年 2 月

《郭小川诗选》由人民文学出版社出版发行。

1978 年 12 月

北岛、芒克等人在北京创办民刊《今天》杂志。创刊号上发表了北岛的《回答》、芒克的《天空》、舒婷的《致橡树》等诗。

1979 年 3 月

北岛的诗《回答》发表于《诗刊》。

1979 年 4 月

舒婷的诗《致橡树》发表于《诗刊》。

1979 年 10 月

《星星》诗刊在成都复刊，发表了顾城的一组诗和公刘的文章《新的课题——从顾城同志的几首诗谈起》。

1980 年 2 月

《福建文艺》从第 2 期起开辟"新诗创作问题的讨论"专栏，对舒婷等朦胧派诗人的诗歌创作进行了长期而深入的讨论。

1980 年 5 月

谢冕诗论《在新的崛起面前》发表于 7 日出版的《光明日报》。

1980 年 8 月

章明的诗论《令人气闷的"朦胧"》发表于《诗刊》第 8 期。

1981 年 3 月

孙绍振诗论《新的美学原则在崛起》发表于《诗刊》第 3 期。

1981 年 7 月

杭约赫、袁可嘉等编选的《九叶集》由南京江苏人民出版社出版，收入 20 世纪 40 年代在《中国新诗》、《诗创造》上成名的辛笛、陈敬容、穆旦、杜运燮、郑敏、唐湜、唐祈、杭约赫、袁可嘉等 9 位诗人的诗作。

1981 年 8 月

绿原、牛汉编选的《白色花》由人民文学出版社出版，收入 20 世纪 40 年代在《七月》、《希望》、《诗恳地》等上成名的阿垅、鲁藜、绿原、牛汉、曾卓、彭燕郊等 20 位诗人的诗作。

1982 年 2 月

舒婷诗集《双桅船》由上海文艺出版社出版。

1983 年 1 月

徐敬亚诗论《崛起的诗群》在《当代文艺思潮》发表，与谢冕《在新的崛起面前》、孙绍振《新的美学原则在崛起》合称"三个崛起"，引起诗坛广泛的争论。

1985 年 3 月

民间诗刊《他们》在南京创刊，发表韩东的《有关大雁塔》、《你见过大海》，于坚的《作品 39 号》、《作品 52 号》，丁当的《房子》、《舞会》，陆忆敏的《美国妇女杂志》，以及陈东东的《咖啡》等。

1985 年 11 月

谢冕、杨匡汉主编的《中国新诗萃（50 年代—80 年代）》由人民文学出版社出版。阎月君等编选的《朦胧诗选》由春风文艺出版社出版。

1985 年 12 月

杨匡汉、刘福春编选的《中国现代诗论》（上编）由花城出版社出版。（下编在次年 4 月出版）

1985 年

《诗神》、《黄河诗报》、《当代诗歌》、《华夏诗报》相继创刊。

1986 年 9—10 月

《深圳青年报》、《诗歌报》发起"现代诗群体大展"。

1986 年 12 月

《北岛诗选》由广州新世纪出版社出版。同时，收有北岛、舒婷、顾城、江河、杨炼五位诗人代表性诗歌作品的《五人诗选》由作家出版社出版。

1987 年 2 月

吴思敬的《诗歌基本原理》由工人出版社出版。

1987 年 7 月

王光明的《散文诗的世界》由长江文艺出版社出版，这是中国第一部散文诗理论专著。

1987 年 8 月

刘登翰编选的《台湾现代诗选》由春风文艺出版社出版。

1987 年 10 月

杨匡汉的《诗美的积淀与选择》由人民文学出版社出版。

1988 年 1 月

袁可嘉的《论新诗现代化》由北京生活·读书·新知三联书店出版。

1988 年 4 月

黄邦君、邹建军主编的《中国新诗大辞典》由长春时代文艺出版社出版。

1988 年 9 月

徐敬亚、孟浪等编的《中国现代主义诗群大观 1986—1988》由上海同济大学出版社出版。

1988 年 10 月

谢冕、杨匡汉主编的《中国新诗萃　20 世纪初叶至 40 年代》由人民文学出版社出版。

1989 年 3 月

年轻的诗人海子在山海关卧轨自杀，引起诗坛强烈的震动和激烈的争论。

1990 年 11 月

海子诗集《土地》、骆一禾诗集《世界的血》由春风文艺出版社出版。

1991 年 3 月

谢冕的《地火依然运行——中国新诗潮论》由上海三联书店出版。

1991 年 5 月

北京大学中国新诗研究中心举办"中国现代诗的命运和前途"讨论会。

1993 年 6 月

谢冕的《新世纪的太阳——二十世纪中国诗潮》、王光明的《艰难的指向——"新诗潮"与二十世纪中国现代诗》由长春时代文艺出版社出版。

1994 年 1 月

《诗探索》在北京复刊，谢冕、杨匡汉、吴思敬任主编。

1996 年 9 月

李方编选的《穆旦诗全集》由中国文学出版社出版。

1996 年 10 月

吴思敬的《心理诗学》由首都师范大学出版社出版。

1996 年 12 月

刘登翰、朱双一的《彼岸的缪斯——台湾诗歌论》由南昌百花洲文艺出版社出版。本月 13 日，诗人徐迟在武汉跳楼自杀。

1997 年 10 月

杜运燮、张同道编选的《西南联大现代诗钞》由中国文学出版社出版。

1998 年 2 月

程光炜编选的《岁月的遗照——当代诗歌精品》由北京社会科学文献出版社出版。

1999 年 1 月

国内第一家网上诗刊《界限》在重庆诞生。

2000 年 1 月

王家新、孙文波编《中国诗歌：九十年代备忘录》由人民文学出版社出版。

2001 年 8 月

"九叶诗派研讨会暨九叶文库入库仪式"在中国现代文学馆举行。

2002 年 6 月

王家新诗论集《没有英雄的诗——王家新诗学论文随笔集》由中国社会科学出版社出版。

2003 年 3 月

由《南方都市报》主办的首届"华语文学传媒大奖"提名揭晓，北岛《北岛诗歌集》获 2002 年度杰出成就奖。

2004 年 3 月

陈思和主编的《新世纪编年文选——2003 年诗歌》由山东画报出版社出版。

2005 年 3 月

姜涛的博士论文《"新诗集"与中国新诗的发生》被评为 2004 年全国优秀博士论文。

2006 年 1 月

北京中坤投资集团董事长黄怒波在北大宣布，中坤集团向诗歌界捐赠

3 000 万，用以促进中国诗歌事业发展。

2007 年 6 月
首届"诗歌与人·诗歌节"在佛山举办，87 岁诗人彭燕郊获奖。"诗歌与人·诗人奖"由诗人黄礼孩于 2004 年创立。

2008 年 5 月
人民教育出版社出版发行的高中语文选修教材《中国现代诗歌散文欣赏》，已在全国大部分省市高中语文教学中开始使用。70 后诗人江非《妈妈》入选，江非是入选诗人中最年轻的。

2009 年 8 月
吕进《吕进文存》（四卷本）由西南师范大学出版社出版。

2010 年 5 月
李少君、张德明发表《海边对话：关于"新红颜写作"》，将网络时代的女性诗歌命名为"新红颜写作"，立时引起诗坛热议。

2011 年 10 月
谢冕参加厦门举办的第三届中国诗歌节，在接受记者采访时称，网络使得"人人都是诗人"，但这并非好事，因为"诗歌是贵族的，不是人人都能写的"。

2012 年 6 月
由首都师范大学赵敏俐、吴思敬教授主持，国内 10 余位著名学者参加的国家社会科学基金重点项目"中国诗歌通史"，经过近 8 年时间的精心结撰，其成果由人民文学出版社出版。

2013 年 3 月
由诗人于坚担纲的云南师范大学"西南联大新诗研究院"正式成立。

2014 年 3 月
首届"海子诗歌奖"于海子逝世 25 周年纪念日在北京揭晓，诗人寒烟获主奖，郑小琼、江非、泉子、李成恩获提名奖。